決戰王妃

THE SELECTION

綺拉・凱斯 Kiera Cass 著
賴婷婷 譯

1

我們在信箱裡拿到那封信的時候，媽媽整個人欣喜若狂。她因此認定生活上所有的問題都將迎刃而解，而我就是她絕佳計畫裡的大跳板。我不認爲自己是叛逆的女兒，但也並非百依百順，而這就是我的底限。

我不想進入皇室，也不想成爲萬中選一，連試都不想試。

我躲在自己的房間內，這裡是唯一能逃離滿屋子嘈雜的地方。我絞盡腦汁想動搖她的決定，也把自己想說的話好好組織一遍……但她應該聽不進去。

我無法再避著她了，因爲晚餐時間已經接近，身爲家中目前年紀最長的孩子，煮飯的工作自然落到我頭上。我拖著身體起床，鼓起勇氣面對現實。

媽媽瞪了我一眼，但什麼話也沒說。

從廚房到餐廳，我們忙進忙出，安安靜靜地準備雞肉、義大利麵，以及蘋果切片，並擺好五個人坐的餐桌。如果我停下手邊工作，抬頭看，她會露出嚴厲的神情，彷彿我會因此羞愧，最後同意她的選擇。這一招，她屢試不爽。比方說，當我知道雇主很無理而不願接工作的時候；或者，她想讓我洗一大堆東西的時候，畢竟我們也請不起第六階級的人來幫忙了。

她這一招有時候有用，有時候沒用，因爲我也不算個好說話的人。

當我脾氣一硬起來，她也受不了我，畢竟我是她生的，她實在不需要反應過度。但我並非唯一令她操心的事情。夏天要結束了，很快我們就要面對寒冷的天氣，面對我們的不安與擔憂。

砰的一聲，媽媽把茶壺重重地放在桌上。但我一想到檸檬片和茶的組合，不禁吞了口水。不行，我必須再等等，現在就一飲而盡，待會只能喝白開水配晚餐。

「要妳填張表格會死嗎？」她怒不可抑地說。「王妃競選對妳來說是個絕佳的機會，對我們所有人來說也是。」

我大聲嘆了口氣，心裡想：填完那張表格，也眞的離死期不遠了吧。

眾所周知，反叛軍經常對皇宮發動大型且殘暴的攻擊行動，因爲他們仇視既年輕、領地又大的伊利亞王國。我們曾看過他們在卡洛林納省的戰鬥行動，有位地方行政官的住所被大火夷爲平地，還有許多第二階級的轎車遭到破壞。他們還曾經發動一次大規模的越獄行動，但最後只放出了一名準備懷孕的青少女，和一名有九個小孩的第七階級的父親。想到這邊，我不禁覺得他們當時的考量是有道理的。

除了潛伏的危險外，我光是想到選妃一事，心就微微刺痛。但想到自己必須堅持下去的理由，臉上泛起一陣微笑。

「這幾年妳爸爸很辛苦。」她悄聲說。「如果妳有點同情心，就該爲他著想。」

爸爸，是啊，我眞的很想幫爸爸，還有玫兒，還有傑拉德，當然也想幫忙媽媽。然而她用這種方式說話時，還眞讓人完全笑不出來。這裡的生活壓力太大，而我們被困太久了。假設金錢能使日子好過些，讓生活回歸正常，爸爸會同意這樣做嗎？

我們的處境並沒有糟到活不下去，或是活在恐懼之中什麼的。儘管不算窮，但也相去不遠了。

我們的階級距離最底層只有三階。我們是藝術家。藝術家和古典音樂家距離社會底層只有三階。我們的錢跟高空繩索一樣纖細無影，我們的收入與節慶的季節息息相關。

我記得曾經在一本老舊的歷史書上讀過，所有主要節日都集中在冬季月份。先是某個名為萬聖節的節日，接著是感恩節，再來是聖誕節，然後是新年，一個緊接著一個。

聖誕節到現在都是一樣的，畢竟這是無法改變的生日。但是自從伊利亞與中國達成和平協定後，新年改為陰曆算法，所以可能落在一月或二月。一切的節慶或慶祝地方的獨立，現在統稱為感恩慶典。慶典大多在夏季，紀念伊利亞王國的建立，歡慶國家依然存在。

我不知道萬聖節是什麼，這個節日從未再次出現過。

所以，一年之中至少有三個時間，我們全家人都有工作可做。爸爸和玫兒會做些手工藝品，他們的老主顧會買來當禮物。媽媽和我會在派對上表演；我唱歌，她彈琴。只要做得來，任何工作我們都接。當我小的時候，在觀眾面前表演讓我驚恐不已。但現在，我已經學會將自己當作背景音樂，這也是雇主想要的：要被大家聽見，但不需要被看見。

傑拉德還沒找到他的興趣，但是他才七歲，還有一些時間。

很快地，葉子的顏色會改變，我們小小的世界會再次變得不安穩。聖誕節來臨之前的五個月裡，只有四個人能工作，而且也不保證有工可做。

若是這樣想，王妃競選看起來就像一條救命繩索，是我可以明確抓住的東西。那封蠢信可以把我從黑暗中救出，還可以拉我的家人一把。

我看著媽媽，身為第五階級的她算是有點胖，但她並不是個貪吃的人，而且也沒什麼東西能讓她營養過剩，或許這就是生了五個孩子該有的模樣吧。她的頭髮曾經和我一樣是紅色的，現在已是滿頭閃耀的灰白線條。兩年前，她的白髮突然大量冒出，細紋也使她的眼角有了皺摺。雖然她稱不上老，但看著她在廚房裡走來走去的微胖身軀，肩上彷彿承擔著無形的重量。

我知道她肩負著很多責任，這也是為什麼她特別喜歡操縱我的人生。即使沒有其他的壓力，我們也常常吵得不可開交。隨著空虛的秋天到來，她的脾氣也會更加暴躁。我知道她現在一定覺得我不可理喻，連填個愚蠢的小小表格都不要。

但在這個我鍾愛的世界裡，還有其他的事情，更重要的事情。而那張紙，就像一面磚牆，阻隔我和我想要的生活。也許我的心願很蠢，甚至無法實現，但那仍然屬於我自己。無論家人對我有多重要，我還是不認為能犧牲自己的夢想。況且，我已經為他們付出很多了。

自從肯娜結婚、柯塔自立門戶後，我就是家裡面最長的孩子，我努力奉獻。我的在家學習計畫依照練習時間來安排，而練習就占了大多數的日子，因為我必須學習好幾種樂器，希望能練到像我的唱歌技巧一樣好。

但是現在這封信，讓我的努力一點意義都沒有。在媽媽的心裡，我已經是王妃了。

如果我夠聰明，我就會在爸爸、玫兒和傑拉德進門之前，把那封愚蠢的通知信給藏起來，但沒想到媽媽早就把信塞進衣服裡，午餐的時候，她將通知信拿出來。

「致辛格家族。」她吟誦著。

我原本想將那封信搶走，但她動作太快，我徒勞無功。反正大家遲早會發現的，但是如果媽媽決意如此，大家還是會站在她那邊。

「媽，拜託！」我求她。

「我想聽！我想聽！」玫兒興奮地叫著。一點都不令人驚訝。除了小我三歲外，我的小妹和我就像同個模子刻出來的。儘管外表幾乎如出一轍，但是個性截然不同。她不像我，她是個外向且滿懷希望的人，現在正處於對男孩子充滿好奇的狀態，所以在她眼裡，能當上王妃簡直超級浪漫。

我感覺自己正紅著臉。爸爸非常專心聆聽，玫兒高興地蹦蹦跳跳，傑拉德這可愛的小東西，就只顧著吃。媽媽清了清喉嚨，繼續說。

「最近的人口普查中，我們發現您家中有位十六至二十歲之間的未婚女子。我們在此通知您，即將有個機會讓您能夠榮耀偉大的伊利亞王國。」

玫兒再次尖叫並抓著我的手腕。「是在說妳！」

「我知道，妳這個小猴子，快停下來，不然我的手臂要折斷了。」但她依舊抓著我的手蹦蹦跳跳的。

「令人敬愛的麥克森王子，」媽媽繼續唸，「本月即將成年，於其人生新的階段，展開冒險，並期望能覓得一同前進的伴侶，與真正來自伊利亞王國的女子結婚。您的女兒、姊妹或是受監護者符合競選資格，若她有意願成爲伊利亞王儲令人敬愛的王妃，請塡寫附件表格，並交回當地的省辦公室。我們將於每個省隨機抽出一名候選者和王子會面。

「競選期間，候選者將入住位於安傑拉斯省的美麗皇宮。我們也將極力補償每位競選者的家人，」──媽媽特地拉長那四個字──「感謝他們對皇室的付出。」

我翻了個白眼，她繼續唸。這是皇室對待王子的方式。如果是生於皇室的公主，她們的婚姻就像一樁買賣，爲了鞏固邦交而存在。我明白我們需要盟友，但我不喜歡這樣，還好我也沒見識過，因爲皇室已經三代都沒有公主，希望以後也不會發生這種事。反觀伊利亞的王子，他們必須娶百姓出身的女子，好維持人民的向心力，畢竟我們人民偶爾也有反叛意圖。我想，王妃競選只是想凝聚民心，提醒我們每個人當初建國的艱難。

想到要參加這個競賽，在全國人民注目下，觀看高傲的軟腳蝦從女孩堆裡選出最美麗膚淺的那一位，而這個女孩就會成爲王子身旁無聲但美麗的臉孔……光是想到這些，就足以讓我氣憤難平，這太羞辱人了吧？

而且我曾經和一堆第二階級和第三階級的人打交道，我清楚自己完全不想和他們相處，更別說要和第一階級的人相處，除非我們眞的餓到不行。身爲第五階級，我很滿足，而且想要飛上枝頭變鳳凰的是媽媽，不是我。

「他當然會愛上亞美利加！她這麼漂亮。」媽媽心醉神迷地說。

「拜託，媽，我眞的只是平凡女孩而已。」

「妳不是！」玫兒說。「因爲我長得和妳很像，我很美麗！」她笑得很開心，看到她這樣，我忍不住大笑。她說的沒錯，因爲玫兒眞的很漂亮。

但不只是因爲她的臉，還有她那勝利者般的笑容和明亮的眼睛。玫兒全身散發出一股熱情的能量，讓人想和她在一起。她就像是一塊磁鐵，而我完全不是這麼一回事。

「傑拉德，你覺得呢？你覺得我漂亮嗎？」我問。所有人的視線落在我們家族中最年輕的成員身上。

「噢！女生都好噁心！」

「傑拉德，拜託你。」媽媽惱怒地嘆了口氣，但是她毫不在意，要對可愛的傑拉德生氣實在很難。「亞美利加，妳知道自己是個非常可愛的女孩吧?!」

「欸，如果我眞有那麼可愛，爲什麼沒有人來約我？」

「喔，有啊，是我把他們趕走了。我的女兒那麼美，怎麼能嫁給第五階級。妳的姊姊嫁到第四階級，我相信妳可以嫁得更好。」媽媽啜飮一口茶。

「姊夫叫詹姆士，別再用數字叫他了。而且那些男孩子是什麼時候來的？」我聽見自己的聲音越來越高。

「有一陣子了。」爸爸說，這是他第一次對這件事發表意見，他的聲音有一點悲傷，眼神堅決地停留在自己的杯子上。我細究讓他心情低落的原因：有男孩子來找我？媽媽和我又吵架了？我不願參加王妃競選？他捨不得讓我去那麼遠的地方？

爸爸抬起頭，對上了我的眼，我突然明白了。他不想對我做出這種要求，他不想讓我走，但他也無法否認，即使我只參選一天，家中的困境就能稍稍紓緩。

「亞美，講理一點。」媽媽說。「我們大概是全國唯一還得說服女兒參加競選的父母。妳想想這是多好的機會！有朝一日，妳可能成爲王后！」

「媽，就算我想，光是我們這個省，就有好幾千個女孩也想加入競選，幾千個耶，況且我根本就不想！就算抽到我，也還是要跟另外三十四個女孩競爭。要我假裝色誘的那副德性，我肯定裝不出來。」

傑拉德的耳朵豎起來聽，然後問：「什麼是色誘？」

「沒事！」我們同聲回應。

「你們憑什麼認爲我會贏得競賽？整件事情實在太可笑了。」我做出結論。

媽媽把椅子往後一推，站起來，傾身向前對我說：「總之，一定要有人參加就是了，妳的機會比其他人都好。」說完她便丟下餐巾，離開座位。「傑拉德，你吃完就該去洗澡了。」

傑拉德發出小小的抗議聲。

玫兒靜靜地吃著東西。傑拉德要我再給他幾秒鐘，但時間到了，他們起身的時候我開始清理桌面，爸爸則坐在一旁啜飲他的茶，他的頭髮沾到幾抹黃色的顏料，這模樣讓我微微一笑。他站起來，拍拍襯衫上的碎屑。

「爸，我很抱歉。」我拿起盤子的時候低聲說。

「別傻了，女孩，我沒有生氣。」他摟著我，輕輕地微笑。

「我只是……」

「妳不需要向我解釋，甜心，我都懂。」他在我的額頭上親一下。「我回去工作了。」

就這樣，我來到廚房開始清理。我將自己幾乎沒動過的盤子，用一條餐巾包起來，放進冰箱裡面。其他人都只留下一堆碎屑，沒別的了。

我嘆了口氣，走向自己的房間，準備上床睡覺，整件事情讓我氣憤難平。

爲什麼媽媽要這樣逼我？她不快樂嗎？她不愛爸爸嗎？這樣對她來說還不夠嗎？

我躺在凹凸不平的床墊上，思考著王妃競選的事情。我想這件事情並非全然只有壞處，至少我會有一段時間吃得還不錯。而且我也不太需要擔心，因爲我根本不會愛上麥克森王子。就我從《伊利亞首都報導》上獲得的資訊看來，我不會喜歡他。

午夜彷彿永遠不會到來。我不安地照著鏡子，確認自己的頭髮是否跟早上一樣好看。我擦上一點唇蜜，讓臉上能有點顏色。媽媽總要我們省著點用，只在表演或觀眾面前才化妝。但是像這樣的夜裡，我總會情不自禁偷抹一點。

我竭盡所能地安靜溜進廚房裡。隨手拿了些剩菜、即將過期的麵包、一顆蘋果，並把它們包起來。寂靜的夜裡，我必須躡手躡腳地走回房，實在難受極了。但假若我早些時候做這些事情，鐵定更加焦慮難安。

我打開窗戶，看著外頭後院的一小塊土地。外面的月光不是很亮，所以我必須在行動前讓雙眼適應黑暗。我走過草坪，樹屋聳立在夜色之中，幾乎只看得見它的輪廓。我們更小的時候，柯塔會把床單綁在樹枝上，看起來就像一艘船，他是船長，而我永遠是他的首席副手。我的職責包括掃地、煮飯，我們假裝泥土和樹枝是食物，塞進媽媽的烤鍋裡。他會拿一匙泥土假裝吃飯，最後再往肩膀後面一丟。儘管必須再掃一次地，但我不在意，只要能和柯塔在同一艘船上我就很高興。

我四處張望，鄰居的房子都一片漆黑。確定沒有人之後，我小心翼翼地爬出窗戶，我以前攀爬的方式不對，總會在肚子上留下瘀青，但現在這對我來說易如反掌，已經是我擅長好幾年的技巧，畢竟我也不想弄髒食物。

我穿著最可愛的睡衣，急急忙忙地跑過草坪。我本來應該穿外出的衣服，但是睡衣舒服多了。其實穿什麼無所謂，但棕色小短褲和合身的白色T恤，讓我覺得自己看起來好極了。

單手攀爬樹上的階梯橫木也不是一件難事，我這項技能也已進步了許多。每爬上一階，就輕鬆一點。儘管距離不算遠，但是身在這個地方，就能離家裡的紛紛擾擾遠一些。在這裡，我不需要是誰的王妃。

我爬進木箱子，這裡就是我的世外桃源，我知道自己並不孤單。遠處的轉角邊，有個人躲在夜色裡，我的呼吸變得急促，無法控制。我放下食物，瞇起雙眼。那個人稍稍動身，點亮不太亮的唯一蠟燭。但這就足夠了。最後，角落的人開口說話了，淘氣的笑容劃過他的臉龐。

「嘿，美女。」

2

我往樹屋更深處爬。這是一個不超過一百五十公分的方形體，連傑拉德都無法在裡面站起來，但是我愛這裡。這兒有個入口可以爬進去，對面牆上有扇小窗戶。我在角落邊放了張階梯凳，當作書桌，可以放蠟燭，裡面還有張小地毯，但它眞的太舊了，所以坐在木板上比較好。這裡很簡陋，但這是我的天堂，我們的天堂。

「拜託別叫我美女。先是我媽，然後是玫兒，現在是你。我眞的快受不了。」但從艾斯本看我的眼神，我知道自己無法說服他「我不漂亮」。他露出微笑。

「妳是我見過最美麗的人。我只有這點時間能稱讚妳，我無法說出違心之論。」他伸出手，捧著我的臉，我凝望著他的雙眼。

接著，電光石火。他的唇覆上我的唇，我再也無法思考。沒有王妃競選、沒有悲慘的生活、連伊利亞王國都沒有，只剩下艾斯本的手，將我拉向他。艾斯本輕輕在我臉上吹氣，我的手指撫過他深色的髮，剛沖完澡的他，頭髮微濕，全身散發香氣，就像他媽媽手工香皂的味道。魂牽夢縈的氣味。我們看著彼此，臉上藏不住笑意。

他溫柔地環抱住我，彷彿我是個需要被哄睡的小孩。「艾斯本，抱歉，我今天心情不太好，因爲……今天我們收到那封愚蠢的通知信。」

「啊，是啊，那封通知信。」艾斯本嘆了一口氣。「我們家有兩封。」

喔，當然。他的雙胞胎妹妹剛滿十六歲。

說話時，艾斯本總會仔細看著我的臉龐，我們倆在一起時他總是這樣子，彷彿要重新把我的臉刻入他的記憶裡。只要幾天沒見，我們就會焦躁不安，而這次已經超過一星期沒見面。

我也看著他。拋開階級的成見，艾斯本絕對是我見過最迷人的男孩。他深色的頭髮，綠色的雙眼；他的微笑總讓人覺得背後藏了個秘密。他很高，但不至於過高；很瘦，但瘦得恰到好處。微弱的燈光下，我注意到他雙眼下小小的眼袋，毫無疑問，他整個星期都工作到非常晚。他的黑色T恤已有好幾個地方被磨破，和那條他幾乎每天穿著的破牛仔褲一樣。

如果我能為他縫補就好了。這就是我理想中的生活，不是當伊利亞王國的王妃，而是當艾斯本的妻子。

不在他身邊讓人感覺難受。有時候我想著他在做什麼，想到要發瘋了。無法克制這種思緒的時候，我就練習樂器。我之所以成了音樂家，還眞得感謝艾斯本。他讓我轉移注意力。

而這還眞是糟透了。

艾斯本是第六階級。第六階級是僕役，只比第七階級高一階，因為他們受的教育比較好，並接受室內工作的訓練。艾斯本比我認識的任何人都聰明，而且非常帥氣，但是嫁給比自己低的階級是違反常態。來自較低階級的男子可以向較高階級的女子求婚，但很少人能成功。任何人若與不同階級的人結婚，都得先填寫一張表格，約九十天後，其他所需的法律文件才會準備好。不只一個人說過，這種做法讓新人有時間改變心意。所以像我們私交如此密切，又總是在伊利亞王國的宵禁時間之後見面……可能會惹上麻煩。更別提我媽會有多刁難我了。

但我愛艾斯本，我愛著他將近兩年，而他也愛我。他坐在一旁梳著我的頭髮，我實在無法想像參與王妃競選的事情。

「你覺得怎麼樣？我是說王妃競選的事。」我問。

「好吧，我猜他可能無論如何都要找到一個女孩吧，可憐的男人。」我聽得出他語氣裡的諷刺，但我眞的想知道他的看法。

「艾斯本。」

「好啦，好啦。其實我有時候會覺得有點悲傷。難道王子不約會的嗎？我是說，難道他眞的找不到人嗎？他們把公主嫁給其他王子，那爲什麼不如法炮製對王子？肯定有其他的皇室成員能滿足他的標準吧，總之，我搞不懂這件事。」

「但是……」他嘆口氣說。「我有時候又覺得這個作法很棒，令人期待，他會在大眾的目光下墜入愛河，從此就能過著幸福快樂的日子，任何人都可能成爲下一任王妃，挺振奮人心的，我也會想著自己以後能過幸福快樂的生活。」

他的手指描繪著我的嘴唇，綠色的雙眼像是在搜索我的靈魂，我感覺到那僅存於我們兩人之間的火花，一種特別的連結，我也想要我們幸福快樂。

「所以，你贊成你的妹妹參加王妃競選？」我問。

「是的。王子看起來是個不錯的人，雖然高高在上，但親切友善。而且我們家那兩位女孩也迫不及待，看起來挺妙的。今天我回家的時候，她們還在家裡手舞足蹈。無法否認，參加競選將對家族帶來相當多的益處。我母親滿懷期望，因爲我們家有兩名參賽者，不只一名。」

對我而言，這是競選的第一個好消息，我無法相信此刻的自己如此自私，竟然想像著，如果艾斯本的妹妹們參賽，只要其中一個人獲勝……

「艾斯本，你知道那代表什麼嗎？如果坎蓓爾或希莉亞其中一人獲勝……」

他的雙手把我抱得更緊，雙唇輕吻過我的額頭，雙手安撫著我的背。

「我今天整天想的就是這件事。」他堅定的語氣卻透露出他所有的不安。而此刻的我只想讓艾斯本撫著、親吻著，這是我最期待的事。突然，他的肚子發出咕嚕聲響，打斷我的思緒。

「喔，嘿，我帶了些點心，一起吃吧。」我一派輕鬆地說。

「喔，是嗎？」我聽得出來，他盡量壓抑高興的心情，但我仍然聽出了他的渴望。

「你會愛死這雞肉，是我做的。」

我找到我的小包袱，遞給艾斯本，講禮節的他不顧飢餓，依舊細細咀嚼。我咬了一口蘋果，然後就放下來，讓他接著吃完，這樣他就會覺得這些食物是我們一起吃的。

如果說我們家總是擔心食物，那麼食物對艾斯本家簡直是場大災難。他的工作比我們的穩定，但是收入卻明顯少很多，因此他們家的食物永遠不夠。七個小孩之中，他是長子。如果說我總是竭盡所能幫忙家裡，那麼他也一樣，總是犧牲自己幫忙家裡，他會把僅有的食物分給手足，還有疲憊不堪的母親。艾斯本的父親在三年前過世，所以全家生計幾乎都倚靠他。

我看著他滿足地將手指上殘留雞肉的香料舔乾淨，麵包撕成一片片吃著，我無法想像他上次吃東西是什麼時候。

「妳眞是個好廚師，有一天，妳會把某人養得白白胖胖，快快樂樂。」他說著，嘴巴裡還有一口剛咬的蘋果。

「我啊，會把你養得白白胖胖，快快樂樂的。你知道吧？」

「嗯，白白胖胖的！」

我們笑了。然後他告訴我上次見面後他都做了些什麼事情。他幫一家工廠處理文書方面的工作，下個星期他也會在那邊工作，然後，他媽媽總算能替我們這區少數幾個第二階級家庭定期清掃，雙胞胎姊妹最近很難過，因爲媽媽取消了她們放學後戲劇社的活動，這樣她們才能賺更多錢。

「我想去找找看星期天的工作，這樣就能多賺點錢，我不想要她們放棄自己喜歡的事情。」他的語氣裡充滿希望，彷彿自己眞的做得到。

「艾斯本，你敢！你的工作已經夠多了！」

「喔，亞美。」他在我的耳邊輕聲說，讓我一顆心都要跳出來。「妳很清楚坎蓓爾和希莉亞的個性，她們必須跟人群接觸，不能老是關在家裡打掃或是做文書工作，那就不是她們了。」

「但你也不能老是覺得自己能替她們扛下所有事啊，艾斯本。我知道你對妹妹們的感情，但你必須照顧自己。如果你眞的愛她們，更應該好好照顧自己，畢竟你是照顧她們的人。」

「亞美，妳別擔心我。我想好運很快就會降臨了，我不會永遠都這麼辛苦工作的。」

但他註定要這麼辛苦，因爲他家永遠都爲金錢而煩惱。「艾斯本，我知道你辦得到，但你不是超人英雄，你不能期望自己滿足所有需求。你不能……不能把什麼事情都往身上攬。」

我們雙雙沉默了一會兒。我希望他有把我的話聽進去，希望他能明白，如果不放慢步調，有天他會先垮下來。過勞死在第六、七或第八階級的家庭裡時有所聞，但我無法承受，我更加緊靠著他的胸膛，試圖把那畫面趕出我的腦中。

「亞美利加？」

「嗯？」我低聲回答。

「妳要參加王妃競選嗎？」

「不！當然不要！我甚至不要讓人以為自己想嫁給一個陌生人。我愛你。」我真誠地說。

「妳想要變成第六階級？永遠處於飢餓狀態？永遠擔心害怕？」他問道。我聽得見他聲音裡的痛苦，但這真的是個問題：如果讓我選擇，住在皇宮裡被一堆人服侍，或是和艾斯本的家人住在三房公寓裡，哪個才是我真正想過的生活？

「艾斯本，我們可以度過難關的，我們那麼聰明，會沒事的。」我命令自己這樣想。

「亞美，妳明明知道未來不會是這樣。我還是得照顧我的家庭，我不是那種會拋棄家庭的人。」我在他的懷裡，侷促不安。「而且如果我們有孩子——」

「等到我們有孩子的時候，我們就會更加小心謹慎，誰說我們一定要有超過兩個孩子？」

「妳知道這不是我們能控制的事！」我聽見他聲音裡的憤怒越來越強烈。

我無法責怪他。如果你來自富裕的家庭，當然可以計畫自己該擁有怎麼樣的家庭，但如果你來自第四階級以下的家庭，你就只能照顧自己，這是我們過去六個月來不斷爭論的主題。每當我們認真想找出在一起的辦法，孩子就會成為我們無法掌控的變數，生越多小孩，就得做越多工作，然後問題又來了，我們得面對的是無數個那樣的日子……

我們再度緘默，兩人啞口無言。艾斯本是個熱情的人，吵架的時候也總是比較容易被激起情緒，現在他進步了，趁著還沒太過憤怒時，收起情緒，我知道他正強迫自己這麼做。

我不想讓他擔心或是生氣，我眞的覺得我們可以處理這一切的問題，只要我們盡可能做好計畫，一定能克服那些不可能的難題。也許是我太樂觀了，也許是我愛太深了，但我眞的覺得，只要我和艾斯本眞心希望，什麼都有可能發生。

「我認爲妳應該去。」他突然說。

「什麼？」

「去參加王妃競選。我覺得妳應該去。」

我瞪著他。「你瘋了嗎？」

「亞美，聽我說。」他的嘴唇貼著我的耳朵，不公平，他明知道這樣我就無法專心思考。他開始說話，緩緩吐著氣，像是在說著什麼甜言蜜語，但也不過就是：「如果妳有機會去過更好的生活，卻因爲我而放棄了這個機會，那麼我永遠不會原諒自己。我無法承受這些。」

當下我憤怒地哼出一口氣。「這太荒謬了！你想想看有好幾千個女孩要參加競選，我搞不好還不會被抽中呢。」

「如果妳不會被抽中，那參加一下也無妨吧？」他的雙手地搓揉著我的手臂，每當他這麼做，我就無法與他爭辯。「我只是希望妳能去參加而已，去試試看就好，如果被抽中，那妳就去，如果沒中，至少我就不會因爲自己阻礙著妳，而痛苦難過。」

「但我不愛他啊，艾斯本，連喜歡都說不上，而且我根本不認識他。」

「因爲妳還不認識他呀，說不定妳會喜歡他。」

「艾斯本，別說了，我愛你。」

「我也愛妳。」他親吻我，用行動證明言語。「如果妳愛我，妳就該去參加競選，這樣我才不會一直想著當初的問題，想到我發瘋。」

當他說到與自己切身相關的立場，我完全無法反駁他。因爲我不能傷害他，我總是盡我所能地讓他的生活更輕鬆一些。這沒有錯，我也沒有其他的選擇，所以我應該遵照大家的意見，讓每個人開開心心，反正等到我沒被選中的那天，大家就會自動放棄了。

「拜託妳去，好嗎？」他對著我的耳朵輕聲說話，有如一股寒冷的氣直竄進我的身體。

「好吧。」我低聲說。「我會去。但你現在得知道我不想當什麼王妃，我只想當你的妻子。」

他的手梳過我的頭髮。

「妳會的。」

可能是因爲光線，也可能是因爲光線不足，總之我發誓，他說著那些話時，眼睛泛著淚光。艾斯本經歷過很多事情，但我只見他哭過一次，他的弟弟小傑米因爲偷水果在廣場上被人鞭打。如果是成年人會先經過司法程序，視偷竊物品價值來判決，偷竊者可能會被關進牢裡，或是判處死刑，但傑米只有九歲，所以被毒打一頓。艾斯本的媽媽沒有錢帶他看醫生，所以那次事件後，傑米背上留下一道道難以抹滅的疤痕。

那晚，我在窗戶邊等著看艾斯本會不會爬進樹屋，一見到他爬進去，我便偷偷溜出去。他在我的懷裡痛哭了一個小時，說著假如自己能更努力工作，傑米就不用去偷東西，他說這一切眞是太不公平，爲什麼因爲他的無能，傑米就必須承受這些痛苦。

眞是折磨人心，因爲那並不是眞的，但是我無法對他說這些話，他聽不進去。艾斯本把每個人的需要擔在自己的背上。然後，不知怎麼地，出乎意料，我也成爲其中之一，所以我盡可能減輕自己對他的負擔。

「妳可以唱首歌給我聽嗎？給我一些美好的旋律讓我入睡，好嗎？」

我對他微微一笑。我喜歡爲他唱歌。於是我靠近他坐好，唱了首輕柔的搖籃曲。

他讓我唱了幾分鐘的歌，然後他的手指開始在我耳下漫不經心游移著，他將我襯衫的衣領拉開，親吻著我的頸部和耳朵之間，接著他拉起我的袖子，親吻著我的手臂。我呼吸開始急促，幾乎每次我唱歌的時候他都會這麼做。也許比起我的歌聲，他更喜歡聽著我喘不過氣的聲音。

過了不久，我們倆在又薄又髒的地毯上糾結在一起。艾斯本把我拉到他的身上，我的手指刷過他散亂的頭髮，那感覺彷彿能催眠人心，他盡情地吻著我，充滿熱力，我感覺到他的手指正探索著我的腰、我的背、我的臀，以及大腿。儘管他充滿著手勁，卻從未在我身上留下任何瘀青。

我們小心謹慎，害羞地在眞正嚮往的事之前停止一切。但話說回來，無視於宵禁已經夠糟糕了，還有什麼更糟糕的嗎？無論如何，我們的底限仍然存在，我無法想像伊利亞王國內有誰比我們更熱情。

「我愛妳，亞美利加。只要我活著的日子裡，我都會愛著妳。」他的聲音流露深切的情感，令我又驚又喜。

「我愛你，艾斯本，你永遠是我的王子。」

然後他吻著我直到蠟燭熄滅。

肯定過了好幾個小時，我的眼睛好重。艾斯本從來不擔心睡眠，但他總擔心我睡得好不好，於是我疲憊地拿著我的盤子和那個一分錢幣爬下階梯。

唱歌的時候，艾斯本把所有東西都吃完了。每次只要他有錢，他就會給我一分錢，做為我的唱酬，如果他很努力才找出這一分錢，我會要他把這分錢留給家人，毫無疑問，他的家人最需要。但是把這些錢留下來（我根本捨不得花）就像是保留了艾斯本願意為我付出的心意，這是我對他的意義。

回到我的房間，我從一個隱密的地方拿出裝滿一分錢幣的罐子，投入新的一分錢幣，聽著它與其他錢幣碰撞出悅耳的聲音。我等待十分鐘，看著窗外，然後看見艾斯本爬下來，往後面的路上走去。

我保持清醒好一會兒，想著艾斯本，想著自己多麼愛他，想著被他愛著的感覺。這種感覺很特別，至高無價，無可取代。即使戴上了任何皇冠的王后，都不可能像我一樣，感覺自己備受珍重。

我讓這想法銘記在心，然後安穩入睡。

3

艾斯本穿著一身白，看起來就像個天使。我們還在卡洛林納省，但是周圍一個人也沒有，這裡只有我們兩個人，但我們並不想念任何人。艾斯本用細枝爲我編織皇冠，我們光明正大地在一起。

「亞美利加。」媽媽像早晨的公雞啼叫著，把我從夢中喊醒。

光線和她一同閃耀，刺著我的雙眼，我揉揉眼睛，試著調整視線。

「醒醒，亞美利加，我有個提議，妳聽聽看。」我看著鬧鐘，才早上七點多。所以……我在床上睡了五個小時。

「我睡晚了嗎？」我模模糊糊說。

「沒有，甜心，妳坐起來，我有重要事情得和妳討論。」

我努力要自己坐起來，媽媽在一旁不停拍手，好像這樣我動作就會快一點。

「來吧，亞美利加，我要妳醒醒。」

我打了第二個呵欠。

「妳要做什麼？」我說。

「妳得簽上妳的名，參加王妃競選，妳會是個完美王妃的。」

這也太早了吧。

「媽，我眞的，只是……」我嘆了口氣，因爲我想起昨天晚上答應艾斯本的事情，說我至少會試試看。但現在，耀眼的日光之下，我不確定自己是否能下定決心。

「我知道妳對這件事很反感，但我想和妳商量看看，也許妳聽了之後會改變心意。」

我豎起耳朵，她會拿什麼條件來交換呢？

「昨晚，妳父親和我談過這件事，我們認爲妳已經夠成熟，能獨自工作。妳鋼琴彈得像我一樣好，只要再加把勁，小提琴就可以完美無缺。還有妳的聲音，我敢保證是全省裡面最美的。」

我醉心微笑著。「媽，謝謝妳，眞的很感謝。」但是我並不特別在意是否能自己工作啊，所以我不懂這個條件有何誘人之處。

「嗯，不只如此。妳不僅可以自己接工作，自己演出……只要是妳賺的錢，妳都可以自己留一半下來。」說這些話時，她臉上露出詭異的笑容。

我的雙眼倏地瞪大。

「條件是妳必須簽名參加王妃競選。」現在她的臉上露出微笑，她知道這個條件一定會讓我臣服，但也可能會招來一陣爭吵。但我怎麼會吵呢？我幾乎就要簽下去了，現在我終於可以賺些自己的錢了！

「妳明白我最多就是參加競選，對吧？我不能逼他們一定要選我。」

「是的，我知道。但這值得一試。」

「哇，媽，眞不得了。」我搖搖頭說，還在震驚之中。「好啊，我今天會把表格塡完。錢的事情，妳是說眞的吧？」

「當然，反正妳遲早都會自立門戶。學會對金錢負責也是好事一樁。我只求妳、拜託妳，別忘了妳的家庭。我們還需要妳。」

「我不會忘記你們的，媽媽。我怎麼會忘記你們？這麼愛碎碎唸。」我對媽媽眨眨眼，她也開懷地笑了。就這樣，我們談攏了交換的條件。

接著，我沖了個澡，腦中想著過去二十四小時發生的事情。只要填寫一張表格，我就能贏得家人對我的認可，讓艾斯本也高高興興，自己還能開始存錢，讓我和艾斯本能順利結婚！

我不是很擔心錢，但艾斯本堅持我們必須先有一點存款才能結婚。通過法律程序需要一些錢，而且我們想在婚禮之後辦個小派對，和家人分享喜悅。我發現，一旦我們兩個人準備好，要存這些錢其實不會花太久時間，但是艾斯本想再多存些錢。也許最後他會相信，只要我也認眞工作，我們的日子不會一直綁手綁腳。

沖完澡之後，我梳理頭髮，上了一層淡淡的妝來慶祝自己的好心情。接著，我走到衣櫥前，更衣打扮。衣櫥裡面沒有太多選擇，大多都是米色、棕色和綠色。裡頭有幾件工作時候穿的好洋裝，但它們眞的無可救藥地過時了。這世界就是如此，第六階級和第七階級總是穿著丹寧或其他耐磨材質的衣服；第五階級的衣服則是枯燥乏味，藝術家總是穿著花紋刺繡的服飾，畢竟歌手和舞者只要穿得有特色、能上台表演就好；上層階級爲了變換風格，偶爾也會穿卡其褲和丹寧褲，但是他們的材質絕對更高級。哎，難道他們的漂亮衣服還不夠多嗎？非得把我們的必需品變成奢侈品才甘心。

我穿上卡其短褲和綠色的短袖束腰外衣，這算是最亮眼的一套服裝。我再從頭到腳看一次後，才走進客廳裡，我覺得自己今天滿漂亮的，也許只是因爲那無形的期待與興奮感。

媽媽和爸爸坐在廚房的餐桌前，哼著歌，他們同時抬頭看了我好幾次，但即便是他們關愛的眼神，也不再令我困擾了。

我拿起那封信，讚嘆於信紙的高級質感。我從未見過這樣的東西，厚實且質地細膩。然而，紙張的重量瞬間提醒了我，現在做的決定對我的人生何等重要，我腦中浮現一個問題：萬一……眞的是我？

但我猛力搖頭，把這個想法趕出腦袋，押著筆在紙上寫字。

整個過程直截了當。我塡上名字、年紀、階級，以及連絡資訊，接著還得寫上身高、體重、髮色、眼睛顏色，以及膚色。我很慶幸自己會三種語言，大多數人至少會兩種語言，但我母親堅持我們必須學法文和西班牙文，因爲還有些國家使用這兩種語言，這對唱歌也有幫助，世界上有好多動聽的法文歌。此外，我們還必須列出最高學歷，這部分落差可能較大，因爲第六、七階級只能上公立學校，而我也幾乎要完成學業了。在特殊技巧的那一欄，我列出聲樂和所有我會演奏的樂器。

「爸，你認爲睡到太陽曬屁股可以算是特殊技巧嗎？」我問爸爸，假裝自己相當苦惱。

「是啊，寫上去吧。順便告訴他們，妳也可以在五分鐘之內用完一餐。」他回答。我聽完笑出聲來，這是眞的，我老是狼吞虎嚥。

「喔，你們兩個眞是夠了！妳乾脆寫自己是個滿腦邪惡思想的異教徒！」媽媽從房裡衝了出來，眞不敢相信她竟如此氣急敗壞，看來她眞的很想贏。

我疑惑地看了父親一眼。

「她只是爲妳好，別想太多。」他往後靠著椅子，放鬆心情，準備著手畫客戶委託的作品，這個月底得交件。

「你也是，但你不會像她那樣。」我附加說道。

「是啊，因爲妳媽和我對『爲妳好』的定義有點不同。」他臉上閃過一抹微笑地說。我和爸爸很像，很容易說出一些天眞的話，最後卻爲自己招來麻煩。媽媽比較急性子，但每當面臨重要關頭時，她知道何時該保持沉默。我卻從來學不會，就像現在……

「爸，如果我想嫁給第六或第七階級的人，而且我眞的愛他，你會同意嗎？」

爸爸放下馬克杯，專注地看著我，我努力不讓自己的表情透露什麼訊息，他沉重地嘆了口氣，充滿無限悲傷。

「亞美，就算妳愛的是個第八階級的人，我也會同意妳嫁給她。但妳應該知道，婚姻的壓力會消磨兩個人之間的愛。妳現在認爲自己愛著的某個人，一旦他無法供給妳生活所需，妳可能會開始恨他，而且如果妳連自己的小孩都照顧不了，一切會變得更糟糕。在這些情況之下，愛是無法持久的。」

爸爸的手輕輕覆在我的手上，我抬起來頭來，望著他的眼睛，試著藏起自己的擔心。

「但無論如何，我都希望妳被好好地珍惜著，妳値得被愛。我多麼希望妳是因爲愛而結婚，而不是因爲階級。」

他就是說不出我想聽到的——我可以爲愛而結婚，而不是因爲階級。他現在也只能衷心祈求未來眞是如此。

「謝謝你，爸爸。」

「別太煩惱妳媽媽的事，她只是努力當一個好媽媽。」他親親我的頭，然後繼續工作。

我嘆了口氣，回頭塡寫申請表格。他們的態度讓我覺得自己並沒有權力得到眞正想要的。這個想法令我很困擾，但我知道自己不可能長期反對他們。因爲我們負擔不起想要的奢侈品，我們有生活的需求。

我拿著塡好的申請表格到後院找媽媽，她坐在那裡修補衣服，玫兒在樹屋下的陰涼處寫作業。艾斯本以前總會抱怨學校老師很嚴格，但比起我媽，他們應該不算什麼。現在是夏天耶，天哪！

「妳眞的答應參加王妃競選了嗎？」玫兒跳起來問我。

「是的，我確定參加了。」

「妳爲什麼改變心意了？」

「媽媽就是有說服我的能耐。」我意有所指地說，不過媽媽對於條件交換一點也不以爲意。

「媽，等妳準備好之後，我們隨時都可以出發去民眾服務辦公室。」

她對我微微一笑。「這才是我的乖女孩。快去準備，我們等等就出門，我想盡快把妳的表格交出去。」

我順從地拿了鞋子和包包。我停在傑拉德的房間一會兒，他正瞪著一面空蕩蕩的畫布，看起來很挫折。我們不停地讓傑拉德嘗試不同的選擇，但沒有一樣讓他感興趣。他看了看角落的電動足球，和某年聖誕節工作換來的二手顯微鏡，顯然他的心思就是不在藝術方面。

「嗯，今天還是沒什麼靈感嗎？」我邊問邊走進他的房間。

他抬頭看著我並搖搖頭。

「也許你可以試試雕塑，像柯塔那樣，你的手很巧，我敢說你會做得很好。」

「我不喜歡雕塑、畫畫、唱歌，或是彈鋼琴，我想玩球。」他的腳踢著老舊的地毯。

「我知道。你當然可以玩球啊，就當作娛樂活動，但是你必須找出自己擅長的工藝，賺錢謀生，這樣就能兩者兼得。」

「但為什麼要這樣？」他嘀咕著說。

「你知道為什麼，這是生存法則。」

「不公平！」傑拉德手一推，畫布掉落至地板，揚起的灰塵融入從窗戶灑進的光線裡。「這不是我們的錯，也不是我們曾祖父的錯，也不是誰比較窮的關係。」

「我知道。」根據先人對於政府的貢獻，而限制我們在人生志業上的選擇，真的很不合理。但現在這個社會就是如此運作，或許我們心懷感恩會好過些，至少我們安全無虞。「我想，現在能讓社會順利運作的，也只有這個方法吧。」

他靜默不語，我發出一聲嘆息，撿起畫布，放回它原來的位置。這是他的人生，無法一筆抹滅。

「小弟，你不需要放棄自己的興趣，但你也想幫忙家裡，然後長大結婚吧？」我旁敲側擊地說。

他吐吐舌頭，表示噁心。這副模樣逗得我們咯咯發笑。

「亞美利加！」樓下走廊傳來媽媽呼喊的聲音。「妳在做什麼？怎麼那麼久？」

「來囉。」我大聲回應她，然後轉頭看著傑拉德。「我知道這很難，但這個世界就是如此，好嗎？」

但我知道這不好，一點都不好。

媽媽和我徒步走到民眾服務辦公室。有時候，如果要去的地方太遠，或是要工作，我們就會搭公車，畢竟滿頭大汗出現在第二階級的家不是件好事，他們已經把我們當作笑話看了。但是今天天氣很好，適合外出，只不過路程有點太長，有點討厭。

很顯然，不是只有我們想趕快交出參加申請表，抵達時，卡洛林納省辦公室前面的街道上已經擠滿女性同胞們。

排隊人群中，我看見前面有好幾位住在我家附近的女孩，正等待入內。走道寬差不多是四個人，人龍就排了大半個街區，看來省裡面每個女孩都報名參加了。我不知道究竟該緊張或是輕鬆。

「瑪格達！」有個人大聲叫。聽見有人叫媽媽的名字，我和她同時回過頭。

希莉亞和坎蓓爾在我們後面，正和艾斯本的母親一起走上前來，她肯定請了一天假來做這件事。她的女兒們看起來白白淨淨，以自己負擔得起的方式盡力打扮。雖然稱不上很華麗，但她們穿什麼都好看，就像艾斯本。希莉亞與坎蓓爾和他一樣，有著深色的頭髮和美麗的微笑。

艾斯本的媽媽對著我微笑，我也對她微笑示意。我很喜歡她，雖然我們交談次數少之又少，但她對我總是和善可親，而且絕對不是因爲我比她高一個階級的緣故。我看過她將家中小孩不能穿的衣服，送給家徒四壁的家庭，她就是那麼善良。

「哈囉，蓮娜、坎蓓爾、希莉亞，妳們好嗎？」媽媽向她們問好。

「非常好！」她們異口同聲說。

「妳們看起來美極了。」我邊說邊將希莉亞的一綹鬈髮放到她肩膀後。

「我們希望照片看起來很漂亮。」坎蓓爾大聲說。

「照片？」我問。

「是啊。」艾斯本的媽媽壓低聲音說。「昨天，我在某個地方官家裡打掃。所謂的抽籤，並非完全隨機，這就是爲什麼他們要求報名者附上照片，以及詳盡的個人資料。如果眞的是隨機，會說幾種語言很重要嗎？」

原來如此。先前我只覺得這些問題有點可笑，猜想也許是抽出人選後所需的資料。

「很顯然消息有點走漏，妳們看看旁邊的人，好多女孩子都打扮得過頭了。」

我的視線掃過人龍，艾斯本的母親是對的。知情的女孩和不知情的女孩明顯分成兩個陣營。比方說，我們身後的一個女孩，顯然來自第七階級，她身上還穿著工作服，或許她那雙沾滿泥巴的靴子不會入鏡，但是連身褲上的汙漬鐵定會被拍到。幾公尺後，另一位第七階級的女孩正把玩著她的工具腰帶，我只能說，幸好她的臉是乾淨的。

在排隊人龍的另一端，我前面的一位女孩將頭髮挽起，在臉龐邊留下幾綹鬈髮。她旁邊的女孩，從服裝看來，肯定也來自第二階級，穿得像是要把全世界都吸引進她的乳溝似的。有幾個女孩頂著大濃妝，在我看來有點像小丑，但至少她們努力了。

我看起來不錯，但跟她們比起來，卻毫無打扮。和那位第七階級的女孩一樣，因爲不知道秘密，所以省了一樁麻煩事。然而，我的心頭卻襲來一陣擔憂。

但何必擔憂？我停下來，重新調整自己的想法。

我並不想要這一切啊。如果我不夠漂亮，那肯定是好事一樁。比起艾斯本的妹妹們，我起碼差了一截，她們天生就是美人胚子，只要上點妝就美若天仙。若是坎蓓爾或希莉亞贏得王妃競選，艾斯本全家的階級就能提升，媽媽也不可能只因爲他不是王子，就反對我嫁給他。看來資訊不發達是件好事。

「妳說的沒錯。」媽媽說。「那個女孩看起來像是參加聖誕派對。」她笑著說，但我聽得出來，她討厭末戰先輸。

「不知道爲什麼有些女孩要打扮得這麼超過，看看亞美利加，她多美啊，我很高興妳跟她們不一樣。」萊傑太太說。

「我沒什麼特別的啦，誰會選我，而不選坎蓓爾或希莉亞？」我對她們眨眨眼說，她們也回報甜美笑容。媽媽則是用力擠出笑容，內心肯定掙扎不已：是要繼續排隊？還是逼我衝回家換套服裝？

「別傻了！每次艾斯本從妳哥哥那邊回家之後，他總是說：辛格家小孩的容貌與才華超乎常人。」艾斯本的媽媽說。

「他眞的這麼說？眞是個很棒的男孩。」媽媽嘟噥著。

「是啊，對一個母親而言，他已經是個完美的兒子了。他很照顧我們，而且努力工作。」

「有天，他也會讓某個女孩幸福快樂的。」媽媽心不在焉地說著，因爲她還在打量其他參加競選的女孩。

萊傑太太迅速地瞄了一下四周。「這件事就我們倆私下知道就好。我猜啊，艾斯本心裡可能有中意的人了。」

我愣住了，不知道自己該不該接話。因爲不管怎麼回答都可能會洩露自己的心意。

「她是怎麼樣的女孩呢？」我媽媽問道，就算她正計畫把我嫁給某個陌生人，也還是有時間八卦。

「不確定。我還沒見過她。我只是在猜，他應該有交往的對象了，他最近看起來快樂多了。」她回答，並露出燦爛的笑容。

最近？我們已經交往快兩年，爲什麼只有最近？

「他會哼哼唱唱的。」希莉亞說。

「是啊，他現在也會唱歌了。」坎蓓爾同意地說。

「他會唱歌？」我驚呼地說。

「喔，是啊。」她們同聲說。

「那肯定是和某人在交往了！」媽媽插話說。「眞想知道是誰。」

「妳說對了，我也想知道。我猜她一定是個很棒的女孩，因爲過去幾個月，艾斯本努力工作，比平常還要努力。而且他還把錢存起來，我想他存錢是爲了結婚吧。」

我忍不住驚呼一口氣。這個消息多麼振奮人心，我太幸福了。

「我眞的好高興。」她繼續說。「即使他還沒準備好告訴我們這位女孩的眞面目，我已經開始喜歡她了。他幸福的笑容騙不了人。自從他爸爸過世之後，我們的日子就很苦。艾斯本把所有責任往身上扛，只要是能讓他快樂，就是我認定的女孩。」

「她肯定是個幸運的女孩！你們家的艾斯本是個很棒的男孩。」媽媽回答道。

我簡直不敢相信這一切。他的家人總是拮据度日，而他竟然願意爲了我而努力存錢。我不知道該心疼責罵他還是該親吻他。我只是……開心到不知道該說什麼。

他認眞計畫著，希望我嫁給他！

現在我的腦中只有艾斯本、艾斯本、艾斯本。我走過排隊的人龍，在窗口邊簽下我的名字，確認表格上所有內容屬實，然後準備照相。我坐在椅子上，撥撥我的頭髮，讓它看起來自然柔順些，接著把臉轉向攝影師。

我想，伊利亞王國的女孩裡，應該沒人比我笑得更開心了。

4

那天是星期五，所以《伊利亞首都報導》會在八點播出，我們並不是一定得看，但是如果錯過就太不明智了。就連那些無家可歸的第八階級遊民也會找家店，或是去可以觀看《首都報導》的教堂。隨著王妃競選活動的開始，《首都報導》成了生活必需品，大家都想知道最新消息。

「妳覺得他們今晚會宣布入選的女孩嗎？」玫兒邊問邊將馬鈴薯泥塞進嘴裡。

「不，親愛的，符合資格者在接下來九天內都可以遞交申請表，所以大概兩個星期後，我們才會知道結果。」這是幾年來，媽媽說話最平靜的時刻，她整個人很放鬆，很高興終於有件令她眞正開心的事。

「喔！我等不及了。」玫兒抱怨道。

什麼叫她等不及？放在抽籤桶裡的可是我的名字耶！

「媽媽說妳們排隊排了很久。」爸爸竟然也加入這個話題，讓我有點意外。

「是啊。」我說。「我沒料到會有那麼多女孩，不知道爲什麼政府還要再等九天，我敢保證全省的女孩應該都報名參加了。」

爸爸咯咯發笑。「排隊等候的時候，有看到什麼有趣的事情嗎？」

「哎，懶得管。」我據實以告。「我把這件事留給媽媽了。」

她同意地點點頭。「對啊，對啊，我眞的忍不住四處觀察。但我認爲亞美利加看起來很棒，優美自然。妳好美麗，甜心。如果他們眞的有挑選，而不是隨機抽籤，妳被抽中的機率比我想的高。」

「我不知道。」我並不想回答，只好顧左右而言他。「有個女孩，她擦了好厚的紅色唇膏，看起來好像在流血，也許王子就喜歡這一款。」

聽到我的評論，大家都笑了。媽媽和我繼續評論那天注意到的穿著打扮，來娛樂大家，玫兒全神貫注地聆聽，傑拉德只是一邊吃著晚餐一邊微笑。有時候，只要看著傑拉德融入這個世界，家中的生活壓力彷彿也跟著煙消雲散了。

八點鐘一到，我們全部湧入客廳。爸爸坐在他的椅子上，玫兒和媽媽並肩坐在沙發上，傑拉德坐在媽媽的膝上，我則坐在地板上整個人伸展開來。接著，我們打開電視，轉到公共頻道，這是唯一一個不需要付費收看的頻道，所以只要買得起電視機，連第八階級也能收看。

電視上開始演奏國歌。也許聽起來滿蠢的，但我向來很喜愛我們的國歌，這是我最喜歡唱的歌之一。

接著，我們看見皇室的照片。站在小講台上的是克拉克森國王，他的顧問大臣坐在一旁，負責報告公共建設的最新進度，以及一些環境議題。攝影機帶到他們每個人，看來今晚有好幾件重要事項要宣布。在螢幕左邊的是王后和麥克森王子，他們坐在典雅的王座上，穿著華美的衣服，看起來威儀不凡，且位高權重。

「亞美，妳的男朋友就在那裡耶。」玫兒大聲說著，把大家都逗笑了。

我仔細看著麥克森，他流露一股獨特的帥氣，但不是艾斯本的味道。他的頭髮是蜂蜜的顏色，眼睛是棕色，看起來很陽光、很夏天。我想對某些人而言應該充滿了魅力。他的頭髮剪得短短，乾淨整齊的樣子，灰色西裝也完美合身。

但是他太拘謹了，有些坐立難安，頭髮太過整齊，西裝太過筆挺，看起來簡直像是一幅畫，而不像個人，我幾乎就要爲那個最後和他在一起的女孩哀悼，絕對是可以想見的無聊人生。

接著，我專心地看著王后，她看起來穩重端莊，卻不會給人一種冷冰冰的感覺。我突然明白爲什麼了，她不像國王或麥克森王子，因爲她並不是在皇宮裡長大的。她是受到愛戴的伊利亞王國之女，出身應該和我差不多。

儘管國王已經開始發表談話，但我還是想問清楚。

「媽？」於是我低聲問，盡量不打擾到爸爸。

「怎麼了？」

「王后她……是來自？我是說她的階級。」

看見我對這件事感興趣，媽媽微笑地說：「第四階級。」

第四階級。她的成長過程裡，很多時間是在工廠或商店中度過的，也或許是農場。我想知道她當時過著什麼樣的生活。她們家是大家族嗎？她的成長過程中大概不需要擔心食物的匱乏。當她被選中時，她的朋友們嫉妒她嗎？如果是我的親密好友，她們會嫉妒我嗎？

哎，太蠢了，我又不會被選中。

於是我開始專心聽著國王的談話。

「就在今天早晨，新亞細亞發生一起新攻擊，震驚我方的基地，所以現在我方軍隊人數較少，但我們有信心，待下個月新兵加入後，軍隊士氣不僅會提升，戰力也將大幅增加。」

我討厭戰爭，不幸的是我們是個新國家，必須對抗其他人，才能捍衛家園，我們的國土已禁不起再一次入侵。

接著國王向我們報告最近對敵方陣營發起的襲擊行動，財務團隊更新了我們的債務狀況，接著，公共建設委員會宣布兩年內要開始重建幾條高速公路，其中有些從第四次世界大戰之後就完全沒動過了。在一連串的宣布後，總算輪到活動主持人的發言了。

「各位伊利亞王國的先生女士們，晚安。大家都知道，王妃競選邀請通知函最近已郵寄至各位家中。我們已經收到第一批申請表。很高興在此宣布，數千名伊利亞王國的美女已經申請抽籤，參加王妃競選！」

坐在後面角落的麥克森微微調整坐姿，他在流汗嗎？

「我代表皇室感謝妳們對國家的熱情。幸運的話，在新年時，我們就能慶祝親愛的麥克森王子與迷人、聰慧、才華洋溢的伊利亞王國之女訂婚！」

幾位坐著的顧問大臣紛紛鼓掌。麥克森微微一笑，但是看起來有些不自在，當掌聲漸弱，活動主持人又開始說話。

「當然，我們會策畫許多節目，呈現王子與王妃競選參賽者的會面情況，還有她們在皇宮生活的特別報導。而陪我們度過這令人期待的時刻的，就是蓋佛瑞·菲戴先生，除他之外，我想不出有更適合的人選了！」

接著，又是一陣掌聲，但這次鼓掌的人是媽媽和玫兒。蓋佛瑞是個傳奇人物。將近二十年來，盛宴遊行、聖誕節表演秀，以及任何皇宮所舉辦的慶典，都是由他一手主持實況報導。他簡直是訪問皇室成員的御用主持人。

「喔，亞美利加，妳可以看見蓋佛瑞了！」媽媽哼哼唱唱地說。

「他出來了！」玫兒邊說邊揮動她小小的手臂。

果然是蓋佛瑞，他穿著一身俐落的藍色西裝，優雅地走向舞台。他大概將近五十歲，總是一副生氣勃勃的模樣。他走過舞台，燈光聚焦在他翻領上的別針，那一閃而過的金光好似樂譜上的強音記號。

「晚——安，伊利亞！」他歌頌地說道。「我必須說，身為王妃競選的一分子眞的是件榮幸的事情。我很幸運能和三十五位美女會面！有哪個笨蛋會拒絕這份工作？」他透過攝影機鏡頭對我們眨眼。「在這些可愛的淑女之中，將有一個人會成為我們的新王妃，在和她們會面之前，我很高興能和我們今天的主角麥克森王子談談。」

麥克森走過鋪著地毯的舞台，在兩張為他和蓋佛瑞設置的椅子旁停下，他將領帶整平，調整西裝，彷彿覺得自己還不夠體面。他和蓋佛瑞握手致意，並坐在他的對面，接著拿起麥克風準備訪問。椅子的高度讓麥克森的雙腳可以靠在椅腳中間，這樣的他看起來輕鬆多了。

「很高興再次見到你，王子殿下。」

「謝謝你，蓋佛瑞。我才應該感到榮幸。」麥克森的聲音像他的身體一樣完美拘謹，整個人散發著正式的感覺，想到有可能和他共處一室，我的鼻頭就不禁皺了起來。

「不到一個月的時間內，將有三十五名女性搬進你家，請問你對此有什麼感覺？」

「老實說，還眞是讓人傷透腦筋啊。不過，有那麼多的賓客肯定能讓皇宮裡多點聲音，我非常期待。」

「你有沒有請親愛的父親給你一些建議，分享他的經驗，如何利用這個機會娶得美麗的妻子？」

麥克森和蓋佛瑞同時看向國王和王后，鏡頭也跟著帶過去，畫面上，國王和王后正看著彼此，微笑並握著彼此的手。他們看起來很眞實，但是我們能看到的不也就這麼多？

「其實我沒問過。如你所知，新亞細亞的情況日益緊張，我和父親最近都忙著軍事方面的工作，沒有什麼時間討論女孩子的事情。」

媽媽和玫兒笑了出來，我想是有點好笑吧。

「我們時間不多，所以我再問個問題，你想像中完美的女孩是什麼樣子？」

麥克森看起來有點驚訝又困惑，看不太出來是什麼原因，但是好像有點臉紅羞怯。

「老實說，我不知道。我想這就是王妃競選的迷人之處，每位參賽者都截然不同——無論是外表，或是喜好，或是個性，都不一樣。藉由跟她們談話的過程，我希望能找到我想要的。我希望能在這過程中尋找答案。」麥克森微笑著說。

「謝謝你的回答，王子殿下。說得非常好。我也在此替伊利亞王國說句話，祝您好運。」說完，蓋佛瑞伸出手，再次與王子握手致意。

「謝謝你。」麥克森說完之後，攝影機並沒有及時移開，所以拍到他回頭看了一下父母親，彷彿納悶自己剛剛說的是否得體。由於下個鏡頭就帶到蓋佛瑞臉部的特寫，所以也看不見國王與王后的回應。

「又到了今晚節目的尾聲。感謝您收看今晚的《伊利亞首都報導》，我們下週再見。」

接著，結尾音樂聲響起，致謝名單也捲過螢幕畫面。

「亞美利加和麥克森坐在樹上～」玫兒哼哼唱唱地說，我抓了個枕頭，砸向她的嘴，但想到這件事情我就忍不住發笑，麥克森看起來生硬又安靜，實在很難想和這種軟腳蝦在一起會有多快樂。

接下來整個晚上，我刻意不理會玫兒的玩笑。最後我回到房間，想一個人獨處。雖然想到和麥克森近距離接觸就讓人渾身不舒服，但是玫兒的那些小玩笑卻整個晚上在我腦中揮之不去，令我難以入睡。

夜裡，我被一陣莫名聲響吵醒，意識到聲音的存在後，我試著在全然的寂靜中觀察我的房間，深怕有人闖入。

叩、叩、叩。

我慢慢轉過去面對著窗戶。是艾斯本，他正對著我而笑。我爬起來，下了床，踮腳走到門口，關起房門並上鎖，然後回到床邊，解開窗戶的鎖，悄悄地開窗。

艾斯本從窗戶爬進來，到我的床上，一股熱氣掃略我的全身，這並不是夏天的熱氣。

「你在這裡做什麼？」我在黑暗中微笑著，低聲耳語。

「我必須見妳一面。」他對著我的臉頰呵出氣息，手臂環繞著我，把我往下拉，我們肩並著肩躺在床上。

「我有好多話想告訴你，艾斯本。」

「噓，別說話，如果讓別人聽見，我們可要付出不小的代價，讓我看看妳就好。」

所以我乖乖聽他的話，躺在原位，安安靜靜，一動也不動。艾斯本凝視著我的雙眼，不時聞著我的頸部和頭髮，他的手在我腰際和臀部之間，一次又一次上下游移著。我聽見他的呼吸聲變得沉重，這種感覺讓我彷彿墜入了什麼似的，深深被吸引著。

他的嘴唇躲在我的脖子後面，開始親吻我，我忍不住深吸一口氣，艾斯本的嘴唇移到我的下巴，然後覆著我的唇，止住我一聲聲的驚嘆。我整個人環抱著他，我們熱烈地擁抱彼此，夜晚濕氣讓我們被汗水浸濕。

這是我們最私密的時光。

艾斯本的嘴唇終於慢下來，不過我卻一點也不想停下來，雖然如此我們還是得聰明點，如果我們逾越了那條線，而且留下證據，我們都將被送進牢裡。

等待是種折磨，這是我們每個人都早婚的另一個理由。

「我該走了。」他低聲說道。

「但我想要你留下來。」我的嘴唇在他的耳邊，我又一次聞到他身上沐浴後的香氣。

「亞美利加，以後每天晚上，妳都會在我懷裡睡去，每天早上妳都會在我的吻裡醒來，總有一天。」想到這，我緊咬著嘴唇。「但現在我必須走了，我們這樣太危險了。」

我嘆了口氣，鬆開手，他說得對。

「我愛妳，亞美利加。」

「我愛你，艾斯本。」

這些秘密的時刻將會支撐我度過一切困難：我的落選而讓媽媽失望難過的時候、爲了幫艾斯本存錢我必須做的工作、當他向爸爸提親時所爆發的爭執，以及我們結婚後所面臨的一切爭吵。

那些都不重要，只要我有艾斯本。

5

一週之後的樹屋約會，我刻意比艾斯本早到。

我費了些工夫，才在不製造聲響的情況下把所有東西帶上去。聽見有人爬樹的時候，我又再調整一下碗盤的位置。

「呼。」

艾斯本打破沉默，發出爽朗笑聲。我點了我爲我們買的新蠟燭。他走過來吻了我。接著，我開始分享上個星期所發生的事情。

「我還沒告訴你遞交申請表那天的事。」我非常興奮，急著想告訴他這個新聞。

「情況如何？我媽說那天人滿爲患。」

「眞的是瘋了，艾斯本。你眞應該去看看大家都穿些什麼！你應該也聽說根本就沒有隨機抽籤這回事。所以，我的想法是對的，卡洛林納省有太多比我有趣的人，怎會選我呢？根本不、可、能。」

「我還是要謝謝妳報名了，這對我而言意義重大。」他的雙眼仍然專注看著我，完全忽略樹屋四周的景物，彷彿想將我一飲而盡，一如往常。

「嗯，最棒的是，因爲媽媽不知道我早已答應你會報名，所以她爲了讓我遞交申請表，還不惜收買我。」我無法克制臉上的微笑，這個星期有些人家已經開始爲自己的女兒舉辦派對，一副她們一定會被抽中的自信模樣。我至少因此唱了七場派對，而且每個晚上都趕兩場，就爲了多賺點私房錢。媽媽也信守諾言。有自己的錢感覺很自由。

「收買妳？怎麼收買？」他整個臉亮了起來，興奮之情溢於言表。

「當然是錢囉，看，我爲你做了大餐！」我把他推開一些，拿起盤子。我特地多做很多晚餐，好留給他吃，也烤了好幾天的點心，反正玫兒和我也超愛吃甜點，她也很高興，我選擇這種方式來花我的錢。

「這是什麼？」

「食物。我自己做的。」我很得意地呈現自己的心血結晶。艾斯本今晚總算能吃飽了。但是，看著一盤一盤的食物，他的微笑漸漸消失。

「艾斯本，怎麼了嗎？」

「這樣不對。」他搖搖頭，看向遠方，以免眼淚掉了下來。

「你這是什麼意思？」

「亞美，應該是我供養妳所需。我來這裡，讓妳爲我做這一切，眞的太可恥了。」

「我又不是第一次帶食物！」

「但那是妳吃剩的。妳以爲我看不出來嗎？如果是妳不要的東西，我拿了並不會心虛。但是卻讓妳專程這麼做——應該是我——」

「艾斯本，你也給了我不少啊。我所有的一分錢——」

「那些一分錢幣？妳眞的要我說明白嗎？妳不知道我有多討厭那樣嗎？我好愛聽妳唱歌，卻不能像其他人那樣付妳錢。」

「你根本不該付我錢的！那是禮物。任何屬於我的，只要你想要，你就能擁有！」我知道我們應該小聲一點，但在這個節骨眼上，我豁出去了。

「亞美利加，我不想要妳的施捨，我是個男人，就應該養家活口。」

艾斯本雙手抓著頭髮，呼吸越來越急促。以往，他總是藉由爭吵的過程想清楚答案，但這次他的眼神不同。他的表情反而更加困惑。看著他站在原地，悵然若失，我的怒氣很快就消失無蹤。我感到罪惡，當初只想愛護他，不是想羞辱他的。

「我愛你。」我在他耳邊說。

他搖搖頭。

「我也愛妳，亞美利加。」但他還是不肯看我。我拿起一些我做的麵包放在他的手裡。他太餓了，不得不咬一口。

「我不是要傷害你。我以為這會讓你高興。」

「不，亞美，我喜歡妳這樣。但我不敢相信妳為我多做了這些事。妳不知道……我有多恨自己不能為妳做這些事。妳值得更好的。」幸好，他還願意邊吃邊說。

「你不能再這樣想了。如果只有你和我，我就不是第五階級，你也不是第六階級，我們就只是艾斯本和亞美利加。世界上的東西，我什麼都不想要，只想要你。」

「但我無法停止剛剛的念頭。」他看著我說。「我就是這樣被養大的。從我很小的時候，我就清楚『第六階級生來就是要服務』或『第六階級生來就是不該被看見』。我的人生教我學會當一個隱形人。」他的手像老虎鉗一樣抓住我的手。「亞美，如果我們在一起，妳也會變成隱形人。我不想讓妳變那樣。」

「艾斯本，我們已經談過這個了。我知道一切會不同，我已經準備好了，我不知道怎麼說，你才會明白。」我把手放在他的心上。「你準備好的時候，我也準備答應你了。」

把自己的心意毫無保留地掏出來，清清楚楚呈現自己深刻的情感，這樣的做法令人不安。他知道我在說什麼。但如果我的脆弱會讓他勇敢，那麼我願意承受。他的雙眼在我的眼裡搜尋著。如果他想尋找疑惑，那他是在浪費時間。艾斯本是我唯一確定的人。

「不。」

「什麼？」

「不。」聽見這個字，感覺自己的臉被打了一巴掌。

「艾斯本？」

「我不知道是怎麼騙自己的，以爲這樣眞的行得通。」他的手指再次梳過頭髮，彷彿要把關於我的所有想法，統統趕出腦袋。

「但你剛剛說你愛我。」

「亞美，我的確愛你，但這就是重點所在。我不能讓妳像我一樣，我無法忍受讓妳挨餓受凍或是擔心害怕，我不能讓妳變成第六階級。」

我感覺雙頰已有熱淚流過。他不是這個意思吧？他不能這樣。但我還來不及要他把話收回，他就開始移動身體，準備爬出樹屋。

「你……你要去哪裡？」

「我要離開了。我要回家。很抱歉結果是這樣，亞美利加，一切都結束了。」

「什麼？」

「結束了。我不會再來這裡了。不會再像這樣。」

我開始哭泣。「艾斯本，拜託你別這樣。我們好好談談，你只是一時難過。」

「我比妳想的還要難過，但不是因爲妳。亞美，我辦不到，眞的辦不到。」

「艾斯本，拜託你……」

他把我拉過去，緊緊靠著他，親吻我——那是個眞實的吻——最後的吻。然後他就消失在夜色之中。因爲這個國家就是如此，因爲所有的規則讓我們躲躲藏藏，我甚至無法喊出他的名字、追回他的人，沒辦法再跟他說一次我愛他。

接下來的幾天，家裡的人看得出來我不太對勁，但是他們以爲我是因爲王妃競選而緊張焦慮。好想哭個千次萬次，但我忍住了，我只想忍到星期五，希望在《首都報導》公布入選名單之後，一切就能恢復正常。

我在腦中幻想，他們會宣布希莉亞和坎蓓爾入選，雖然媽媽會失望，但不至於像看見素昧平生的陌生人入選那麼失望。爸爸和玫兒會爲她們高興，因爲我們兩家向來親近。我知道艾斯本一定會很想我，就像我很想他一樣。我敢說，節目還沒結束，他就會到我家，求我原諒，要求和好。雖然入選並不表示當選，沒人能確定他妹妹的未來，但他可以好好利用這個大好機會，事情會容易許多。

我想像著這個完美的劇本，我想像著每個人都能幸福快樂……

十分鐘過後，《首都報導》開始，我們早就坐定位。難以想像有人會願意錯過節目的任何一秒，尤其是宣布入選名單的時刻。

「我還記得安柏莉王后入選的時候！喔，打從一開始我就知道是她了。」媽媽正在做爆米花，好像要看電影似地。

「媽媽，妳有參加王妃競選嗎？」傑拉德問道。

「沒有，甜心，當時我太小了，和入選資格差兩歲。但我很幸運，我遇到你們父親。」她微笑著說，並眨了眨眼。

哇，她心情肯定不錯。我已經記不得她上一次對爸爸這麼熱情是什麼時候的事了。

「安柏莉王后是有史以來最好的王后，她美麗，又充滿智慧，每次在電視上看到她，我都希望自己能像她一樣。」玫兒讚嘆地說。

「她是個好王后。」我小聲附和說。

終於又到了晚上八點鐘，電視畫面出現我們的玫瑰花國徽，並搭配演奏版的國歌。我是在顫抖嗎？我已經準備好，等待一切結束。

國王出現在螢幕上，簡短報告了最新戰況。另一項宣布也很簡短。感覺現場每個人的心情都不錯，我猜這個活動也令他們很興奮吧。

最後節目主持人介紹蓋佛瑞出場，蓋佛瑞直接走向皇室成員們。

「晚安，陛下。」他對國王說。

「蓋佛瑞，真高興見到你。」國王笑著說，整個人樂陶陶的樣子。

「您很期待公布入選名單嗎？」

「啊，是啊。昨天我在房間裡，已經先看到幾位，都是非常美麗的女孩。」

「所以您已經知道她們是誰了？」蓋佛瑞大聲說。

「就幾位而已，幾位而已。」

「王子殿下，那請問國王有沒有和您分享這個資訊呢？」蓋佛瑞轉向麥克森。

「完全沒有。我會和大家同一時間知道。」麥克森回答，看得出來他極力隱藏自己的緊張感。

「王后陛下，」蓋佛瑞轉向王后，「請問您對入選者有任何建議嗎？」

她露出一抹淡定的微笑。我不知道當年她參加王妃競選時，其他的女孩長得什麼模樣，但我無法想像有誰能像她一樣，如此優雅美麗。

「好好享受當平凡女孩的最後一天。明天起，妳的人生將永遠不同。最後送上一句老生常談卻很受用的話：做自己。」

「眞是充滿智慧的言語，我的王后，相當睿智。現在，就讓我們揭曉入選名單的三十五名佳麗。各位女士先生，請與我一同向以下伊利亞王國的女兒們恭賀致意！」

電視畫面變成國徽，畫面右上角的小方格是麥克森的臉，將顯示他看見入選女孩們照片的立即反應，那一刻他就已經有所評論，我們每個人也都是如此。

蓋佛瑞手上拿著一疊卡片，準備唸出那些女孩子們的生平背景故事，而根據王后的說法，她們的人生即將截然不同。

「漢斯普特省的愛蕾娜．史多斯小姐，第三階級。」電視上出現一張照片，照片裡是名嬌小女子，看起來就是一位淑女。麥克森的臉上出現笑容。

「威佛利省的菀絲黛．基浦小姐，第四階級。」電視上出現一名有雀斑的女孩，她看起來比較老，更成熟一些。麥克森對國王小聲地說了些話。

「帕洛馬省的費歐娜．凱斯雷小姐，第三階級。」這次是一位有著褐髮、小麥膚色、畫著煙燻眼妝的女孩，也許跟我同年，但看起來更……成熟老練。

我轉向坐在沙發上的媽媽和玫兒，「她看起來是不是太——」

「卡洛林納省的亞美利加．辛格，第五階級。」

我馬上轉過頭去，千眞萬確，是我的照片，在發現艾斯本爲了娶我而努力存錢之後拍下的照片。我看起來容光煥發、充滿希望、美麗動人，看起來好像沉浸在戀愛中。一定有人誤以爲我的笑容是麥克森王子的緣故。

媽媽在我耳邊興奮尖叫，玫兒整個人跳了起來，到處分送爆米花，傑拉德也激動到開始跳舞，而爸爸的樣子……很難言喻，但我猜躲在書本後的他正微笑著。

我錯過了麥克森王子的表情。

然後電話鈴聲響起。

就這麼響了好幾天。

6

接下來的整個星期，準備人員不斷地湧入家中，替我準備王妃競選的相關事宜。首先有位討厭的女士，彷彿一口咬定我的申請表內容有大半是虛張聲勢；接著是一位貨眞價實的皇宮衛兵，他替我們進行安全檢查，並帶了幾位地方士兵大略察看我們家。顯然，不用等到進宮，我們就得擔心民眾反感攻擊的問題。哎，還眞是太好了。

我們接到一位名叫詩薇亞的女人打來的電話，問我們有沒有什麼需要。她聽起來很活潑，但也有點公事公辦的感覺。我最喜歡的訪客是一位纖瘦、留著山羊鬍的男子，他替我量身，好縫製一批新衣服。我不確定時時刻刻穿得正式優雅會是什麼感覺，但我期待改變。

這些準備人員中，最後一位在星期三下午來到我們家，也就是我離開的前兩天。他負責帶我看過所有官方規定。這個人超級無敵瘦，頂著一頭往後梳的油亮黑髮，不停流汗。他一進我們家，劈頭就問有無比較隱密、可以談話的地方。一聽他這麼說，我直覺有事要發生了。

「嗯，我們可以坐在廚房，看您覺得如何？」媽媽提議說。

他用手帕輕輕擦頭，並看著玫兒。「其實，在哪裡談話都可以，但我想您可能得請您的小女兒離開。」

他究竟要說什麼，有什麼是玫兒不能聽的？

「媽媽？」玫兒問，很難過自己被排除在外。

「親愛的，玫兒，妳快去畫畫，妳上個星期都沒專心做作業。」

「但是——」

「我們一起走吧，玫兒。」我提議說，她的眼淚已在眼眶裡打轉。等我們到走廊上，確定沒人聽見之後，我把她拉過來緊緊抱著。

「別擔心，」我在她耳邊說，「我答應，今晚一定告訴妳所有的事情。」

通常她會開心地又蹦又跳，簡直要把地板掀開。但這次她一反往常，只是安靜地點點頭，走進爸爸的工作室，坐在她自己的小角落。

媽媽替那位紙片男泡好茶，我們便坐在廚房餐桌前談話。一疊紙和一枝筆攤開放著，旁邊還有一個寫著我的名字的檔案夾。他快速理過資訊，並開始說話。

「很抱歉這麼神秘，但是這裡有些問題，我必須向您確認，這些問題可能會讓人不太舒服。」

媽媽和我迅速交換個眼神。

「辛格小姐，接下來的話聽起來會有些刺耳，但是經過上個星期五，您現在已經是屬於伊利亞王國的資產。從現在起，您必須好好照顧自己的身體。我們一邊對過以下資訊，同時有些表格請您簽署。若您無法遵守以下任何事項，您將立即由王妃競選名單中除名。請問您了解嗎？」

「是。」我小心翼翼地說。

「非常好。我們先從簡單的開始。這些是維他命。由於您屬於第五階級，我假設您並無法攝取足夠的營養，因此您必須每天服用一顆。目前請您自行服用，但進宮之後，會有人幫忙您。」

他將放在桌上的一個大罐子遞給我，另外我得簽一張表格，證明我有收到。

我強忍住笑意，心中卻翻了個白眼：在皇宮裡吞個藥丸也要人伺候？

「我這裡有您的身體健康資料，是您的醫師提供的，並沒有什麼大礙，您的健康狀況良好，不過他說您睡得不太好？」

「嗯，我想……應該是期待進宮，所以輾轉難眠。」這幾乎是實話。進宮準備的這些日子如同炫風般捲過我的生活。但夜裡，等一切安靜下來，我會想起艾斯本，這是唯一我無法阻止他進入我內心的時刻，顯然，我也很難讓他離開。

「我懂了。今晚我可以派一位睡眠專家給您，如果需要的話。我們希望您可以好好休息。」

「不用，我不──」

「好的。」媽媽打斷我的話。「抱歉，甜心，但妳看起來真的累壞了，拜託，請派一位睡眠專家過來。」

「好的，夫人。」紙片男在我的檔案裡做了另一個註記。「那我們繼續。接下來是個私人問題，但是我必須和每位競選者討論，所以請不要害羞。」他停頓一下，接著說：「我必須確認您──還是一位處女。」

媽媽的雙眼瞪大，幾乎就要凸出來。這就是玫兒必須離開的原因。

「你是認真的嗎？」我真不敢相信他們竟然派人來問這個。至少也派個女士吧……

「恐怕是的。如果您不是，我們必須立刻知道。」

喂，我媽還在這裡耶！「先生，我當然還是！我很清楚法律規定，又不是笨蛋。」

「請仔細考慮再回答。如果被發現欺騙……」

「天哪，什麼鬼問題，亞美利加還沒交過男朋友呢！」媽媽說。

「沒錯。」我附和著說，希望能停止討論這個問題。

「非常好。那請您在這張表單簽名，確定您的感情狀態。」

我翻了個白眼，但還是照做。想到伊利亞王國差點化為一堆礫石，我很高興還擁有自己的國家，但是這些規定讓我幾乎窒息，好像有一條隱形的鎖鍊把我往下拉。規定你可以愛誰的法律、必須保持處女完身的做法，這些荒謬到令人忿忿不平。

「接著，我必須帶妳看過這些規則。簡單明瞭，希望您能遵守。如果有任何疑問請提出。」

他的視線從那一疊表格中抬起來，並與我對看一眼。

「我會的。」我含糊不清地說。

「您不能恣意離開皇宮。只有王子本人允許，您才可以離開。即使是國王或王后都不能強迫您離開。他們可以不認同您，但只有王子才能決定誰留下、誰離開。王妃競選沒有時間限制，可能在幾天之內結束，也可能拖上幾年。」

「幾年？」我驚恐地問。一想到要離開那麼久，就令我恐懼不安。

「別擔心。王子不太可能拖延競選時間。他會展現必要的果斷，畢竟王妃競選持續太久也不好。但萬一他需要多點時間做決定，不管多久您都得留。」

我的臉上肯定流露出相當恐懼的表情，因為媽媽正輕輕拍著我的手。紙片男卻一點也不覺得困擾。

「您不能自行安排和王子相處的時間。如果他想，他會找您單獨約會。如果是有他在場的大型社交場合，情況就不同了。但如果他沒有邀請您，您不能擅自找他。

「我們並不期待您會和其他三十四位候選人往來，但您不能動手打她們，或是妨礙她們。如果發現您對另一位候選人出手，造成她的壓力，或偷她的東西，或是做任何事情妨礙她和王子的關係，那麼王子就會決定是否把您除名。

「麥克森王子將是您唯一的情感關係對象，如果您被發現，寫情書給這裡的人，或是被抓到和皇宮裡其他人有不尋常的關係，將會被視爲叛國罪，並處以死刑。」

聽見這點，媽媽翻了個白眼，不過她並不知道這是最讓我擔心的規則。

「如果發現您違反任何伊利亞王國的法律，您將接受公正的制裁。王妃候選者的身分並不會將您置於法律之上。

「您絕對不能穿戴、享用不是由皇宮提供的服飾與食物。基於安全考量，必須嚴格執行。

「星期五那天，您必須上《首都報導》。皇宮裡偶爾會有攝影師或錄影人員，所以您必須時時謹慎小心，表現謙恭有禮，讓大家欣賞您和王子在宮中的生活型態。

「您待在宮中的每個星期，您的家庭將能獲得補助金。我離開的時候會給您第一張支票。此外，假如您離開皇宮，助理會幫助您適應王妃競選後的生活。在您離家前往皇宮之前，您的助理會過來幫忙最後的準備，離開之後她也會幫您找新的住所和工作。

「假如進入前十名，您將被視爲菁英準妃。到這個時候，您必須學習宮中特別的生活方式，以及身爲王妃該有的義務。在那之前，您不許詢問相關細節。

「從現在起，您的階級是第三階級。」

「第三階級？」媽媽和我同時驚呼道。

「是的。王妃競選過後，女孩子們要回到原本的生活有點難。第二階級和第三階級沒什麼問題，但是第四階級以下的可能會很難。所以您現在是第三階級了，但是您的家人們還是第五階級。假如您成爲王妃，您和全家人都會是第一階級，皇室的一分子。」

「第一階級。」媽媽有氣無力地說出這四個字。

「若留到競選最後，您將嫁給麥克森王子，受封成爲伊利亞王國王妃，您會獲得王妃應有的權利，並承擔該身分之所有義務，請問明白了嗎？」

「是的。」這個部分聽起來似乎很嚴肅，卻令人欣然同意。

「非常好。如果沒問題，請在這張表格上簽名，表示您已經聽過所有的規則。辛格太太，方便的話，請您在這張表格上簽名，表示已經收到支票。」

我沒有看見支票的金額，但是媽媽的眼眶湧著淚水。一想到要離開，我就覺得不捨，但是我很確定，就算我隔天就被遣返，這張支票足夠讓我們家過非常舒服的一年。而且我現在聲名大噪，大家都想聽我唱歌，絕對有足夠的工作量。但是晉身爲第三階級的我，還能唱歌嗎？如果要從第三階級的職業裡挑選，我會選擇教書，至少還能教教音樂。

紙片男收好表單後，起身準備離去，並感謝我們的時間與茶點。在我離家之前，還會有一位政府人員，那個人就是我的助理，她將引導我從家裡出發到機場起飛前的這段路。接下來……就剩我一個人了。

我們的訪客問我是否能帶他到門口，媽媽同意了，因爲她也必須開始準備晚餐。我不喜歡跟他單獨相處，幸好這段路也不長。

「還有一件事。」紙片男說，他的手已經放在門把上。「這不算是個規則，但是如果您忽略這點，那就太不識相了。當您受邀和麥克森王子一起做什麼事情的時候，千萬不能拒絕，不論是什麼事情。晚餐、外出約會、親吻——超越親吻的事——任何事情。千萬別拒絕他。」

「什麼？」這是剛剛要求我簽名證明處女之身的人嗎？他現在這樣說，意思是如果麥克森王子要求，我就應該把初夜給他囉？

「我知道這聽起來有點……不得體。但只是想說明，無論在哪種情況下，妳都沒有必要拒絕王子。辛格小姐，晚安。」

噁心死了，太討人厭了。伊利亞的法律規定，一切必須等到結婚。這種作法能有效防止海灣地區的疾病傳染，也能維持階級的完整。違法者會被趕到大街上，成爲第八階級，一旦被發現越界（無論是他人揭發或因懷孕而被發現），就必須接受刑罰，關進牢裡。就連只是有嫌疑的人，可能都得在牢裡待幾個晚上。沒錯，法律限制我和我愛的人有親密接觸，這曾經令我感到困擾，現在我和艾斯本結束了，總算不用時時處於危險邊緣，我還眞該感到高興。

但我好生氣。我剛剛不是簽了一張表單，說如果我違反伊利亞王國的法律，我會被處以刑罰？我並沒有在法律之上，那是他說的。但很顯然，王子是在法律之上。我覺得這很骯髒，比第八階級還下流。

「亞美利加，甜心，外面有人找妳。」媽媽哼唱著說。我有聽見門鈴聲，但不急著應門。如果外面又是找我要簽名的人，我想我可能應付不來。

我到家裡的走廊上，彎過轉角就看見有個人拿了一束野花，是艾斯本。

「哈囉，亞美利加。」他的聲音有些壓抑，一副若無其事的模樣。

「這些花是坎蓓爾和希莉亞要我帶給妳的，她們祝福妳一切順利。」他走向我，遞上花束。這是他的妹妹們送的，不是他。

「真是太貼心了！」媽媽大聲驚呼地說。我幾乎忘記她的存在。

「艾斯本，很高興看到你。」我試著讓自己聽起來很平靜，就像他一樣。「我打包得一團亂，你可以來幫我清理一下嗎？」

由於我媽媽在場，他必須接受這份工作。一般而言，第六階級不能拒絕，如同我們也不能拒絕更高階級的邀請。

他輕嘆了一口氣，點點頭。

艾斯本跟著我到走廊上。這樣的場景，我想了多少次：艾斯本光明正大地到我家、我的房間。反正情況還能多糟糕？

我推開房間門，艾斯本立刻大笑。

「妳是讓小狗幫妳打包嗎？」

「喂！我找不到我想要的東西嘛。」我忍不住露出微笑地說。

他開始工作，把東西立好並開始摺襯衫，我當然也有幫忙。

「妳不用帶這些衣服嗎？」他低聲說。

「不用。從明天出門開始，他們會幫我打扮。」

「喔，哇！」

「你的妹妹們很失望嗎？」

「說眞的，不會。」他搖搖頭，有點疑惑地說。「她們一看見妳的照片，全部的人都好開心。她們爲妳瘋狂，尤其是我媽媽。」

「我好喜歡你媽媽，她總是對我那麼好。」

就這麼安靜地過了幾分鐘，我的房間也慢慢回到原來的模樣。

「妳的照片……」他開口說，「非常美麗。」

聽見他說我很漂亮，我的心糾結不已。這一切眞不公平，尤其他爲我做了這麼多。

「那是因爲你。」我低聲說。

「什麼？」

「因爲……我以爲你很快就要向我求婚了。」我的聲音很沉重。

艾斯本安靜了一會兒，似乎在想要如何回應。

「我的確想過，但不重要了。」

「那很重要。爲什麼不告訴我？」

他揉揉頭部，果斷地說：「我還在等。」

「等什麼？」究竟還有什麼好等的？

「徵召令。」

這確實是個問題。被徵召入伍真的不知道是福是禍。在伊利亞王國，每個十九歲以上的男性都符合從軍資格。每年兩次隨機抽籤選出入伍的士兵，符合資格的男子會在生日前半年得知抽籤結果，被徵召入伍者從十九歲到二十三歲都必須待在軍中。抽籤的結果就快公布了。

我們聊過這件事，但總不是很實際。我們都天眞以爲，只要忽略徵召令，徵召令也不會記得我們。

但好處是，從軍者的階級會自動變成第二階級，政府會訓練你，並且負擔你往後的人生。缺點是你永遠不會知道自己未來的去處，他們會把你調離自己的省分，擔心你對自己熟悉的人比較寬容，容易有不客觀的判定。你可能終其一生待在皇宮，或是成爲某些省的地方警力，你也可能一直在軍中，被送上戰場，很多被送上戰場的人都不大能適應。

未婚男子在收到徵召令之前，通常會等待。若是結婚之後收到徵召令，最好的狀況就是和妻子分隔四年。最糟就是妻子可能年紀輕輕就必須守寡。

「我只是……不想讓妳那樣。」他低聲說。

「我懂。」

他打直身體，試圖換個話題。「所以妳要帶些什麼進宮？」

「一套備用衣物，等他們把我踢出競選的時候可以穿。一些照片和書。他們已經告訴我不用帶樂器，我想要什麼，那邊都會準備好。所以就是那一小包東西了。」

我的房間恢復乾淨整齊，那只背包不知爲何看起來特別大。他帶來的花束放在書桌上，比起其他黯淡的物品，顯得耀眼奪目。也或者是因爲現在，其他的東西在我眼裡都黯然失色……現在，一切都結束了。

「那沒有很多。」他說。

「我要的從來就不多，要讓我快樂很簡單，我以爲你知道這點。」

他閉上眼睛。「別說了，亞美利加，我做了正確的決定。」

「正確的決定？艾斯本，你讓我以爲我們辦得到，你讓我愛上你，然後說服我去參加那個競選。你知道他們把我送去那裡，只爲了讓我成爲麥克森眾多的玩物之一？」

他倏地轉過頭，面對著我驚問：「什麼？」

「我不能拒絕他。什麼事都不能。」

艾斯本雙拳緊握，看起來相當痛苦與憤怒。「假如他不想娶妳……他也可以……？」

「是。」

「抱歉，我不知道。」他深吸一口氣。「但如果他眞的選了妳……那就好了。妳值得幸福的人生。」

這句話徹底地惹惱我。我打了他一巴掌。「你是笨蛋嗎？」我對著他低聲怒吼。「我恨他！我愛你！我想要的是你，一直以來我想要的就是你！」

他的眼裡泛著淚光，但我不在意。他讓我夠難過了，現在輪到他了。

我。

「我該走了。」他說，並朝著門口走去。

「等等，我還沒付你錢。」

「亞美利加，妳不用付我錢。」他再次轉身離開。

「艾斯本．萊傑，你敢再往前走！」我的聲音聽起來火冒三丈。他停下腳步，終於肯看著我。

「妳好好練習，成爲第一階級吧。」看著他的眼神，我知道他不是在說笑，這是種羞辱。

我只是搖搖頭，然後走到我的書桌前，拿出自己賺的所有錢，把每一分錢都放在他的手上。

「亞美利加，我不能收。」

「該死，你幹嘛不收？我不需要了，但你需要。如果你眞的愛過我，請拿走吧。你的驕傲把我們害得不夠嗎？」我感覺到他漸漸軟化，停止反抗。

「好吧。」

「還有這些。」我從床下拖出一個小罐子，裡頭裝滿一分錢的硬幣，我把它們倒在他手上，有個硬幣頑固地黏在罐子底部。「這些是你的錢，應該由你來花。」

從此刻開始，我已經沒有任何他的東西了。一旦他用盡了那些錢，他也不會再留有任何我的東西了。我已經感受到那股痛苦。我的雙眼浸濕。我必須用力呼吸，才不會忍不住啜泣。

「亞美，我很抱歉，祝妳好運。」他把錢亂塞進口袋後，頭也不回地跑了出去。

這跟我想像中的哭泣不一樣。我以爲自己會痛徹心扉地號啕大哭，而不是慢慢地流著眼淚。

當我把罐子放回架上時，我又再次注意到那個一分錢硬幣。我將手指伸進去，把硬幣和罐子分離，硬幣在罐子裡叮噹作響。那是個空空洞洞的聲音，我卻能感覺它在我胸前迴響著。我知道，自己依舊沒能放下艾斯本，現在還沒有辦法，也許永遠都沒辦法。我打開後背包，把罐子放進去，然後緊緊關上背包。

玫兒偷偷溜進我的房間。我吞下一顆愚蠢的維他命後，握著她的手入睡，感覺漸漸麻木。

7

隔天早晨，我穿著王妃候選者的制服：黑色褲子、白色襯衫，頭上佩戴代表我們省的花卉——百合花。鞋子必須穿自己的，於是我選了一雙快要穿爛的紅色平底鞋。我應該在最一開始就表明自己不是當王妃的料。

我們準備前往廣場。今天每位王妃候選者的家鄉都會舉辦送別會，但我並沒有特別期待。那些人只會瞪著我看，而我卻什麼都不能做，只能站在原地不動。而且基於安全考量，我將被送到三公里遠的地方，簡直荒謬至極。

今天才一開始，我就渾身不對勁。姊姊肯娜和姊夫詹姆士一起來為我送別，她眞的很好，畢竟她現在有孕在身，常常處於疲勞的狀態。哥哥柯塔也來了，不過他的出現只讓現場更熱烈，並沒有讓大家放鬆。從家門到皇家禮車的那段路程上，柯塔刻意放慢腳步，好讓攝影師和支持者看個過癮。對此，爸爸也只是搖搖頭。

玫兒是我的唯一安慰。她緊拉著我的手，試圖將她的熱情傳染給我。走進人潮擁擠的廣場時，我們還不願放開彼此。彷彿卡洛林納省的每個人都來看我啓程，順便湊個熱鬧。

我站在升起的舞台上，每個階級之間是如此分明。瑪格麗塔是第三階級，她和她的父母親看我的眼神就像一把利刃。坦奈爾是第七階級，她正對著我送飛吻。上面階級的人看我的樣子，彷彿我偷走了原本屬於他們的東西。第四階級以下的人則爲我加油打氣，因爲我是個飛上枝頭的平凡女孩。我意識到自己對這裡每個人的意義，對他們所有人而言，我彷彿某種象徵。

我試著專注在那些臉龐上，我抬起了頭，心中暗自決定好好做這件事，我會鼓舞許多人，成爲低階人民的最高榮耀。想到這，我便覺得自己有一種使命感。亞美利加，來自低階的勝利者。

一段響亮的喇叭吹奏聲之後，市長開始說話。

「卡洛林納省將爲辛格家美麗的女兒加油打氣，新一屆王妃候選者——亞美利加．辛格小姐！」

群眾們拍手並大聲歡呼，有些人還丟來花朵。

我仔細聆聽這些聲音，微笑，並對大家揮手，然後我繼續看著群眾，但這次的原因不大一樣。

如果可以，我想再看一次他的臉。我不知道他會不會來。他昨天對我說我很美，但卻感覺很疏遠，很刻意。結束了，我知道，但你不會愛一個人愛了兩年，然後說不愛就不愛。

眼神掃過好幾群人之後，我終於找到他，但我多希望自己沒看見他。艾斯本站在那裡，懷裡卻抱著布蕾娜，他臉上的微笑代表我的心碎。

也許有些人只隔一夜就能說不愛就不愛。

布蕾娜是第六階級，與我年紀相仿，算是漂亮，但和我完全不同典型。我猜，她會得到他爲我存錢準備的婚禮和生活吧。顯然徵召令也不再困擾他了。她對著他微笑，並走向她的家人。

他喜歡她很久了嗎？難道她是那個他每天見到面的女孩，我是那個每週見他一次，給他吃東西，用吻親遍他全身的女孩？我不禁想起，也許我們那些躲躲藏藏的聊天時間，對他而言只是一連串冗長、無聊的回憶。

我氣到哭不出來。

不過，這裡可有我的支持者，他們肯定希望我能看看他們。所以趁著艾斯本還不知道我在看他的時候，我的視線回到那些崇拜我的人身上。我將微笑掛回臉上，比剛剛笑得更燦爛，並開始熱情地揮揮手。艾斯本不會再稱心如意了，他傷不了我了。是他拱我上這舞台，我會好好利用這個機會。

「各位女士、先生們，請和我一起歡送我們最喜愛的伊利亞的女兒，亞美利加．辛格！」市長大聲說著。我身後一個小小的樂隊開始演奏國歌。

然後是更多的祝福、更多鮮花。突然間，市長在我的耳邊說話。

「親愛的，妳想說些什麼嗎？」

我不知道該怎麼拒絕才不會顯得無禮。「謝謝你，但我快無法承受這麼多的……我想不用說什麼了。」

他雙手握著我的手。「當然，親愛的女孩，別擔心，交給我吧。進宮後，他們會好好訓練妳這方面的能力，妳會需要的。」

接下來，市長對聚集的群眾們講述我的事蹟，打趣地說在第五階級裡，我算是個難得的聰慧美女。他看起來並不勢利，但就算是上面階級一些比較好的人，也難掩高傲之情。

我的視線掃過群眾，又看見了艾斯本。他看起來很痛苦，那個表情，和他幾分鐘前跟布蕾娜在一起時的表情南轅北轍。又在玩什麼把戲？於是我把視線移開。

市長講完話，接著對我露出微笑。每個人都好高興，好像市長剛才發表了有史以來最激勵人心的談話。

很快地來到告別的時間。蜜西，我的助理，叮嚀我要小聲簡短地道別，然後她會護送我上車，我會被載到機場。

柯塔給我一個擁抱，告訴我他以我為榮，然後他一點也不低調地要我別忘了向麥克森王子提起他的藝術作品。我盡量以最優雅的方式逃出他的懷抱。

肯娜哭泣著。

「這樣我幾乎看不到妳。妳走了之後我該怎麼辦？」她哭著說。

「別擔心，我很快就會回家了。」

「最好是！妳是伊利亞最美的女孩，他會愛上妳的！」

為什麼每個人都覺得這和美麗有關？也許真的有關吧。也許麥克森王子不需要跟他的妻子講話，他只需要一個看起來漂亮的人。想到自己可能的未來，我不自覺發著冷顫。那裡有好多女孩比我更美麗。

大著肚子的肯娜很難擁抱我，但我們還是盡力擁抱著。不太了解狀況的詹姆士也照樣給我一個用力的擁抱。接著是傑拉德。

「要乖乖聽話，好嗎？試試看鋼琴。你會很出色的，希望我回家的時候能聽見你彈琴。」

「我愛妳，亞美利加。」

「我也愛你。別難過，我很快就會回來。」

他再次點點頭，但雙手抱胸，板著一張臉。我沒想過他如此難以忍受我的離去。玫兒則是不停蹦蹦跳跳，讓人眼花撩亂。

「喔，亞美利加，妳會成為王妃的！我知道！」

「喔，小聲點！我寧可成為第八階級，每天和你們在一起，麻煩妳幫幫忙啊，好好工作。」

她點點頭，然後又跳了一會兒。接著輪到爸爸，他強忍著淚水。

「爹地！別哭。」我倒入他的懷裡。

「小乖，聽我說。不論妳是否成為王妃，妳在我心裡永遠是公主。」

「喔，爹地。」我終於落下眼淚。一切的恐懼、悲傷、擔心、焦慮得以宣洩，那句話讓這些情緒都不再重要。

就算我落選了，他還是會以我為榮。

如此被愛著，這樣的愛太多了，我無法承受。我會被皇宮裡許許多多的衛兵圍繞著，但沒有一個地方比父親的手臂更令人感覺安全。接著我轉身擁抱媽媽。

「好好聽他們的話。別老是生氣，開心點，要有禮貌，常常微笑，隨時讓我們知道妳的消息。喔！妳會是最特別的女孩。」

她是出於善意，但我想我不需要聽這些。我希望她能說，我對她來說一直是個特別的女孩，就像爸爸對我的感覺一樣。但我想她永遠不會停止這麼說，她總是想給我更多，也想從我身上獲得更多，也許母親就是這樣吧。

「亞美利加小姐，準備好了嗎？」蜜西問。我轉過臉，趕緊把眼淚擦乾。

「是的，已經準備好了。」

我的包包已經放在那輛閃閃發亮的白色轎車裡。就是現在了，我走向舞台邊緣，到階梯前。

「亞美！」

我轉過頭，無論在哪，我都認得出那聲音。

「亞美利加！」

我搜索著，然後看見艾斯本揮著手臂，一邊擠過群眾們，大家對他急躁的舉止紛紛發出抱怨。

我們的視線交會。

他停下來，看著我。我不懂他的表情。是擔心嗎？還是後悔？無論是什麼，都來不及了。我搖搖頭，我受夠艾斯本的遊戲了。

「亞美利加小姐，請往這邊走。」蜜西站在階梯底端指引我。我給自己一秒鐘，快速換上我的新身分。

「再見，我的寶貝女兒。」媽媽大聲呼喊。

接著，我被帶離這裡。

8

我是第一個抵達機場的，害怕已經不足以形容我的心情。群眾帶來的興奮之情已經消失殆盡，我即將面對令人恐懼的飛行。我會和另外三位王妃候選人一起搭機，我努力讓自己放輕鬆，祈禱恐慌症不會在她們面前發作。

我已經牢記所有王妃候選人的名字、長相，還有階級。剛開始這只是一種療癒身心的作法，目的是讓自己平靜。我同樣也會逼自己去記憶零零碎碎的瑣事。原本只是在搜尋友善的臉孔，想像會和誰一起在皇宮消磨時間。其實，我沒什麼朋友。童年時期我和肯娜、柯塔玩在一起。媽媽則負責我的教育，她也是唯一和我一起工作的人。後來，哥哥和姊姊搬出去之後，我身邊就只剩玫兒、傑拉德，以及艾斯本……

但艾斯本和我從來就不只是朋友。從我眞正認識他後，我就愛上他了。

現在，他握著別的女孩的手。

謝天謝地我獨自一人。如果是在其他女孩的面前，我可能無法控制自己的眼淚。好痛，我感覺好痛。但我束手無策。

我到底是怎麼來到這的？一個月以前，我對人生的所有事都還很確定，現在所有的熟悉都已不復見。新的家、新的階級、新的生活，一切都是因爲那紙愚蠢的表格和照片。我想坐下來大哭一場，爲我所失去的一切哀悼。

我不禁納悶著，其他女孩之中有沒有人像我一樣傷心。我可以想像，除了我以外的女孩大概都在慶祝吧。而我至少得讓自己看起來也像在慶祝，因爲大家都在看著我。

我打起精神來迎接即將來臨的事，我要自己勇敢些。至於艾斯本，我決定：就讓他過去吧。接下來，皇宮才是我的庇護所，我絕不會再想起或提起他的名字，他不能和我一起來這裡——這是我爲這場小冒險立下的規則。

別再想起他。

再見，艾斯本。

大約過了半小時之後，兩名和我一樣穿著白色襯衫和黑色褲子的女孩走過門，她們的助理則在一旁拉著行李，兩個人都微笑著。讓我更確認自己可能是今天所有王妃候選者之中最沮喪的人。

好吧，我該實現自己的承諾了。於是我換上微笑，站起來與她們握手。

「嗨，」我用充滿活力的語氣說，「我是亞美利加。」

「我知道！」站在右邊的女孩說，她留著一頭金髮，有著棕色的眼睛。我很快認出她是肯特省的瑪琳，第四階級。看見我伸出手，她毫不遲疑地走上前給我一個擁抱。

「哦！」我驚呼道，沒料到她的熱情。雖然瑪琳的臉看起來眞誠又友善，但過去一個星期，媽媽不斷告誡我，要把那些女孩看作是敵人，這種侵略性的思想也滲透我。所以我原本以爲在假惺惺的親切歡迎後，這些女孩會爭得你死我活，只爲了一個我完全不想要的人。沒想到，她給了我一個擁抱。

「我是瑪琳，這位是艾許莉。」是的，艾倫省的艾許莉，第三階級，她也有一頭金髮，但是髮色比瑪琳的金髮更淺，她的雙眼湛藍，配上溫柔的臉龐，更顯精緻，站在瑪琳身旁的她看起來好脆弱。

她們都來自北方，難怪會一起出現。艾許莉簡短地揮手並微笑著，但僅止於此。我不確定她是太害羞，或是正試圖記住我們，也許是因爲她來自第三階級，必須表現得像個大家閨秀。

「我喜歡妳的頭髮。」瑪琳滔滔不絕地說。「我希望生來就是紅髮，紅髮讓妳看起來朝氣蓬勃，我聽說紅髮的人脾氣比較差，是眞的嗎？」

雖然今天糟透了，但是看到瑪琳活潑的行爲舉止，我逐漸展開笑顏。「我不覺得。我有時候脾氣不太好，但我妹妹也是紅髮，她可愛極了。」

就這樣，我們開始輕鬆地聊著我們會生氣的事情、又是爲了什麼而不氣了。瑪琳喜歡看電影，我也是，雖然我很少有機會看電影。我們聊著哪些電影明星帥得迷死人。這情況其實很詭異，畢竟我們將成爲麥克森的一大票女朋友們。艾許莉則是在一旁輕輕笑著，但最多就只是如此，如果我們直接問她問題，她會簡短回答，然後又恢復充滿防備的微笑。

瑪琳和我處得很好，這給了我一點希望，或許我離開的時候，還能驕傲地說自己交了一個很棒的朋友。我們一直聊天，直到聽見高跟鞋走過地板，發出叩、叩、叩的聲音，我們一回過頭，瑪琳的嘴巴啪一聲地張開。

是一位深色頭髮、小麥膚色的女子，她戴著太陽眼鏡朝我們走過來，她的髮上別了一朵小雛菊，但那朵花被染成紅色，好搭配她的口紅。她走路的時候搖曳生姿，九公分的高跟鞋踏在地板上，更凸顯充滿自信的步伐。她不像瑪琳或艾許莉，她不大笑。

但那不是因為她不開心，而是因為她很專心。她的氣勢高漲，無非是想嚇嚇我們。這招對優雅的艾許莉或許有效，因為她已經邊大口喘氣邊說著：「喔，不。」

我認出這個人，她是克萊蒙特的賽勒絲，第二階級，我不為所動。她以為我們是目標相同的敵人，但說真的，如果我一點也不嚮往那個目標，自然不會感覺被她為難。

賽勒絲終於走到我們身邊，瑪琳提高音調說了聲哈囉，即使在害怕之中，她仍然努力想表現友善。賽勒絲只是掃了她一眼，然後嘆口氣。

「我們什麼時候離開？」她問。

「我們也不知道。」我回答她，我的聲音沒有一絲恐懼。「因為妳晚來。」

她不喜歡這個回答。她大略打量我全身上下，顯然覺得我算哪根蔥。

「抱歉啊，因為許多人想送我，沒辦法。」她笑得很開，一副自己理應被崇拜的樣子。

我的身邊即將圍繞著這種女孩。好極了。

好像安排好似地，一名男子從門口走進來，停在我們的左手邊。

「我聽說四位王妃候選人都已經到了？」

「是啊，我們都到了。」賽勒絲用甜美的聲音答道，從眼神就看得出來，那名男子已被融化了。原來這就是她的把戲啊。

機長頓了一會兒，很快接著說：「嗯，小姐們，請跟著我，我會帶領妳們搭乘本班機，前往妳們的新家。」

其實航程也只有在起飛和降落時比較可怕而已。在這幾個小時裡，我們可以看電影、吃東西，但我只想看窗外。我俯瞰著這個國家，廣大的領土，不禁驚嘆不已。

航程中，賽勒絲選擇睡一覺，眞感謝她。艾許莉已經立起她的折疊桌，開始寫信述說這趟冒險旅程。她還記得要帶紙，眞聰明，我敢說玫兒一定會想聽旅程的故事，雖然故事裡沒有王子。

「她好優雅。」瑪琳對我低聲說，歪著頭看著艾許莉。我們面對面坐在這架小飛機的絨布座椅上。「從我們遇見的那一刻起，她的行爲舉止是如此恰到好處，她會是個很強勁的競爭對手。」她邊說邊嘆了口氣。

「妳不能這樣想。」我回她說。「沒錯，妳要努力撐到最後，但不是靠著擊敗某個人，妳只要做自己就好。也許麥克森就喜歡輕鬆一點的人。」

瑪琳想想我說的話。「我想這是很好的論點，要人不喜歡她眞是太難了，她好親切友善，而且又那麼漂亮。」我同意地點點頭。接著瑪琳的聲音放低，在我耳邊說：「不像賽勒絲……」

我眼睛張大然後搖搖頭。「我知道，現在才過一個小時，我已經很期待她回家了。」

瑪琳摀住她的嘴，藏起笑意。「我不想說別人壞話，但她好可怕。而且麥克森還不在這裡耶，她已經讓我很緊張了。」

「不用怕。」我向她保證。「像那樣的女孩？她們會把自己趕出比賽的。」

瑪琳嘆了口氣。「希望如此。有時候，我好希望……」

「希望什麼？」

「嗯，我希望那些第二階級的人也能體會一下他們對待我們的方式。」

我點點頭。我從來不覺得自己和第四階級的人是同樣的層級，但我想我們的處境雷同。反正不是第二或第三階級，就只是半斤八兩的低下階層。

「謝謝妳聽我說話。」她說。「我之前很擔心，每個人只會自私自利，但妳和艾許莉眞的很好，這場競選也許會很好玩。」她的聲音振奮起來，充滿希望。

我不那麼確定，但我也對她微笑。我沒有理由避開瑪琳或是對艾許莉無禮。其他女孩可能就不是那麼好相處了。

降落的時候，從機艙到航站的那段路程，空氣裡寂靜無聲，衛兵們站在兩側。門一打開，我們立刻聽見震耳欲聾的尖叫聲。

航站裡擠滿歡迎的人群，歡呼聲響徹雲霄。特別爲我們空出的走道鋪著金色地毯，兩旁是相襯的絨繩屏障。途中每隔一段距離，走道上就會有一名衛兵，緊張地環顧四周，一點風吹草動就會做出防衛姿勢。但他們應該有更重要的事情要做吧？

幸好走在前頭的是賽勒絲，她已經熟練地揮起手來。我馬上驚覺這才是正確的反應，我實在太畏縮膽小了。而且，因爲有攝影機的拍攝，我萬分慶幸走在隊伍第一個的不是我。

群眾們樂瘋了。這些是住得離我們最近的人，每個人都好期待女孩們到來，因爲我們其中一個人會成爲他們的王后。

人潮擁擠的航站裡，到處都有人叫著我的名字，於是我也回頭了好幾次。還有人用紙板寫著我的名字，我又驚又喜。這裡已經有些人——他們和我不同階級，來自不同的省分——希望我會成爲王妃。罪惡感翻攪著我的胃，因爲我可能會讓他們失望。

我低著頭好一會兒，然後我看見一個小女孩用力壓在欄杆上，她的年紀應該不超過十二歲，她手裡拿著一塊紙板，上面寫著：「紅髮萬歲！」角落還畫了一頂皇冠，我注意到她的髮色幾乎和我的一樣。

那女孩想要我的簽名，她旁邊的人想和我合照，而她另一邊的人又想和我握手。所以整段路程上，我不斷回頭和地毯另一端的人講講話。

我是最後一個離開的人，讓其他女孩至少等了我二十分鐘。老實說，若不是因爲下一班飛機抵達，另一批王妃候選者到場，我應該不會那麼快離開，畢竟占用到她們的時間就太無禮了。

上車之後，我看見賽勒絲翻了個白眼，但我不在意。對於自己如此迅速適應，我感到有點驚訝，畢竟不久前我才嚇得要死。我順利經過送別會、見到第一批女孩、搭了飛機、見了我們的一群支持者，而我竟然沒做出什麼丟臉的舉動。

我想著航站裡跟在我身後的攝影機，想像著我家人透過電視，看著我進宮的樣子，我希望他們以我爲榮。

9

即使機場的歡迎隊伍已經如此盛大，在前往皇宮路途上的左右兩側，仍擠滿人群，大聲呼喊加油。美中不足的是，我們無法搖下窗戶向群眾致謝。在前面的衛兵要我們把自己想成是皇室家族的延伸。許多人崇拜我們，但也有一些人不惜傷害我們，藉此打擊王子與威權政體。

我坐在賽勒絲旁邊，艾許莉和瑪琳一起坐在我們前面，這是一輛很特別的車，後座兩排座椅面對彼此，窗戶採用黑色玻璃。正看著窗外的瑪琳，臉上露出燦爛笑容，原因很明顯，因爲外頭好多寫著她名字的布條，她的支持者多得難以計算。

艾許莉的名字也零零星星地分布其中，幾乎和賽勒絲的狀況差不多，都遠遠超過我。艾許莉一如往常優雅，即使知道自己並未遙遙領先，也大步向前。至於賽勒絲，我看她快要氣炸了。

「妳想她做了什麼事？」賽勒絲在我耳邊低語，這時瑪琳和艾許莉正在談論彼此家鄉的事。

「什麼意思？」我也低聲回應她。

「這麼受歡迎。妳覺得她是不是收買了誰？」她冷漠的眼神專注看著瑪琳，彷彿在腦中衡量瑪琳值多少錢。

「她是第四階級耶。」我懷疑地說。「她才沒什麼辦法去收買某人。」

賽勒絲緊咬著牙齒。「拜託，一個女孩有很多方法能爲她想要的事物付出代價。」她說著轉身看向窗外。

我過一會兒才明白她在暗示什麼，聽了很不舒服。不是因爲純潔如瑪琳，竟然會爲了取得領先而色誘別人；也不是因爲想到有人違法；只是因爲，照這樣看來，皇宮裡的生活可能比我想像的更黑暗。

抵達皇宮時，我第一眼注意到圍牆。這裡的圍牆刷成淺黃色，而且非常高聳。衛兵們站在大門的其中一邊，我們接近時，門就打開了。入內後，迎面而來的是一座噴泉，外面圍繞著長長的礫石車道，領著我們抵達前門，皇宮的人員已經在那裡等待我們的到來。

幾乎只說了聲哈囉，兩位女士就架著我的手臂，把我拎進去了。

「很抱歉這麼匆促，小姐，但是妳們四位已經來晚了。」其中一人說。

「喔，很抱歉。可能是我的緣故。我在機場的時候一直聊天。」

「和群眾說話嗎？」另一位吃驚地問道。

她們交換了一個我不明所以的眼神，接著便開始介紹我們經過的地方。

她們告訴我，餐廳在右手邊，主要活動室在左手邊。玻璃門外，我瞥見一處往外延伸的花園，多希望我能停下來。但我還來不及回過神，就被推進一間大房間，裡面擠滿忙到不可開交的人。

一大群人分開後，我看見好幾排鏡子，有人在幫女孩們弄頭髮、擦指甲油。衣服一杆杆掛起來，有人大叫說：「我找到染劑了！」還有人大呼：「那樣子讓她看起來很胖耶！」

「總算來了！」我看見一位女士走向我們，顯然是這個地方的負責人。「我是詩薇亞，我們通過電話。」她自我介紹完，很快又繼續工作。「首先首先，我們需要『改造前』的照片。過來這裡。」她指示我們到有背景布幕的角落去。「小姐們，別在意攝影機。我們會拍攝改造過程的特別報導，因爲今天完成後，伊利亞的每個女孩都會想跟妳們一樣。」

想當然爾，一組一組人拿著攝影機，在房間裡走來走去，拍攝女孩們鞋子的特寫，並一一訪問。照片拍好之後，詩薇亞便會大聲下令。「帶賽勒絲小姐去四號棚，艾許莉小姐去五號……十號棚好像剛結束，趕快帶瑪琳小姐過去，亞美利加小姐去六號。」

「所以現在，」一個留著短黑髮的男人說，然後把我拉到一個背上寫著六號的椅子，「我們得談談妳的形象。」十足公事化的語氣。

「我的形象？」我不就是這樣嗎？不就是因爲這個外表，我才在這裡？

「也就是我們想爲妳塑造的樣貌。因爲妳有一頭紅髮，我們可以讓妳變得有點冶豔，但如果妳不想那麼豔，也是可以。」他就事論事地說。

「我並不想爲了取悅一個人而改變我的外表，何況我還不認識他。」或者說，根本還不喜歡他。

「喔，我的天哪，我們這裡有所謂的個人意見嗎？」他驚呼地說著，好像我是個小孩子。

「我們不能有意見嗎？」

那男人對我微笑。「好吧，那就不改變妳的形象，加強一下就好。我得爲妳做一點點潤飾。不過，妳對虛假事物的反感，可能會是妳在這裡最大的資產。甜心，記住這一點。」他拍拍我的背，就走開了，接著他派了一群女士過來，擠滿我周圍的走道。

原來，他剛剛說的「潤飾」是認眞的。有人爲我做全身去角質，顯然我看起來無法自己做好這件事。我露出來的肌膚都被擦上乳液和精油，全身散發香草的氣味，根據其中一位幫我塗抹的女孩表示，這是麥克森最喜愛的氣味。

結束之後，我全身肌膚細滑而柔潤。接著她們將注意力轉到我的指甲上，她們爲我修剪、磨光，就連指甲邊緣的硬皮也被磨順。我告訴她們我不想上指甲油，但她們好失望，我只好說腳趾甲可以上，其中一個女孩幫我選了好看的中性色，所以還算不錯。

爲我擦指甲油的那群人現在已經離開，去幫忙另一個女孩，我靜靜地坐在椅子上，等待下一輪美容作業。攝影組人員經過我，拍了我的手部特寫。

「別動！」一個女人命令道。她斜眼看著我的手。「妳的指甲上連個什麼都沒有嗎？」

「沒有。」

她嘆了口氣，拍了照片，然後就繼續往前了。

我嘆了一口沉重的氣。眼角以外的地方，我看見右邊有什麼在抽動的樣子，然後我看見一個女孩，她們把斗篷披在女孩身上，女孩的腳來來回回踢著，雙眼無神地看著遠方。

「妳還好嗎？」我問。

我的聲音把她嚇得回過神。她嘆口氣。「她們想把我頭髮染金，說那樣跟我的膚色比較搭，我只是緊張吧，我猜。」

她給我一抹緊繃的微笑，我也回應她。「妳是舒西，對吧？」

「是啊。」然後她給我一個眞誠的微笑。「妳是亞美利加？」我點點頭。「我聽說妳和那個叫賽勒絲的女孩一起來。她好可怕！」

我翻了個白眼。自從我們抵達，每隔幾分鐘，整個房間都能聽見賽勒絲對某個可憐的侍女大吼，要她拿什麼東西過來，或是要她別擋路。

「妳有所不知啊。」我低聲說。才一說完，我們都咯咯發笑了。「嘿，我覺得妳的頭髮很漂亮。」確實是很美，髮色既不太深，也不太淺，而且很豐盈。

「謝謝。」

「如果妳不想改變，就別改變。」

舒西對我微笑，但我看得出來，她還在猶豫我是基於友善，或只是想阻止她。她什麼都還來不及說，一群人便走過來為我們做造型，他們對彼此下指令，大聲到我們也沒辦法把話說完。

他們幫我洗頭、潤絲、護髮，並梳順頭髮。剛進來這裡時，我留著一頭齊肩長髮（我媽所能剪出的最好作品），現在造型完成，我的頭髮短了兩、三公分，也修出層次。我喜歡他們幫我剪的髮型，光線讓我的髮型顯得更活潑。我聽見有些女孩被「打亮」，但不知道是什麼意思。其他人，像舒西，她的髮色則是完全改變。但我的侍從和我一致認為我的髮色完全不用改。

一位非常漂亮的女孩過來幫我化妝，我請她幫我化淡妝即可，效果還不錯。許多女孩子們化妝之後，看起來比原先老了一點、年輕一點或是美了一點。完成的時候，我看起來還是像我。賽勒絲當然也變了，因為她堅持粉越厚越好。

過程中，大部分時間我都穿著袍服，一切結束之後，他們領著我走到一杆衣服前，那個杆位上掛著我的名牌，上頭還掛滿整個星期要穿的衣服，我猜想受訓中的王妃可能不需要穿褲子吧。

我最後選了件奶油白的小禮服，露肩設計，貼合我的腰部，長度及膝。幫我穿衣的女孩稱之為「日常小禮服」，她說晚禮服已經準備好，放在我房間，剩下的衣服也會放回房間。接著，她拿起一個銀色別針別上禮服。別針上，我的名字閃閃發亮。她為我穿上一雙鞋，說這是「中跟鞋」。最後，她送我回到之前的角落，拍攝「改造後」的照片。沿著牆壁共分成四個棚，每個棚都有椅子和布幕，前面有一部攝影機，他們命令我去其中一個棚。

我依照指示坐下來，等待著。一位女士手拿夾著資料的寫字板走過來，請我稍待一下，她正翻找著我的資料。

「這是做什麼的？」我問。

「改造特別節目。我們今晚會播出抵達狀況，星期三播出改造過程，星期五將是妳第一次登上《首都報導》。人們已經看過妳的照片，也略知妳寫在申請表上的內容。」她邊說邊抽出她要的資料，夾在寫字板最上面。接著，她十指交叉，繼續說：「我們希望人們真心崇拜妳，但妳必須先讓大家了解妳。所以現在我們得做個訪問，上《首都報導》的時候，妳只要盡力表現就好。以後如果妳看見我們在皇宮，請不用害羞，我們不是每天都在，但我們會在附近。」

「好的。」我溫順地說。我真的不喜歡跟攝影組員講話，他們感覺好強勢。

「所以，亞美利加，在嗎？」攝影機上面的紅燈亮起後的下一秒，她這麼問我。

「是。」我試著保持聲音鎮定。

「我必須說，妳今天的改造並不多，妳可以告訴我們，今天的改造過程發生什麼事了嗎？」

我想了一下。「他們為我的頭髮打了層次，我還滿喜歡的。」我的手指梳過紅色髮絲，我的頭髮摸起來好柔軟，而且經過細心照護。「他們為我擦上香草乳液，我聞起來像甜點。」我邊說邊聞聞我的手臂。

她笑出來。「妳很可愛。而且這件小禮服很適合妳。」

「謝謝。」我說，並低頭看著我的新衣服。「我平常很少穿小禮服，所以我想我需要一些時間習慣這件事。」

「沒錯。」我的訪問者說。「這次的王妃競選中只有三位第五階級的女孩，妳是其中之一。到目前爲止，妳覺得這個經驗如何？」

我在腦海中搜尋著適合形容今天的感受的字彙。從在廣場上的失望，到後來和瑪琳一起搭機的慰藉。

「充滿驚喜。」我說。

「我想未來還會有更多充滿驚喜的日子等著妳。」她做了個評論。

「我希望至少能比今天平靜就好了。」我嘆了口氣說。

「目前爲止，妳覺得其他競爭者怎麼樣呢？」

我嚥了嚥口水。「這些女孩們眞的很棒。」只有一個人特殊又例外。

「嗯嗯。」她說，但看來視破我的答案了。「所以妳覺得這次改造的結果如何？會不會擔心其他女孩比較好看？」

我想了一下這個問題，說不會聽起來有點自大，但說會又很像可憐鬼。「我認爲這些專業人員是大功臣，他們呈現出每個女孩的獨特之美。」

她微笑著說：「好吧，我想這樣就夠了。」

「就這樣？」

「我們一個半小時內要播完妳們三十五位的內容，所以這樣就很夠了。」

「好。」這樣也還不錯。

「謝謝妳。妳可以到那邊的沙發，將有專人照顧。」

我起身走過去，坐在角落的環型大沙發上。另外兩位我沒見過的女孩也坐在那裡，小小聲地說話。我環顧房間四周，看見某個人正宣布最後一批女孩要進來了。每個小棚周圍又開始一陣混亂。我專注地看著一切，沒有注意到瑪琳在我身旁坐下來。

「瑪琳！看看妳的頭髮！」

「我知道，他們幫我接髮，妳覺得麥克森真的會喜歡這樣子嗎？」她看起來眞的很擔心。

「當然啊！哪個男人不喜歡金髮美女？」我帶著微笑，戲謔地說。

「亞美利加，妳人眞好。難怪機場裡的所有人都好喜歡妳。」

「喔，只是因爲我比較友善罷了。妳也和許多人打招呼呀。」我也試著鼓勵她。

「是啊，但人數還不及妳的一半。」

我低著頭，因爲這種小事情被稱讚，我還眞是有點不知所措。抬起頭時，我看見另外兩位和我們坐在一起的女孩，艾美加和莎曼珊。沒有人介紹我們認識，但我知道他們是誰，於是再次確認。她們看著我，好像覺得我很有趣。我還來不及弄清楚原因，詩薇亞就朝著我們靠近。

「好了，女孩們，都準備好了嗎？」她看著手錶，期待地看著我們。「我等一下會快速帶妳們走一遍，接著再帶妳們到分配的房間。」

瑪琳拍拍手，我們四個人起身離開。詩薇亞告訴我們，目前我們用來美容的空間叫作仕女房，通常王后和她的侍女會待在這裡，還有一些其他女性皇室成員也會來這裡。

「請習慣這個空間——妳們會有很多時間待在這裡。現在，進來的路上，妳們經過的是主要活動室，通常用來辦派對和宴席。如果皇宮裡女士的人數過多，妳們就會在仕女房用餐。但目前一般用餐房就能滿足妳們的需求，現在我們過去很快地看一下。」

她帶我們去看皇室用餐的地方，裡頭只放了一張桌子。我們會坐在一張長桌的兩側，所以餐桌的擺設看起來是非常拘謹的U字型。我們的位置已被分配好，上頭擺放了名牌，我兩旁坐的是艾許莉和蒂妮，對面坐的是克莉絲。之前經過仕女房時我已見過蒂妮。

我們離開用餐大廳，接著走下一段階梯，看見用於播放《伊利亞首都報導》的房間。回到樓上，我們的嚮導往下指著一個廳堂，國王和麥克森大部分時間都在那裡工作，那個地方是我們的禁區。

「另一個禁止進入的區域是三樓，皇室的私人房間就在那裡，任何形式的入侵都將惹禍上身。妳們的房間在二樓，妳們住滿了大部分的客房，但也別擔心，即使有訪客來，我們也還有足夠的空間。」

「從這些門走出去是後花園。哈囉，海特、馬克森。」門邊兩名衛兵對她點點頭。我花了好一會兒才認出，我們右手邊的拱門與主要活動室相通，這表示轉角過去就是仕女房。我還滿得意自己發現這一點的。這座皇宮感覺像是座豪華的迷宮。

「無論什麼情況，妳們都不許到外面。」詩薇亞繼續說。「一天之中，有些時間妳們可以到花園來，但必須經過允許。這只是安全考量。有膽試試看，以前違反者一律遭到禁足。」

一陣寒冷的感覺竄過我全身。

我們轉個彎走上偌大的階梯，上了二樓。鞋底下的地毯感覺像草地一樣豐潤，每走一步就會陷個兩、三公分。陽光從高聳的窗戶傾洩下來，空氣中散發花朵和陽光的氣味。牆上掛著巨幅肖像，都是歷代的國王，還有幾位美國和加拿大的領袖，至少我是這麼猜的，因爲他們沒有戴皇冠。

「妳們的東西已經在房間裡了。如果不滿意室內的裝潢，儘管告訴妳的侍女，妳們每個人配有三名侍女，她們也會待在房間，幫忙卸行李，之後會協助更衣、參加晚餐。

「今晚的晚餐之前，妳們會先在仕女房碰面，將有《伊利亞首都報導》的特別報導。下個星期，妳們每個人都會親自上節目！今晚妳們會看見一些從妳們離開家以後，直到抵達這裡的拍攝畫面，保證特別。妳們應該知道麥克森王子今天什麼都還沒看。他將於今晚與伊利亞全國人民一同觀賞，明天會與妳們正式見面。」

「等會兒，全部女孩會一起用餐，妳們可以好好認識彼此，因爲明天競選正式開始！」

我大吸一口氣。太多規定、太多建築物、太多人了。我只想要和我的小提琴在一起。

我們走過二樓，每個女孩被送到各自的房間。我的房間在一個角落的地方，外面有個小走廊，隔壁是貝瑞兒、蒂妮及珍娜。我很高興我的房間不是在中間之類的，像瑪琳的房間就是在中間，也許我這樣能保有一點隱私。

詩薇亞離開後，我打開房門，映入眼簾的是三個倒抽一口氣的女人。一位在角落做針線活，另外兩位在打掃已經很完美的房間。她們趕緊跑過來自我介紹，名字分別是露西、安，以及瑪莉，但我馬上就忘記她們的名字了。我好說歹說才讓她們離開。她們好想服侍我，我也不想對她們無禮，但我需要獨處的時間。

「我只是需要小睡一下，妳們今天忙進忙出也很累了。現在妳們要做的，就是讓我休息，妳們也去休息，等到該下樓時，請過來叫我起床就好。」

她們感激地行禮告退，我要她們別這樣。然後就剩下我一個人了。我在床上伸展筋骨，但身體的每一個部分都好緊繃，拒絕讓我在這麼一個顯然不適合我的地方，舒服地休息。

角落有一把小提琴、一把吉他，還有一架漂亮的鋼琴，但我提不起勁來彈奏。我的後背包安安穩穩地放在床腳下，但是我也不想打開整理。我知道她們一定在我的衣櫥、抽屜、浴室裡都放了一些東西，但我完全沒有探險的興致。

我只是躺在床上一動也不動。感覺才過沒多久，我的侍女們就輕輕敲著我的門。我讓她們進來，乖乖地讓她們幫我更衣。她們好興奮終於能幫上我的忙，我無法再次請她們離開。

她們用別緻的髮飾幫我固定頭髮，還幫我補妝。深綠色的晚禮服，長度到地板，如果不穿高跟鞋，我可能會一直被絆倒。我身上的禮服，還有衣櫥裡的衣服，全部都是手工縫製。六點的時候，詩薇亞突然敲了我的房門，要帶我和三位女孩到樓下大廳。我們在樓梯旁的門廳等大家到齊，再一起走到仕女房。瑪琳看見我，於是我們一起走。

三十五雙高跟鞋踩在大理石階梯上，彷彿是優雅女士蜂擁而入的音樂聲。行進中有些人小聲說話，但大多數女孩保持沉默。我們行經餐廳時，我注意到餐廳大門深鎖，皇室成員在裡面嗎？

也許今晚將是這陣子他們三人最後一起吃晚餐？

這種感覺好奇特，我們明明就是客人，卻還沒見到他們任何一個主人。

自從我們離開之後，仕女房就變了。鏡子和掛衣杆都不見了，餐桌和椅子點點散落在房間裡，還擺了一些看起來很舒服的沙發。瑪琳看著我，頭歪過去，指著一張沙發，示意我們去那裡歇會兒。

等我們全部坐好之後，電視便打開，我們開始觀看《報導》。電視上播放著一如往常的宣布事項——專案預算更新、最新戰況，以及東邊另一起反叛攻擊——最後的半小時，蓋佛瑞對我們今天的畫面做了些評論。

「這位是賽勒絲小姐，在克勒蒙特和許多支持她的人道別。這位可愛的年輕小姐花了超過一個小時，才跟她的支持者一一道別。」

看著自己出現在電視螢幕上，賽勒絲露出沾沾自喜的微笑。坐在她旁邊的是貝瑞兒，她留著一頭直如鉛筆的淺金色頭髮，長度及腰，放下來的時候幾乎像是白色瀑布。然後她有一對傲人的豐胸——眞不知該如何委婉形容——簡直要從她的平口洋裝爆出來，不停提醒著那些極力避開的人。

貝瑞兒很漂亮，是典型的美人胚子，和賽勒絲的型很相似。不知怎麼地，看著她們倆坐在一起的樣子，讓我想起一句話：讓你的敵人們靠近彼此。我想她們很快就會把對方踢出去，因爲她們視彼此爲最強勁的競爭對手。

「其他來自中東部的女孩也很受歡迎。艾許莉安靜優雅的舉止風度，立刻讓她與眾不同，眞是位優雅的小姐。走過群眾的時候，她的表情謙虛而美麗，幾乎和王后本人相差無幾！」

「接著是肯特省的瑪琳，今天她離開家的時候，整個人朝氣勃勃，她還和送別會的樂隊一起唱著國歌。」電視螢幕上閃過瑪琳微笑、擁抱家鄉人民的畫面。「她馬上就成為今天訪問中，最受歡迎的寵兒。」

瑪琳手伸過來，用力握住我的手，讓自己鎮定，我則輕輕拉了瑪琳一下。

「和瑪琳小姐一起搭機的還有亞美利加，這次競選中只有三位第五階級，她是其中一位。」我在電視裡的模樣比實際上好太多了。我只記得自己當時不斷搜尋人群，心碎不捨。但是他們選用的畫面，讓我看起來成熟且富有愛心。我抱著爸爸的那一幕很感人，美極了。

當然這些都還比不上我在機場的畫面。「我們都知道，在王妃競選裡沒有階級之分，我們絕對不能小覷亞美利加小姐的魅力。降落在安傑拉斯的時候，亞美利加在機場受到民眾的熱情愛戴，她停下來拍照、簽名，和任何人都能說上幾句話。亞美利加小姐完全不怕弄髒自己的手。許多人相信，這正是我們下一任王妃所需要具備的特質。」

幾乎每個人都轉過來看著我。她們的眼神和艾美加及莎曼珊透露著相同的訊息。突然間，我明白了。我的意圖並不重要。她們並不知道，我不想要這一切。在她們的眼裡，我是個威脅，我看得出來她們希望我走。

10

晚餐的時候我一直低著頭。在仕女房我還可以很勇敢，因為瑪琳在我身旁，她知道我是個好人。但是在這裡，夾在這些人之中，我可以感受到她們散發出陣陣的恨意，我是個懦弱的傢伙。有一次我抬起頭來，看見克莉絲正轉動著刀叉，流露出可怕的神情。至於艾許莉，還是一貫優雅，但她努嘴，和我保持距離。我只想逃回我的房間。

我不明白為什麼這一切有這麼重要。人民看起來很喜歡我，那又如何？在這裡，他們根本不算什麼，他們小小的告示牌和加油聲也不那麼重要。

在她們對我說了那些話、做了這些事情之後，我不知道自己該感到驕傲，還是該感到憤怒。我只好把精神集中在食物上。我上次吃牛排已經是好幾年前聖誕節的事，我知道媽媽已經盡力，但還是比不上眼前的食物，多汁鮮嫩，香氣逼人。我想問問其他人，這是不是她們吃過最美味的牛排。如果瑪琳在附近，我一定會問她。我試探性地看了房間四周一眼，瑪琳正和她周圍的人滔滔不絕地聊天。

她是怎麼辦到的？那段影片中不是也說她「立刻就成為最受歡迎的寵兒」？她怎麼能讓那麼多人跟她說話？

甜點是綜合水果香草冰淇淋。我感覺自己以前完全沒吃過這樣的東西。如果這才是食物，那過去放進我嘴裡的東西是什麼？我想起玫兒，想到她和我一樣喜歡吃甜食。她肯定會很愛這個，我打賭她會是這裡最高興的人。

等到全部人用完餐，我們才可以回房間，之後我們得遵守嚴格的規定，直接就寢。

「妳們明天早上會見到麥克森王子，妳們會希望保持最佳狀態。」詩薇亞指示著我們說。「畢竟，他會是這裡某個人未來的丈夫。」

幾位女孩想到這件事便嘆了口氣。

這一次，高跟鞋踏在地板上發出的叩叩聲比較小。我等不及要脫掉鞋子，還有禮服。後背包裡有一套我從家裡帶來的衣服，我想要快快穿上，希望能短暫感覺像原來的自己。

上了二樓，我們就各自解散，每個女孩朝著自己的房間走去，瑪琳把我拉到旁邊。

「妳還好嗎？」她問。

「還好。只是有些女孩在晚餐的時候，用很奇妙的表情看我。」我努力讓自己聽起來不像是抱怨。

「她們只是有點緊張，因爲大家都好喜歡妳。」她邊說邊揮揮手，表示她們的行爲沒有什麼。

「但是大家也都很喜歡妳啊。我有看到那些支持的牌子。爲什麼那些女孩不會對妳苛薄？」

「妳以前沒有和一群女孩子相處過吧？」她露出淘氣的微笑，好像我應該知道現在是什麼狀況。

「沒有，大部分時間只有和我妹相處。」我坦白說。

「妳們採家庭教育？」

「沒錯。」

「嗯，在家鄉的時候，我和其他一大群第四階級的女孩一起上家教課，全部都是女孩子，她們每個人都知道如何用自己獨特的方式激怒他人。明白了嗎？妳只要了解人的個性就好了，明白什麼事情會惹惱她們。很多女孩子會在背後批評，或是說一點點小壞話。我知道我來的時候很受歡迎，但我其實是個很害羞的人，她們光是用話語就能把我擊敗。」

我眉頭緊緊皺著。她們會故意這樣？

「至於妳，像妳這樣安靜又神秘的人——」

「我不神秘——」我打斷她的話。

「妳有點神秘。有時候，人們不知道該把沉默視爲自信或是害怕。她們看妳就像是害蟲，所以妳會覺得她們針對妳。」

「嗯。」這樣聽起來滿合理的。我想著，如果我不自覺挑起他人的威脅感，那我究竟是做了什麼？「那妳會怎麼做？我是說，如果妳想好好和她們相處的話？」

她笑著說：「我會忽略一切的事。我在家鄉認識一個女孩，她是那種只要沒辦法激怒妳，就會非常生氣的人，最後她也只能獨自默默生氣。所以，不用擔心。」她說。「妳只要記得，就算她們讓妳很受傷，也別讓她們知道。」

「她們沒有讓我很受傷。」

「我相信妳啦……但也不完全信就是了。」她小小聲地笑著，溫暖的聲音在安靜的走廊上消散。「妳相信我們明天早上就要見到他了嗎？」她問，繼續討論她眼裡更重要的事情。

「我還是不大能相信。」麥克森就像皇宮裡傳聞的鬼魂——大家都在說，但從來沒見過。

「嗯，祝妳明天好運啦。」我看得出來她是真心的。

「瑪琳，希望妳更好運。麥克森王子一定會更高興見到妳。」這次，我用力握緊她的手。

她露出微笑，很興奮也很不安，接著回到她的房間。

我走回房間的路上，貝瑞兒的房門還是開著的，我聽見她對侍女低聲說了些話，她發現我在看她後，立刻在我面前用力甩上門。

眞是多謝了。

我的侍女早已在房間裡，等著幫我換下這身衣服。我的睡衣是一件輕薄的綠色衣料，已經放在我的床上了。眞貼心，她們其中一人已經整理過我的包包了。

她們動作迅速，卻相當細膩。這顯然是流傳已久的「結束一天的標準流程」，她們慢條斯理地動作，就爲了讓我放鬆下來，但我老早就想打發她們了。她們先爲我洗手，鬆開我的禮服，將銀色名牌別在絲質睡袍上，我實在沒辦法催促她們。她們一邊做這些令我渾身不自在的事情，一邊好奇地東問西問，我只好盡量耐心地回答。

是的，我總算見到所有女孩了；不，她們不太健談；是的，晚餐好吃極了；不，我要明天才會見到王子；是的，我很累。

「如果能給我一些時間獨處，那眞是幫我一個大忙，能讓我徹底放鬆。」回答完問題後，我加上這句話，希望她們收到暗示。

她們看起來很失望，我趕緊補充解釋。

「妳們都幫了我很大的忙，只是我比較習慣一個人，而且今天我身邊到處都是人。」

「但是，亞美利加小姐，我們應該要協助您，這是我們的職責。」領頭的女孩說。說話的人是安，她看起來是打理一切事情的人，瑪莉很隨和，露西就害羞了些。

「我真的很喜歡妳們，也當然希望明天一早妳們能過來幫忙。但是今晚，我只是需要放鬆一下。如果妳們想幫忙，給我多一點個人的時間就算是幫大忙了。所以如果妳們也去休息，我相信明天一早會一切順利的，對吧？」

她們面面相覷。「嗯，我想是吧。」安認同我說的話。

「您睡覺的時候，我們其中有個人應該待在這裡，怕您夜裡有什麼需要。」露西看起來很緊張，好像無論我做什麼決定她都會害怕。她看起來時不時都在顫抖，我猜她真的很害羞吧。

「如果需要什麼，我會搖鈴，沒事的。況且如果我知道有人看著我，我肯定睡不著。」

她們再次面面相覷，還是有點猶豫。我知道一個方法可以阻止她們，但我討厭這樣。

「妳們應該要聽從我的每個命令吧？」

她們滿懷期待地點點頭。

「那我命令妳們全部上床睡覺。明天早上再來幫我，拜託。」

安微笑著。我看得出來她已經漸漸了解我。

「好的，小姐，那我們明天早上見。」她們對我行個禮後便悄悄離開房間。雖然我並非她們所預期的，不過她們似乎也不會因此而難過。

她們走了之後，我就脫下那雙夢幻的拖鞋，讓腳趾在地上伸展。赤腳的感覺真好，真自然。

我迅速整理行李，把那套換洗的衣服塞進包包，最後一起放進大衣櫥裡。我還順便仔細看過衣服，雖然只有幾件，但夠我穿一個星期，我猜每個人都一樣吧。為什麼要替一個明天就可能離開的女孩製作這麼多華麗的衣服呢？

我將幾張家人的照片貼在鏡子上。這面鏡子又高又寬，即使貼上照片，也不會妨礙我照鏡子。我有一小盒自己的東西，是一些我喜愛的耳環、緞帶、髮帶，也許在這個地方，它們看起來平凡無奇，但這些是屬於我的私人物品，我希望能帶在身邊。我帶來的幾本書，在門口的層架上找到了歸屬，然後我打開門，來到我的露台。

我從露台的入口處偷看花園，裡頭有複雜的小徑、泉水，以及長椅。花兒盛開在每個地方，每一處的樹籬都經過完美修剪。這片園地顯然受到細心維護，後方是一小片開闊的田野，再往後是一大片森林，它往後面延伸得好遠，以至於我看不出盡頭是否就是皇宮的高高牆圍。我想了好一會兒，爲什麼這裡有個花園，然後突然想到在家鄉時，我最後握在手上的東西。

我的小罐子，和那枚叮噹作響的一分錢幣。我讓它在我手裡滾了好幾次，聽著那分錢幣在玻璃罐邊緣滑行的聲音。我怎麼會把它帶來？是爲了提醒我某個我無法擁有的東西嗎？

只要一想到那件事，我的雙眼就會紅腫——那份愛，在一個安靜秘密的所在築起；那份愛，持續了好幾年，但現在已經無法觸及。除了緊張和興奮的情緒以外，今天眞的太累了，我不知道該把小罐放在這個房間的哪裡，只好暫時把它放在床鋪旁邊的桌上。

我把燈光調弱，爬上那奢華的毯子，看著我的小罐子，我讓自己悲傷，讓自己想起他。

我是如何在這麼短的時間內失去這麼多的？離開家人，住在某個陌生的國度，和所愛的人分離，這一切看起來應該是要好幾年才會發生的事，而不是一天之內。

我想知道在我離開前，他究竟想告訴我什麼事情。我唯一能推測的是，他可能覺得大聲說出來感覺不太舒服，是關於她的事情嗎？

我瞪著那個小罐子看。

也許他想要道歉？經過我昨晚一番大聲斥罵後，也許他想道歉。

也許他想說他會繼續過他的人生？嗯，我看得很清楚了，眞是多謝你。

還是說他無法忘了我？他還愛著我？

我拋開這個念頭，不讓自己有一絲期望。現在的我必須恨他，那股恨意才能讓我前進。盡可能遠離他，越久越好，這不是我在這裡的原因之一嗎？

但是希望會令人心痛，想到希望，就懷念家鄉。希望玫兒會偷偷鑽進我的床上，就像她平常那樣。其他女孩可能會想要我離開，讓我感覺卑微，光想到這些就害怕。此外，只要我待在這裡一天，我就得上電視，讓自己呈現在全國觀眾面前，想到這我就緊張。還有人們可能會試圖殺害我，只爲了表明他們的政治意圖，一切的事情飛快地襲擊昏沉的腦袋，在這麼忙碌的一天過後，我已經無法思考。

我的視線變得模糊。我甚至沒印象自己什麼時候開始哭的。我無法呼吸，整個人顫抖著，我跳起來，跑到露台上。我好驚恐，花了一些時間，但還是把門閂移開了。我以爲只要新鮮空氣就夠了，但還不夠。呼吸依舊是急促又冰冷。

這裡沒有自由。露台的欄杆把我圍住，彷彿關在籠子裡。我還可以看到皇宮四周的圍牆高高聳立，上頭有衛兵，我必須到皇宮外面，但沒人會准許我這麼做的。絕望讓我感覺更虛弱，我看著森林，但大概除了綠色植物之外什麼也看不到吧。

我回頭把門閂上，重心有點不穩。眼裡噙著淚水，跑出了房門。我跑到一條還記得的走廊上，完全無視於藝術作品、簾布，也沒看見衛兵，完全不知道自己在皇宮的哪裡。我只知道下了樓梯右轉，就會看見一大片通往花園的玻璃門。我現在需要一個出口。

我走下大階梯，赤腳走在大理石上，發出啪啪啪的聲音，這條走道上有好幾名衛兵，但沒人看見我。我就這樣找到了我在找的地方。

就像稍早一樣，兩名男子站在門的兩邊，我試著走過去時，其中一位攔下我，他手裡拿著像長矛的棍子，阻止我到出口。

「不好意思，小姐，您必須回自己的房間。」他嚴正說道。即便說話的聲音不大，在這安靜的走廊上，他的聲音像是陣陣雷響。

「不……不。我需要……到外面去。」字句糾結不清，我無法正常呼吸了。

「小姐，您現在必須回房間去了。」第二名衛兵朝著我走過來。

「拜託你。」我開始上氣不接下氣，覺得自己就要昏倒了。

「很抱歉……是亞美利加小姐嗎？」他找到我的名牌，接著說：「您必須回去您的房間了。」

「我……不能呼吸。」我結結巴巴地說，全身掉進衛兵的手臂裡，衛兵因爲靠太近而撞到我，他手上的棍子掉落在地。我虛弱地抓著他，感覺連頭昏眼花都要耗盡氣力了。

「放開她！」這是我沒聽過的聲音，但是充滿威嚴。我的頭順著聲音轉過去。是麥克森王子。由於我的頭躺在一個奇怪的角度，他的樣子看起來很特別，但我認出他的頭髮，還有他站著的模樣。

「王子殿下，她剛剛暈倒了，想要去外面。」第一名衛兵解釋的時候，看起來很緊張。如果他傷害到我，他的麻煩可大了，因爲我現在可是伊利亞王國的財產。

「打開門讓她出去。立刻！」

「是，王子殿下。」第一名衛兵走過去，拿出一把鑰匙。我的頭還保持著奇怪的姿勢，這時我聽見鑰匙碰撞的聲音，一把鑰匙卡進門鎖裡。我努力站起來，王子則擔心地看著我。接著，一陣香甜的空氣迎面而來，給了我所需要的動力。我從衛兵的臂彎裡用力站起來，像個喝醉酒的人，跌跌撞撞地跑進花園裡。

我搖搖晃晃地走著，完全不在乎自己是否優雅。我只想到外面，讓自己感受溫暖的空氣吹過皮膚，以及腳趾下的草葉。不知道爲什麼，就連大自然裡的植物，在這裡都被種出一種奢華的感覺。我想要走進那些樹裡，但我的腳只能讓我走到這裡。我倒臥在一座小小的石椅前，細緻的綠色睡袍已經弄髒。我的手放在椅子上，頭則枕在手上。

我已經沒有力氣哭了，眼淚只是靜靜流下來，但我還是深陷悲傷情緒裡。我是怎麼到這裡的？我怎麼讓這一切發生的？我在這裡會變成怎麼樣的人？我能夠回到過去，擁有在這之前的生活嗎？即使是片刻？我眞的不知道。而我對這一切卻束手無策。

我太專心想著這些事，所以沒發現自己並非獨自一人，直到麥克森王子開口說話。

「親愛的，妳還好嗎？」他問我。

「我不是你的親愛的。」我抬起頭瞪著他說。我的語氣和眼神肯定充滿厭惡。

「我做了什麼冒犯妳的事情嗎？我不是給了妳最迫切需要的空間嗎？」面對我的回應，他感到困惑不已。我猜他大概以爲我們都會愛慕他，並感謝他在這個世界上的存在。

我毫無畏懼地瞪著他，不過我的兩頰都是淚水，可能沒什麼效果就是了。

「不好意思，親愛的，妳還要繼續哭泣嗎？」這個關心聽起來有點公式化。

「別那樣叫我！比起你籠子裡其他三十四位陌生人，我才不是什麼親愛的。」他靠近我，對於我不留情面的言語，似乎不覺得被冒犯。他看起來只是……另有所思，表情還挺有趣的。

以男孩來說，他走路的方式相當優雅，當他踱步，在我身邊走來走去的時候，看起來也相當自在。但目前的狀況眞是太尷尬了，我的勇氣瞬間被融化，表現在我的臉上。因爲他還穿著正式整齊的西裝，而我幾近半裸，只能縮著身體。彷彿我該害怕的不是他的階級，而是他的行爲舉止。他肯定擅長面對不開心的人，而且經驗豐富，因爲他答話的時候特別鎮定。

「這麼說就不公平了，妳們都是我的親愛的，我只是必須尋找那位最親愛的，這是我的義務。」

「你剛剛眞的說了『義務』嗎？」

他咯咯發笑。「恐怕是的。原諒我，這是我的教育使然。」

「教育！」我低聲說，邊翻了個白眼。「太荒謬了。」

「不好意思，妳說什麼？」他問道。

「太荒謬了！」我大叫著說，這時我覺得找回一些勇氣了。

「什麼太荒謬？」

「這場競選！整件事！難道你沒愛過任何人嗎？你就想要這樣挑一個妻子嗎？你眞的這麼膚淺嗎？」我在地上輕輕把身體轉過去說。接著，他坐到長椅上，想讓氣氛輕鬆點。但我實在氣到一點都不感謝他。

「我可以明白爲什麼我看起來如此，爲什麼這整件事看起來只像是廉價的娛樂節目。但眞實生活中，我是個非常謹愼的人，我並沒有和很多女孩碰面約會，只有和外交官的女兒們往來，而且我們通常都沒什麼話聊，因爲通常我們得先努力說同一種語言才行。」

麥克森似乎覺得這是個笑話，他輕輕地笑了笑，但我可笑不出來，於是他清清喉嚨。

「環境就是如此，我還沒有機會墜入愛河，那妳呢？」

「我有。」我據實以報。但那兩個字一說出口，我就希望能收回來，這是我私人的事，不干他的事。

「那麼妳幸運多了。」他聽起來有點嫉妒。

想想，這是一件超越伊利亞王子認知的事情，這是件我很想忘記的事情。

「父親母親是以這種方式結婚的，而且他們很快樂。我也希望找到幸福。找到一位受全伊利亞人民愛戴的女孩，某個能陪伴我的人，還可以好好款待其他國家元首。一個能夠和我的好友們相處，也能夠成爲我知己的人。我已經準備好要尋找我的妻子。」

他聲音裡所流露的誠摯令我震驚。沒有一絲諷刺。在我看來這不過就是場選秀節目，卻是他唯一能獲得幸福的機會。他甚至還不能再來一輪。嗯，或許可以，但鐵定很不好受。他絕望中帶著樂觀，我發現自己對他的厭惡減少。太奇妙了。

「妳眞的覺得這裡是個牢籠嗎？」他的眼神充滿同情。

「是的，我是這麼覺得。」我小小聲地說，然後很快補上：「王子殿下。」

「我自己也好幾次有這種感覺。但是妳必須承認，這是個很美麗的籠子。」

「爲你設計的。但如果是用其他三十四個男人來裝滿你美麗的籠子，而且他們全都爲了爭奪同樣的目標，你看還會有多美麗。」

他一邊眉毛挑起。「眞的有人因爲我吵架嗎？難道妳們不明白，我才是做決定的人嗎？」

「這樣說不太公平。她們努力的原因有兩種，有些人是因爲你，有些人是因爲那頂后冠。但她們都知道該如何表現，也認爲你的選擇並不難理解。」

「啊，是啊。人，還是后冠？我很害怕有些人分辨不出兩者的差別。」他搖搖頭說。

「只能祝你好運。」我平平淡淡地說。

過了一會兒，我覺得自己有點苛刻。我抬起頭，用眼角餘光看著他，等著他說話。他看著草坪上一個定點，臉上浮現擔憂的神情。看起來這一點令他很痛苦。他深吸一口氣，轉過去背對著我。

「那妳是爲了什麼而在這裡奮戰？」

「其實，這是一場誤會。」

「誤會？」

「嗯，算是吧，說來話長。總之，現在……我在這。而且我沒有想要奮戰，我的計畫是好好享受食物，直到你把我踢出去。」

一聽我這樣說，他大笑出聲，還彎腰邊拍著膝蓋，配上剛毅冷靜的氣質，現在的畫面實在很詭異。

「妳是哪裡來的？」他問。

「不好意思，你說什麼？」

「第二階級，還是第三階級？」

難道他完全沒注意聽嗎？「第五階級。」

「啊，是啊，食物將會是讓妳留下來的一大原因。」然後他又笑了。「不好意思，這裡很暗，我看不見妳的名字。」

「我叫亞美利加。」

「嗯，很好。」麥克森看著夜色裡的某處，不爲了什麼特別的事，他就只是微笑著，也許有什麼令他覺得很有趣的事吧。「亞美利加，我的親愛的，我眞心希望妳能在這個籠子裡找到努力的目標。聽完妳的這些話，反而讓我好奇，如果妳願意努力嘗試，會有什麼結果。」

他從長椅上下來，在我身旁蹲下。他靠得太近，讓我不太自在。也許我是有點頭昏眼花，或是因爲剛剛哭得太用力，全身依舊不停顫抖。無論如何，當他牽起我的手時，我驚訝到無法反抗。

「如果這樣妳會開心點，我會讓衛兵知道妳喜歡花園。那麼晚上妳就可以到這裡來，不會被衛兵強行阻擋。如果可以，我還眞希望妳的房間附近就有座花園。」

我想要自由，無論是哪一種，聽起來都極其美好，但我必須讓他知道我的感受。

「我並不想從你身上得到什麼。」我把手指從他緊握的手中抽離。

我突如其來的舉動讓他有受傷的感覺。「如妳所願。」我更後悔了。我只是不喜歡他，並不表示我可以傷害他。「妳很快就會進去了嗎？」

「是的。」我看著地上，用氣音說。

「那我就讓妳一個人獨處思考。外面會有一名衛兵等妳進去。」

「謝謝你，嗯，王子殿下。」我搖搖頭，在這次的對話裡，我到底犯了多少錯誤？

「親愛的亞美利加，妳可以幫我一個忙嗎？」他再度拉起我的手，很堅定的感覺。

我斜著眼看他，不確定該說什麼。「或許吧。」

他對我微笑。「別對其他人提起這件事。其實，我要到明天才能與妳們見面。雖然妳對我大聲吼叫，完全稱不上是約會，但我也不想惹誰生氣。好嗎？」

這次輪到我微笑。「絕對不會說出去！」我深吸一口氣。「我不會說出去。」他拉起那隻他握著的手，嘴唇低著親了一下。然後他往後退，把我的手放回我膝上，對我說：「晚安。」

我看著我手中溫熱的部分，驚訝了好一會兒。然後我轉過頭看麥克森，他已經離開，給了我最想要的私人時間。

11

早晨，吵醒我的既不是侍女走進來的聲音（雖然她們確實進來了），也不是浴缸的水聲（雖然確實在放水），而是從窗戶灑進來的溫暖陽光。安熟練地拉起厚重的華麗簾幕，並輕哼著歌，顯然工作得很開心。

我還不想起床。經過昨天的滿滿行程，我需要好好休息；再加上仔細想過昨晚在花園和王子的對話後，我眞的起不來了。如果有機會，我會向麥克森道歉。前提是，他還願意留住我，那可眞是奇蹟了。

「小姐，醒了嗎？」

「還沒——」我窩在枕頭裡哀怨地說。我幾乎是嚴重的睡眠不足，而且這張床實在太舒服了。她們三位聽見我的哀號後，都笑出聲來。看見她們的開心模樣，我也堆滿笑容，決定起床整裝。

這些女孩可能是我在宮中最好相處的人了。我很好奇，能把她們當成知己嗎？又或者，她們所受的訓練和禮儀，將讓她們無法安心和我喝杯茶？雖然表面上是第三階級，但我其實出身第五階級。她們身爲侍女，屬於第六階級，而我自認和第六階級的人一直處得很好。

我緩緩地走進寬敞無比的浴室，每個腳步聲都在偌大的磁磚和玻璃空間迴盪著。長長的鏡子裡，我看見露西正盯著我睡衣上的泥漬，安的謹慎雙眼也發現了，最後瑪莉也發現了。謝天謝地，沒有人開口問。經過昨天的相處，我還以爲她們是打破砂鍋問到底的人，但我錯了。她們顯然更關心我的生活起居。要是問我昨天晚上在房間外做什麼——而且還是宮外——只會讓氣氛尷尬。

她們只是小心翼翼地移走睡衣，扶我入浴缸。

我以前並不習慣在別人面前全身赤裸，就算是媽媽和玫兒也一樣。但在這裡，我似乎沒得選。只要我待在這裡一天，這三個人就會替我穿衣服，所以在我離開前，我都得忍受這件事。我納悶要是我離開了，她們未來的際遇會是如何。她們會被派去服侍其他的女孩嗎？隨著競選結果加快到來，其他女孩或許需要更多完善的照顧。或許她們在宮中原本也有其他工作，只是臨時被派來這裡？但是突然問這些事情，或暗示自己很快就會離開，好像有點無禮，所以我只好把這些疑問悶在心裡。

洗完澡後，安擦乾我的頭髮，並且用我從家鄉帶來的飾帶，束起我一半的頭髮。飾帶是藍色的，正好和侍女爲我縫製的某件日常小禮服的花樣相襯，於是我便穿上那件。瑪莉爲我化妝，妝容和昨天的一樣淡，露西爲我的手臂和雙腿擦上乳液。

接著，是數不清的珠寶首飾讓我挑選，但我只請她們拿我的小盒子來，裡頭有一條小項鍊，上頭有隻在唱歌的鳥，是爸爸給我的。銀色的項鍊和名牌很搭。我也從皇室提供的珠寶裡，選了一副小巧精緻的耳環。

她們三位仔細檢查我的裝扮，感到相當滿意。這表示我符合吃早餐的資格了。我離開的時候，她們對我行禮、微笑，並祝福我一切安好。露西的手又再次顫抖著。

我走到樓上的廳堂，也是昨晚所有人集合的地方。我是第一個到的人，於是坐在小沙發上等候，其他人則是姍姍抵達。我發現，每個女孩看起來都漂亮得驚人。她們把頭髮挽成複雜的辮子或是鬈髮，以彰顯她們美麗的臉龐。妝容細緻無比，衣服完美平整。

相較於她們的閃閃發亮，我大概選了一套最平實無奇的小禮服。接著走進兩位女孩，她們發現撞衫之後，二話不說立刻回房換衣。每個人都想與眾不同，都有自己獨特的風格。我也不例外。

大家看起來都像第一階級，我看起來則像穿著華美服飾的第五階級。

我以為自己已經多花時間準備，但看來她們大概是徹夜準備今天的裝扮。甚至到了詩薇亞來接我們的時候，我們還不見賽勒絲和蒂妮的蹤影。蒂妮的個頭可眞是嬌小，禮服需要全部改小才合身。

等我們全部到齊後，每個人開始朝階梯移動。牆壁上有面鑲著金箔的鏡子，走下去時，我們不約而同都轉過去再看自己一眼。我瞥了一眼身旁的瑪琳和蒂妮——嗯，我眞的樸素到極點。

但至少我看起來像自己，算是個小小的慰藉吧。

我們走下樓梯，準備進餐廳，那是之前我們被告知用餐的地方。但是我們卻被帶進主要活動室，裡頭已經將個人的桌椅擺好，也有盤子、玻璃杯，以及銀製餐具，上頭卻沒有任何食物，連個誘人的香氣都沒有。我發現前面的角落有一排沙發，房間四周則站了幾位攝影師，正在拍攝我們抵達的畫面。

我們排成縱隊入內，桌上沒放名牌，於是隨意入座。瑪琳坐在我前面，艾許莉則坐在我右邊。至於其他人的位置，我一點也不在乎。看起來女孩之間已經形成幾個小團體，就像我有瑪琳、艾許莉一樣。我猜她想要我陪她，但她依舊保持沉默。也許昨晚的新聞報導令她心煩。但話說回來，我們剛認識的時候她就這麼安靜了，也許只是本性如此。反正她最糟糕的狀況也就是不理人而已，所以我決定至少要跟她打招呼。

「艾許莉，妳看起來美極了。」

「喔，謝謝妳。」她低聲說。說話前，我們倆都先確認攝影組距離很遠。雖然也不是聊些私人的事，但誰想要攝影機老是虎視眈眈地在周圍？「選戴首飾好有趣！妳的在哪兒？」

「嗯，大部分對我來說太重了，所以我決定戴輕的。」

「真的很重！我感覺頭上有九公斤重。但我就是想戴戴看，誰知道我們會在這裡待多久呢？」

真有趣。艾許莉從一開始的時候就展現過人的自信。她的裝扮模樣、舉止風度，天生就是王妃的料。她這麼懷疑自己還眞是奇怪。

「妳不覺得自己會贏嗎？」我問。

「當然。」她低聲說。「但是這麼說很沒禮貌。」她對我眨眨眼，令我咯咯發笑。

但我又犯了個錯。笑聲引起詩薇亞的注意，她從門口走了進來。

「嘖嘖。優雅的小姐說話必須輕聲細語。」

每個小小的說話聲瞬間靜音。一想到攝影機可能拍到我的小失誤，我的兩頰熱了起來。

「哈囉，又見面了，各位小姐們。希望妳們在宮中的第一晚有徹底地休息，因爲現在要開始工作了。今天我會開始教導妳們一些皇室禮儀，留在宮中的期間，我們會持續教導。也請注意，我會向皇室隨時報告妳們的一舉一動。

「我知道聽起來很嚴格，但這並不是一個隨便的競選，房間裡的某個人將會成爲伊利亞的王妃，這一點都不簡單，因此妳們必須努力提升自己，無論之前是什麼身分地位，現在妳們將從頭開始，學習成爲一位優雅的女士。在這個特別的早晨，妳們將展開第一堂課。

「餐桌禮儀是很重要的，妳們必須先了解某些禮儀，才能在皇室面前用餐。我們越快上完這個小課程，妳們就越快能享用早餐。現在，請正對著前面。」

她開始解釋，侍者會在右邊替我們服務，哪種玻璃杯是搭配哪種飲料，而且千千萬萬不能用手拿甜點。記得使用鉗子夾菜。沒用餐的時候，手要放在膝蓋上，下面還要墊上餐巾。除非有人跟我們講話，否則我們不能開口。當然啦，我們可以輕聲和鄰座交談，但要保持宮中規定的音量。她說到最後一項的時候，還認眞地看了我一眼。

詩薇亞以她優雅的聲調持續說著，我的胃也不斷地接受考驗。我的胃再怎麼小，也已經習慣每天吃三餐了呀。我需要食物。這時竟然還有人敲門打斷課程，我已經有點不耐煩了。兩名衛兵讓開，麥克森王子走了進來。

「早安，各位小姐。」他大聲說。

房間裡的每一個人精神大爲振奮。背部挺直，落在前面的頭髮也迅速甩過肩膀，裙襬當然也早已順好。然而，我看的不是麥克森，而是艾許莉。她的胸口加速起伏，雙眼直視前方。她的模樣認眞到我都不好意思再盯著她了。

「王子殿下。」詩薇亞行了個簡單的禮。

「哈囉，詩薇亞。若妳不介意，我想向這些年輕女士們做個自我介紹。」

「當然。」她再次行禮。

麥克森王子的視線掃過整間房，然後停在我身上，我們視線交會了好一會兒後，他才微微一笑。我沒料到他會這樣。我以為他昨天晚上思考過後，會改變對我的態度，會把我叫上去，要我在大家面前為自己的行為負責。但也許他根本就不生氣，也許覺得我有趣，也許已經受夠這裡極度無聊的生活。無論為何，那個簡單的微笑，讓我相信或許這一次的選妃並沒有想像中可怕。我抱著昨晚無法下定的決心，並且希望麥克森王子能聽見我的道歉。

「小姐們，如果妳們不介意，我想一次請一個人來會面。妳們應該都很想用餐，我也是。所以我不會占用妳們太多時間。如果我記妳們的名字記得比較慢，請多見諒，妳們有好多人呢。」

房間裡出現一陣輕輕的笑聲。他很快地走向前排最右邊的女孩，邀她談話。他們在沙發上交談了幾分鐘後，兩個人起身互相行禮，女孩回到桌子前，對身旁的人說了句話。接著同樣的事再來一次。對話通常會持續幾分鐘，談話時他們會壓低音量。他試圖在五分鐘之內了解自己對每個女孩大概的感覺。

「我想知道他都問些什麼事。」瑪琳轉過頭問我。

「也許他會問妳認為哪個演員最帥，準備一下妳的名單吧。」我輕聲回答，瑪琳和艾許莉聽到我這麼說都暗自發笑。

房間裡並不是只有我們在說話，房間的每一處，都有蜜蜂嗡嗡般的說話聲，我們都希望在輪到自己之前，能分散一些注意力。而且還有攝影機到處訪問女孩們在皇宮第一天的感覺，喜歡她們的侍女嗎？諸如此類的問題。當他們訪問到艾許莉和我的時候，我讓她代表發言。

我不斷望向沙發區，查看每位候選者談話的樣子。有些人很冷靜，像個優雅的女士；有些人因爲興奮而坐立不安；瑪琳走向麥克森王子的時候，整張臉紅得誇張，回來的時候，整個人眉開眼笑。艾許莉則是順了好幾次身上的小禮服，緊張到手都要抽筋了。

她回來的時候，我的焦慮到達極限，表示輪到我了。我深吸一口氣，穩定自己的心情，我將請求他給予我一個重大的恩惠。

當我一靠近，他便起身走來，讀出我的名字。「亞美利加，是嗎？」他說，嘴唇呈現一抹微笑。

「是的。久仰久仰，請問您的大名是？」不知道用笑話做開場會不會有點爛，但是麥克森笑了，並邀請我坐下來。

他俯身向前，低聲說：「我的親愛的，妳睡得好嗎？」

我不知道自己聽到這種稱呼臉上會是什麼反應，但是麥克森的眼神發亮，好像覺得很好玩。

「我還不是你的親愛的。」我微笑著回答他。「是的，一旦我平靜下來，我就會睡得非常好。我的侍女還得把我拖下床，我睡得很舒服。」

「我很高興妳睡得好，我的……亞美利加。」他修正對我的稱呼。

「謝謝你。」我說，並開始玩弄裙子，試著想該怎麼說才比較好。「我非常抱歉，昨天對你很過分。後來我躺在床上時才明白，雖然還無法說服自己進入狀況，但我沒有理由責怪你，你不是讓我蹚這渾水的人，而且王妃競選根本不是你的想法。此外，當我自憐自艾時，你對我相當體貼，而我卻糟透了。你大可昨天晚上就把我趕出去，但你沒有，謝謝你。」

麥克森的雙眼溫柔似水。我想在我前面的每個女孩，看到他這個眼神，肯定都融化了吧。他這樣看我，讓我覺得很困擾，但這顯然是他天生如此。他低著頭好一會兒，當他再次看我的時候，傾身向前，手肘放在膝蓋上，彷彿要我了解接下來這段談話的重要性。

「亞美利加，目前爲止，妳對我的態度都非常直接。我很喜愛這樣的特質，我現在要請妳幫忙，回答我一個問題。」

我點點頭，有點害怕他想問的問題。他靠我靠得更近，低聲說：「妳說妳是因爲誤會才參加選妃，所以我猜妳不想留在這裡。妳覺得，妳是不是有可能對我……產生任何愛意？」

我開始有點坐立難安。我眞的不想傷害他的情感，但又不能拐彎抹角。

「王子殿下，你非常好，有魅力，而且相當體貼。」聽見我這麼說，他露出微笑。接著我低聲加了一句：「但是因爲一些非常確定的因素，我想我可能辦不到。」

「可以請妳說明一下嗎？」他的表情隱藏得很好，但我聽出了他聲音裡的失望。我猜，他並不習慣被拒絕。

雖然我不想分享這件心事，但是唯有據實以告才能讓他了解。於是我竭盡所能地用更小的聲音，告訴他。

「因爲……我的心已經在其他地方了。」我可以感覺到眼睛就要濕了。

「喔，請妳別哭！」麥克森的低語裡流露出誠摯的擔心情緒。「每次只要女孩一哭，我就不知道該怎麼辦！」

他的著急讓我噗哧一笑。瞬間，眼淚造成的威脅暫時撤退了，他臉上浮現了放鬆的表情。

「妳希望我讓妳今天回家，回到摯愛的身邊嗎？」他問。很顯然，我喜歡其他人的這一點困擾著他，但是他沒有生氣，反而表現出憐憫，讓我願意信任他。

「其實……我並不想回家。」

「眞的嗎？」他的手指梳過頭髮，看起來困惑不已，令我又笑出聲。

「我可以對你說實話嗎？」

他點點頭。

「我必須在這裡。我的家人需要我在這裡，哪怕是多待一個星期，這對他們來說都是恩惠了。」

「妳是說，妳需要錢？」

「是的。」承認這一點，讓我感覺很不好。我彷彿是在利用他，儘管事實就是如此。但還有其他的原因。「因爲……家鄉有些人，」我抬頭看他，「我現在不想見。」

麥克森了解地點點頭，但是並沒有說話。

我猶豫了。我猜現在最糟糕的情況可能是被送回家，於是我繼續說：「如果你願意讓我留下，就算很短暫，我願意和你交換條件。」我提議說。

他的眉頭皺起。「交換條件？」

我咬著嘴唇。「如果你讓我留下來……」這件事聽起來肯定很蠢。「好吧，嗯，看看你自己，身爲王子，每天忙於公務，治理整個國家，還要擠出時間來剔除三十五名女孩，呃，應該說是三十四位，因爲有一位要當王妃。總之，這工作量眞的很大，你不覺得嗎？」

他點點頭，我看得出來他一想到這件事就累了。

「如果你有個眼線混在這群女孩子裡，是不是簡單多了呢？假設有人幫忙呢？就像……像朋友那樣。」

「像朋友？」

「是的。讓我留下來，我會幫你。當你的朋友。」朋友兩字令他會心一笑。「你不必擔心是否需要追求我，因爲你已經知道我對你沒感覺。但是只要你需要我，隨時都可以找我，我一定幫你。昨天晚上你說，你想找一個知己，在你找到永遠的知己之前，我可以當那個人。如果你願意。」

他的表情溫柔又親切，但有點防備。「我已經見過幾乎所有的女孩，我想不出有誰能成爲比妳更好的朋友。我很高興妳留在這裡。」

此刻放鬆的感覺眞是無法言喻。

「妳覺得，」麥克森問，「我還可以叫妳『我的親愛的』嗎？」

「想都別想！」我低聲說。

「我會繼續努力，我的字典裡沒有放棄兩個字。」我相信他的話。但想到他竟然爲了這種事情而堅持，實在有點煩。

「所以全部人都被你稱呼爲親愛的？」我朝著房間裡其他人點頭。

「是啊，而且她們看起來很喜歡。」

「這就是爲什麼我不喜歡。」我站起來。

麥克森咯咯地笑著，和我一起站起來。要是以前我一定會不開心，但這其實還滿有趣的。我們彼此行禮，接著我走回座位。

我好餓，但一切感覺永無止盡。幸好總算輪到最後一排了。當最後一個女孩回到座位上，我迫不及待享用自己在宮中的第一頓早餐。

麥克森走到房間的正中央。「如果我要求妳們留下，請留在妳們的座位上。如果沒有，請繼續跟著詩薇亞到餐廳。我很快就會過去。」

要求留下？會是好事情嗎？

我站起來，就像其他女孩一樣，然後開始前進。他肯定是想和那些女孩有更多時間相處吧。我看見艾許莉也是其中之一，她畢竟是個特別的女孩，她的樣子看起來天生就是王妃，至於其他女孩，我也還沒認識，但她們大概也不想認識我吧。攝影機留在原地，捕捉任何即將發生的特殊時刻。我們一行人繼續往前走。

我們走進宴會的房間，看見克拉克森國王和安柏莉王后，他們比我想像中看起來威嚴。房間裡也湧入數部攝影機，以捕捉我們第一次會面的畫面。我猶豫了，納悶著是不是該回到門的後面，等待正式邀請。幾乎所有人都猶豫了起來，但還是繼續走著。我很快地坐到位置上，希望不要引起注意。

兩秒鐘不到，詩薇亞也跟著走進來，看著全場。

「小姐們，」她說，「我們先別走這麼遠。每次當妳走進國王和王后也在的房間時，又或者是他們要進入妳們所在的房間時，都應該行禮，然後當他們回應妳們，才可以起身入座。我們一起來一次，好嗎？」接著我們所有人都朝著主桌的方向行了個禮。

「歡迎光臨，女孩們。」王后說。「請坐，歡迎妳們來到皇宮。我們很高興有妳們在此。」她的聲音流露出愉悅，表情還是一貫鎮定，但絕對不是了無生氣的樣子。

如同詩薇亞說過的，侍者從右側爲我們倒柳橙汁。我們的盤子端上來，上頭還蓋了個大盤，男侍將大盤從我們的面前拿起，一陣香氣迎面而來，那是鬆餅散發的陣陣香味。幸好房間裡怯懦的低喃蓋過了我肚子的咕嚕聲。

克拉克森國王帶領大家祈禱，感謝上天賜與我們食物，接著我們開始用餐。幾分鐘之後，麥克森走了進來，我們還來不及行禮，他就大聲說著：「請不用站起來，小姐們。請享用早餐。」他走到主桌，在他母后的臉頰上留下一吻，用力地拍拍他父王的背部，接著在國王左邊的位置坐下。他對男侍說了一些話，男侍低聲笑著，麥克森便開始用餐。

艾許莉並沒有進來，其他的女孩也沒有來。我環顧四周，覺得很困惑，數著我們之中有幾個人不見了。八個。八個女孩不在這裡。

最後是坐在我對面的克莉絲，回答了我眼中的疑問。

「她們走了。」她說。

走了？喔。走了……

我無法想像她們在那五分鐘之內發生了什麼事，因此讓麥克森下此決定？但我慶幸自己選擇坦白。

就這樣，我們剩下二十七個人了。

12

攝影機繞了房間一圈後準備離開，我們終於可以平靜地享用早餐。離開前，他們又拍了王子的特寫畫面。

對於人數突然減少，我有些不解，但麥克森一點兒也不以爲意，繼續吃著早餐，彷彿什麼事情都沒發生。我看著看著，突然驚覺，早餐都快涼了。啊，這眞是人間美味。香純的柳橙汁，我得小口啜飲，好好品嚐。蛋和培根簡直是天堂等級的美食。鬆餅也很完美，不像我在家裡做的總是太薄了。

我聽見周圍也傳來許多細微的讚嘆聲，看來不只我醉心享受。我提醒自己記得使用鉗子夾起餐桌中央小籃子中的草莓塔。正當我這麼做時，我環顧房間周圍，想看看其他的第五階級是不是也一樣享受這些餐點。就在此時，我發現自己是唯一的第五階級了。

我不知道麥克森是否發現了這件事情，因爲他幾乎不知道我們的名字。但奇怪的是，兩位第五階級都離開了。如果當初沒有先認識麥克森，我也只不過是個陌生人，我會不會也被踢出去呢？我邊認眞想著，邊咬下一口草莓塔，好香甜的滋味！塔皮酥脆，我用嘴巴每一處認眞咀嚼，此刻我的味覺已經戰勝一切。我忍不住發出小小的讚嘆，這眞是我此生吃過最棒的甜點，連第一口都還沒嚥下去，我就繼續咬了第二口。

「亞美利加小姐！」一個聲音叫道。

房間裡其他人也轉頭望向聲音的來源，是麥克森王子。我很驚訝他會對我——或者我們任何人——說話，而且還是在大家面前一派輕鬆的模樣。

還有什麼會比無預警被叫到更糟的？那就是被叫到時，我嘴裡還塞滿食物。我用手遮住嘴巴，用我能想像的最快速度咀嚼。大概不到幾秒鐘後，已經有好多雙眼睛眼巴巴地看著我，那一刻彷彿永無止盡。我發現賽勒絲也正得意地看著我，我在她眼裡肯定是很好解決的敵人。

「是的，王子殿下？」我一嚥下大部分食物後，立刻回禮。

「妳覺得這些食物如何？」麥克森強忍笑意，也許是因爲我慌張的表情，也許是因爲他想起了我們第一次的談話。

我試著讓自己保持平靜。「王子殿下，美味極了。這個草莓塔……嗯，我有個比我還喜愛甜點的妹妹，她如果吃到這個，肯定開心到要哭了。這太完美了。」

麥克森嚥下一口早餐，身體往後靠在椅子上。「妳眞的認爲她會哭？」他看起來對於這個想法很感興趣。看來，對於女人和哭泣，他的確了解不深。

我想了一會兒。「是的，我是這麼認爲。她還沒有什麼控制情緒的能力。」

「那妳願意打賭嗎？」他問道。我注意到所有女孩的頭轉左轉右，看著我們兩個人對招，彷彿是一場網球比賽。

「如果我有錢可以打賭，當然願意。」想到拿別人欣喜的眼淚來打賭，我便露出微笑。

「那麼妳願意拿什麼來替代賭金呢？妳看起來挺擅長談判的。」他似乎很享受這個遊戲，好吧，我就捨命陪君子。

「嗯，看你想要什麼？」我提議道。然後，我想著自己究竟能給這位什麼都有的人什麼東西。

現在這個問題可好玩了，想著麥克森能給我什麼，幾乎就和想著我能給他什麼一樣地有趣。他有一整個世界任他掌控，那我想要什麼呢？

「那妳想要什麼？」

我不是第一階級，但我過著像第一階級的生活。我有著吃不完的食物，還有一張最舒服的床，有人完全聽候我命令。如果我需要什麼，儘管開口要就是了。

我想要一個讓這個地方感覺不那麼像皇宮的東西。如果我的家人能在這裡跑來跑去，又或是我可以不用努力打扮……但我不能要求讓家人來這裡，畢竟我只是暫時拘留。

「如果她哭了，我希望整個星期可以穿褲子。」我最後提議說。

每個人都笑了，但是很小聲，而且很節制。就連國王和王后似乎都覺得我的要求很有趣。我喜歡王后看我的樣子，好像沒這麼陌生了。

「一言爲定。」麥克森說。「那如果她沒哭，明天下午，妳就必須陪我在廣場上散步。」

在廣場上散步？就這樣？沒什麼特別的啊。我想起麥克森昨天晚上說，他很謹慎小心。也許他不知道該如何約女孩子單獨相處。也許這是他掌控一件陌生事物的方式。

我身邊某個人發出不滿的聲音。喔，我明白了，如果我賭輸，我就是第一個正式和王子單獨相處的人。我有點想要重新談談，但如果我眞的想幫他忙，如同先前答應他的，我就不該拒絕我們的第一次約會。

「王子殿下，那麼我就勉爲其難地接受了。」

「賈斯汀？」他的男侍走上前。「準備一個草莓塔包裹，送到這位小姐家，並派人在現場等待妹妹享用完畢，然後再告訴我們她是否哭了。我眞的很好奇。」

賈斯汀點點頭，然後離開。

「妳應該寫封信一起送去，告訴妳的家人妳很平安。事實上，妳們都應該這麼做。早餐過後，寫封信給妳們家人吧，我們會確保他們今天收到。」

每個人鬆了口氣地笑著，很高興終於能前進到下個階段。我們用完早餐後，就急著回去寫信。安爲我找了一些文具，我寫了一封簡短的信給家人。雖然整件事以一種非常奇怪的方式展開，但我還是不想讓他們擔心。我試著輕描淡寫地述說。

親愛的媽媽、爸爸、玫兒，還有傑拉德，

我好想念你們！王子希望我們寫信回家，讓家人知道我們平安無虞，一切安好。我過得很好。搭飛機雖然有點可怕，但也算是新奇的經驗。由上往下看，世界變得好小好小！

他們為我準備好多美麗的衣服和物品，我還有三位隨身侍女，她們負責幫我更衣、沐浴，而且是我的活地圖。就算我搞不清楚狀況，她們也會告訴我該去哪裡，並協助我準時抵達。

大部分的女孩都很害羞，但我交到了一個朋友。你們記得肯特省的瑪琳嗎？我在前往安傑拉斯的途中遇見她。她開朗又友善。如果我過不了多久就得被遣返家鄉，我真心希望她能撐到最後。

我和王子會面過了，也看見國王和王后，他們本人更具威嚴，但我還沒有機會和他們說話。我倒是和麥克森王子說過話了。他是個比我想像中還要寬宏大量的人……嗯，我想是吧。

我得先離開了，但我很愛你們，也想念你們，我會盡快再寫信的。

愛你們的亞美利加

我並不覺得這封信會為他們的生活帶來變化，但或許我錯了。玫兒會一次又一次地讀，在關於我生活的文字裡，探詢種種細節。對了，不知道她會不會在吃甜點前讀到這封信？

又，玫兒，那些草莓塔不會讓妳感動到落淚嗎？

好了。我盡力了。

很顯然，這樣做還不夠好。當天傍晚，一位男侍敲著我的門，送來一封家書，並向我報告最新消息。

「小姐，她並沒有哭，她說可以吃到草莓塔真是太幸福了——如您所料——但是她最後並沒有哭。王子殿下大約明天下午五點左右，會來您的房間接您。請準備好。」

打賭輸了並沒有讓我特別難過，我只是真的很想穿褲子。就算無法如願以償，至少也收到家人的信了。這是我與家人頭一次分離這麼久。我們不夠富有，所以無法旅行，而我成長過程中幾乎沒有其他朋友，所以也不會在別的地方過夜。多希望可以天天收到家裡的信。我知道一定可以，但所費不貲。

我先讀爸爸的信。他不停說著我在電視上看起來多美麗，他多以我為榮。他說我不該送三盒草莓塔來，這樣會把玫兒寵壞。三盒！我的天哪！

他接著說，艾斯本剛好過來家裡幫忙一些文書工作，所以也帶了一盒回家給他的家人。對此，我不知道該作何感想。一方面，我很高興他們能吃到這些皇家甜點。另一方面，他與新女友一起吃的畫面卻揮之不去。那是一個他可以寵壞的人。我真想知道他會不會嫉妒那是麥克森送的禮物，但也許他很開心終於擺脫我了。

我把信上的字句意義延伸得好遠好遠，而這並非我的本意。

信的結尾爸爸說他很高興我交了朋友，他說很難得，要我好好珍惜。我把信紙折起來，手指撫過他留在外面的簽名，我以前從未留意過，爸爸的簽名多麼有趣。

傑拉德的信簡短扼要。他很想念我、很愛我，希望我多送點食物過去。我不禁大笑出聲。

媽媽則是老樣子。即使信是以墨水寫成，我還是可以聽見她叮嚀的語氣，她得意洋洋地向我恭喜我已經贏得王子的喜愛，因為有人告訴她，我是唯一獲得送回家裡的禮物的人。然後她堅定地告訴我，無論我做了什麼事，繼續下去就對了。

是啊，媽，我會繼續告訴王子，我對他完全沒感覺，盡可能地冒犯他。這個計畫還眞是完美。

把玫兒的信留到最後，果眞是明智之舉。

她的信多采多姿，幾乎就要被她的熱情淹沒。她承認自己嫉妒我隨時都吃得到美食。她也抱怨媽媽越來越愛管她，什麼都管。我知道那種感覺。接著是一連串如猛烈砲火般的問題。麥克森本人和電視上一樣帥嗎？我現在正穿著什麼樣的衣服？她能造訪皇宮嗎？麥克森有沒有秘密的弟弟，也許有天可以娶她？

我看完咯咯發笑，緊緊握住這些信。我得加把勁，快點回信。這裡應該有電話吧？只是不曉得在哪。目前爲止沒有人告知我們這訊息。就算我房間裡有，每天打電話回家好像也太過分。況且留著這些信比較有意義，證明我眞的來過皇宮。到那個時候，這一切可能已經成爲回憶了。

知道家人們都過得很好，我便欣慰地上床睡覺，溫暖的感覺哄著我，讓我沉沉入眠。然而，想到再次和麥克森王子獨處，我的神經立刻一繃，感到一陣心煩。我有點不明白原因爲何，只希望能安然度過。

「基於外在觀感的理由，可以請妳挽著我的手臂嗎？」隔天，麥克森護著我走出房間時說。我有點猶豫，但還是照做。

我的侍女已經爲我換上晚禮服：淡藍色、高腰、小蓋袖。我的手臂幾乎赤裸，徹底感受到麥克森硬挺的西裝觸碰著我的肌膚。不知爲何我覺得不大自在。他肯定注意到了，於是他試著讓我分心。

「很抱歉她沒有哭。」他說。

「你一點都不覺得抱歉吧。」我開玩笑地說。其實打賭輸了並沒有讓我太難過。

「我以前從來沒賭過。贏的感覺很好。」他的語氣帶著一絲歉意。

「初學者運氣比較好。」

他微微一笑。「也許吧。下次我們可以試試看讓她笑。」

我的腦中已經開始有畫面出現。皇宮裡有什麼會讓玫兒笑翻天啊？

麥克森看得出來我正想念著她。「妳的家人是怎麼樣的人？」

「什麼意思？」

「就是這個意思。妳的家人肯定和我的家人很不同吧？」

「是啊。」我笑著說。「首先，沒人會在早餐時戴著王冠。」

麥克森微笑著。「難道辛格家是在晚餐才戴著王冠？」

「當然。」

他開心地笑著。我開始覺得，也許麥克森並不是我想像中驕傲自負的皇族。

「嗯，我家有五個小孩，我排行中間。」

「五個！」

「是的，五個。外面大多數的家庭都有很多小孩。如果我可以，也會想要生很多。」

「喔，眞的嗎？」麥克森挑眉問。

「是的。」我回答道。我的聲音很小，不知道爲什麼，但這聽起來是我人生非常私密的部分。世界上只有另一個人也知道這件事。

一陣悲傷襲來，但我馬上趕走這個想法。

「總之，我的姊姊肯娜嫁給一位第四階級，她在工廠工作。我媽媽希望我至少能嫁給第四階級以上的人，但我不想停止唱歌的工作，我太愛唱歌了。不過我現在是第三階級了，眞是奇特的際遇。如果可以，我希望留在音樂圈。」

「接著是哥哥柯塔，他是位藝術家，這些日子以來我們並不常看到他，出發那天他有來送我，但就那樣。」

「接著就是我。」

麥克森露出一個輕鬆的微笑。「亞美利加．辛格，」他說著我的名字，「我最好的朋友。」

「是啊。」我翻了個白眼。我不可能是他最好的朋友。至少還不是。但我必須承認，他是唯一一個既非家人又非愛人，我卻能對他傾訴秘密的人。嗯，瑪琳也算是，所以他比較像是瑪琳這樣的朋友嗎？

我們慢慢到走廊上，然後朝階梯走去。他看起來沒有一絲匆忙。

「在我之後是玫兒，就是那個沒有哭、背叛我的傢伙。眞的，我被她騙了。我不敢相信她竟然沒落淚！不過啊，她是個很棒的藝術家……我好愛她。」

麥克森仔細端看我的臉，玫兒讓我的表情軟化了一些。我還滿喜歡麥克森的，但仍然不太確定我會讓他多深入認識我。

「接著是傑拉德，這孩子才七歲。他還搞不清楚自己喜歡音樂還是畫畫。大部分的時候，他喜歡玩球還有研究昆蟲，這些都還好，但是他不能以此爲生。我們試著讓他多嘗試看看。總之，這就是所有人了。」

「那妳的父母親呢？」他接著問道。

「那你的父母親呢？」我回他。

「妳知道我的父母親。」

「不，我不知道。我只知道他們的公眾形象。他們實際上是什麼樣的人？」我勾著他的手臂，這可眞是不得了的畫面。我感覺麥克森手臂壯碩，肌肉結實。麥克森嘆了口氣，我希望自己沒有激怒他。這個模樣，好像誰讓他很心煩。一定是因爲他從小在皇宮長大，沒有任何兄弟姊妹的緣故。

我們走進花園，他開始思考應該說些什麼話。我們經過的時候，衛兵們臉上都出現詭異的微笑。經過他們之後，一組攝影人員就在那裡等待著。當然啦，王子第一次約會，他們一定要在場。麥克森對著他們搖搖頭，他們立刻撤回室內。我聽見有人發出一聲咒罵。我並不特別期待被攝影機包圍，但是要趕他們走好像也有點奇怪。

「妳還好嗎？妳看起來很緊張。」麥克森發現我很緊張。

「你看到女人哭就不知道該怎麼辦，就像我和王子走在一起也不知道該怎麼辦。」我聳著肩說。

對此，麥克森淺淺一笑，但沒有多說什麼。我們朝著西邊移動，太陽被廣場上一大片森林遮住，不過現在也才接近傍晚而已。樹蔭罩著我們，像個黑暗的帳篷。這正是我前天晚上想尋找的獨處空間。現在好像眞的只剩下我們了。我們繼續往前，遠離皇宮，走到衛兵們都聽不見的地方。

「爲什麼我讓妳不知道該怎麼辦？」

我猶豫了一下，然後說出我的感覺。「你的個性，你的意圖。我不知道自己該如何看待這個小小的散步約會。」

「嗯。」他停下腳步並面對著我。我們靠彼此非常近，儘管夏天的空氣溫暖，一陣寒冷仍然直竄背脊。「我想妳現在應該看得出來，我不是那種拐彎抹角的男人，我會告訴妳，我的期望。」

麥克森更靠近一步。

我幾乎不能呼吸。我正踏進我最害怕的處境中。沒有衛兵，沒有攝影機，沒有人會阻止他爲所欲爲。

膝蓋上頂。眞的，我用膝蓋往王子殿下的大腿內側頂，而且很用力。

麥克森大叫一聲，彎下腰來，抱住自己。我趕緊退開。「爲什麼要這樣對我？」

「如果你敢碰我，我會更大力反擊！」我對他保證。

「什麼？」

「我說，如果你——」

「不、不，妳瘋了，我聽得很清楚了。」麥克森露出痛苦的表情。「但妳這麼做究竟是什麼意思？」

我的身體感覺一陣熱。我已經先驟下最壞的結論，為一件根本就不會發生的事情做了愚蠢的行動。

衛兵們跑過來，我們的小小事件引起他們的警覺心。麥克森半彎著腰，笨拙地揮著手要他們離開。

我們沉默了好一會兒，等到麥克森沒那麼痛時，他轉過身，對著我。

「妳以為我想要做什麼？」他問。

我低著頭，臉頰發紅。

「亞美利加，妳以為我想做什麼？」他聽起來很心煩。除了心煩之外，還有種被冒犯的感覺。他顯然猜到我是怎麼想的，而他一點都不喜歡那想法。「在公共場所嗎？妳以為……天啊，我是個紳士！」

他動身離開，但又回過頭。

「如果妳覺得我是這麼糟的人，為何當初又說願意幫忙？」

我甚至無法直視他的雙眼！我不知道該如何解釋，說自己誤以為他是花花公子？我心頭有說不出的不安，畢竟我曾與另一名男孩在這種隱密的地方獨處，而我們是那樣的親密。

「妳今晚在妳的房間裡用餐。我明天早上再來處理這件事。」

我在花園裡等著，直到其他人進了餐廳。後來我又在走廊上踱了一會兒，才回我的房間。看到我進房，安、瑪莉和露西興奮極了。我還不敢告訴她們，我並沒有一直和王子在一起。

我的餐點已經送來，放在露台的桌上等著我。還好我餓壞了，丟臉的事情早就被我擱在一旁。接著我發現，侍女們如此興奮，並非因爲我消失了很久，而是我的床上放了一個非常大的盒子，正等著我去拆開。

「我們可以看嗎？」露西問。

「露西，不禮貌！」安責罵她。

「妳才離開，這個盒子就送來了！我們從那時候就在想是什麼！」瑪莉大聲嚷嚷地說。

「別擔心，我沒有什麼秘密。」等我明天被趕了出去，她們就會知道爲什麼了。

我給她們一個虛弱的微笑，邊拉開盒子上的紅色緞帶，盒子裡是三件褲子。一件是亞麻材質，另一件是正式的西裝褲，但觸感柔軟，最後一件是閃閃發亮的丹寧褲。上面還放了一張印有伊利亞王國國徽的卡片。

妳的要求是如此簡單，我無法拒絕。但是看在我的面子上，請在星期六穿就好。謝謝妳的陪伴。

妳的好友　麥克森

13

整體而言，我並沒有太多時間夠我丟臉或擔心。隔天早上，侍女們準時出現爲我更衣，她們毫無擔憂之情。看來，我還可以到樓下享用早餐，接受麥克森王子的最後恩惠：用完最後一餐，以美麗候選者的身分跟大家說再見。

早餐吃到一半的時候，克莉絲鼓起勇氣問我關於昨天約會的事情。

「約會如何？」她小聲問道，是用餐時間該有的音量。但那四個字讓所有耳朵豎起，原本低頭看餐桌的也抬起了頭，全部的人都專注聆聽。

我深吸一口氣。「難以形容。」

女孩們看著彼此，顯然希望聽見更多答案。

「他都做了些什麼？」她們問。

「嗯……」我小心翼翼地尋找合適措辭。「完全和我想像中的不同。」

這一次，傳來的是背地裡小小聲的咕噥。

「妳是故意的嗎？」佐依插話說。「如果妳是故意的，那眞的太差勁了。」

我搖搖頭，我要怎麼說明這一切？「不，只是——」

我還在努力擠出答案，此時走廊傳來令人不解的吵鬧聲響，我不得不停下。

尖叫聲聽來很詭異。雖然我在皇宮的時間很短，但從未聽過那麼大的聲響。此外，還有一陣像衛兵們的鞋子踏在地板上的聲音，大門開開關關，房間晃動到刀叉碗盤也碰撞了起來。毫無疑問，這是一場突襲暴動。

皇室成員比我們更早發現這件事。

「小姐們，快到房間的後面！」克拉克森國王大喊，然後跑到窗邊。

女孩們雖然困惑，但並不想違背命令，於是紛紛朝主桌移動。國王正拉下一片簾幕，那並非一般遮光用，而是可以固定在地上的金屬簾幕。他身旁的麥克森王子也已拉下另一片，穿著華服的王后也是如此。

就在這時，衛兵蜂擁而至，厚實大門隨即關上，並以木條固定好。關門前，我瞥見外頭也站了一列衛兵。

「陛下，他們在城牆內，我們正阻擋他們前進。照理應該請女士們先離開，但我們離大門太近——」

「明白了，邁爾克。」國王回答，並打斷他的話。

不用再多說什麼我也明白：反叛軍已經來到皇宮。

我知道會有這一天。宮中聚集這麼多賓客，太多的準備工作，百密總會有一疏，我們的安全就會面臨考驗。即使占領皇宮並不容易，現在卻是個發動抗議的良機。追根究柢，王妃競選過於鋪張，反叛軍肯定早已看不慣這個活動，如同所有與伊利亞王國有關的事。

但不管其他人怎麼說，我完全不想坐以待斃。

我起身往後一推，椅子倒落在地。我跑向靠近的一扇窗戶，拉下金屬簾幕。其他女孩明白處境有多麼危險後，也跟著做了相同的事。

拉下簾幕很簡單，但卻不易固定。我努力想把門閂調整好，這時突然飛來一個不明物體，直接砸在金屬簾幕上。我大叫一聲，嚇得往後退，一個失神，被倒在地上的椅子絆到，整個人跌落地面。

麥克森立刻衝到我身旁。

「受傷了嗎？」

我迅速檢查一下。屁股可能有個大瘀青，而且我嚇壞了，但最糟糕也就是這樣了。

「沒事，我很好。」

「快到房間的後面去。快！」他下令說，一邊扶我離開地板。他跑到大廳，抓著兩名害怕到動彈不得的女孩，帶她們到後面的角落。

我遵照他的命令，跑到房間後面，看見一群女孩窩在那裡。有些人在哭，有些人嚇呆到直盯前方，而蒂妮已經昏倒。看見國王在後牆和衛兵認眞討論，令人安心許多。他們刻意保持距離，不想讓我們聽見談話內容而再次受到驚嚇。國王穩穩地摟著王后，她則展現無懈可擊的冷靜與自信。

她已經平安度過多少次突襲了？我們從報導中得知，這種事情一年會發生好幾次，肯定讓人緊張萬分。對她……她的丈夫……以及她唯一的孩子而言，優勢越來越少。肯定的是，反叛軍終究會攻下這裡，奪取他們想要的東西。儘管如此，王后還是站在原地，冷靜的臉龐帶著鎮定的表情，毫無畏懼。

反觀我們這群女孩，誰有成爲王后的力量？蒂妮還無意識地躺在某人懷裡。賽勒絲和貝瑞兒正在交談。賽勒絲雖然一派輕鬆，但她的內心一定不是如此。然而，相較其他女孩，她把自己的情緒藏得很好。

有些人已經接近歇斯底里，把臉埋在膝蓋裡啜泣著。有些人則嚇得魂飛魄散，將自己隔絕於外界的騷動。她們表情茫然，緊握雙手，等著一切結束。

瑪琳哭了一點點，但還沒有嚴重到像個災難現場的倖存者。我突然一驚，在混亂之中，抓起她的手，拉直她的背。

「擦乾妳的眼淚，打直身體。」我在她耳邊大聲說。

「什麼？」她尖聲問我。

「相信我就是了，快照做。」

瑪琳用禮服的側邊擦擦她的臉，站了起來。她拍拍臉，抹勻花掉的妝，接著轉過來看我，尋求我的意見。

「好極了。抱歉這麼愛管閒事，但這次請相信我，好嗎？」在這麼令人心慌的關頭，我還如此強勢，感覺好糟。但是她必須看起來像安柏莉王后一樣冷靜。麥克森肯定會希望他的王妃有這項特質，而我希望瑪琳贏得后冠。

瑪琳點點頭。「嗯，妳說得沒錯。我的意思是，現在大家都是安全的，我實在不應該太擔心。」

我點點頭回應她，但是她錯了。大家並非都是安全的。

衛兵們站在厚實的大門邊嚴陣以待。這時，不明重物一次又一次地朝著皇宮猛擊。這裡沒有時鐘，我不知道這場攻擊已持續了多久，不禁讓我更加焦慮。如果他們攻了進來，我們會知道嗎？難道得等到他們敲門，我們才知道？還是他們早已攻下，而我們還被蒙在鼓裡？

我不想太過擔心。我將注意力放在精美的雕花瓶子上，儘管完全說不出花的名字，我依舊咬著水晶指甲，假裝看得出神，彷彿全世界只剩下這些雕花。

麥克森過來確認我的狀況，就像他對其他女孩所做的一樣。他站在我旁邊，也看著那些花兒。我們面面相覷。

「妳——還好嗎？」他終於開口問。

「很好。」我低聲說。

他頓了一會兒說：「妳看起來不太好。」

「我的侍女們會怎麼樣呢？」我擔心地問著。我知道自己很安全，但她們在哪兒呢？如果反叛軍強行進入，她們正好在走廊上，那該怎麼辦？

「妳的侍女們？」他問我的語氣，彷彿認爲我天眞到不可思議。

「是的，我的侍女們。」我直視他的雙眼，迫使他不得不捫心自問，爲何只有少數被選中的人受到嚴密的保護。我呼吸急促，幾乎要哭出來。我不斷祈禱反叛軍別來，努力保持冷靜。

他看著我的雙眼，好像明白了。我的出身只比侍女高一個階級，一張幸運籤、一場王妃選秀，卻造成了我們的天壤之別。

「她們應該躲起來了。僕人有他們可以等待的地方。衛兵很盡責，在第一時間就通知宮內上上下下的人。侍女們應該沒事。我們之前有一個敏銳的警報系統，但上次反叛軍襲擊，已被拆除破壞。皇宮還在修復系統，但……」麥克森嘆了一口氣。

我看著地板，試著讓腦中大大小小的擔憂念頭安靜下來。

「亞美利加。」他試著安撫我。

我轉向麥克森。

「她們沒事的。雖然行動不快，這裡每個人都知道緊急狀況時該怎麼做。」

我點點頭。我們就這樣靜靜地站了幾分鐘，在他就要離開時，我開口說話。

「麥克森。」我低聲說。

他轉過身來，驚訝我如此自然地直呼他的名字。

「關於昨天晚上，請讓我解釋。當初政府為我們做準備時，有一名官員曾對我說，我不能拒絕你，無論你的要求是什麼，絕對不行。」

他目瞪口呆。「什麼？」

「聽起來，你可能會對我們有所要求。而且你說過，這十八年來並沒有太多與女性相處的機會……然後你又把攝影人員趕走。我是因為你靠得太近，才覺得驚慌。」

麥克森搖搖頭，試著釐清這一切。羞愧、憤怒、不可置信的神情閃現在他平常和顏悅色的臉上。

「大家都知道這件事嗎？」他問，聽起來彷彿世界末日。

「我不知道。或許有些女孩不覺得這是警告，因為她們正等著把你撲倒。」我說，並朝著房間裡其他人的方向點點頭。

他無奈地笑著。「而妳不是那種女孩。但妳完全沒想過，妳的膝蓋會傷到我的重要部位嗎？」

「我是踢你的大腿內側！」

「喔，拜託，如果只是大腿內側，才不需要那麼長的時間復元！」他回答，完全反駁我的說法。

我忍不住笑出來。幸好，他也跟著笑了。就在這時，窗戶傳來另一波攻擊聲響，我們同時停頓。剛剛有那麼一會兒，我忘了自己身在何方。

「所以妳會如何處理滿屋子哭泣的女孩？」我問。

他露出困擾不已的表情。「世界上沒有比這更令人傻眼的事了！」他趕緊低聲說。「我完全不知道如何讓她們別哭。」

這就是即將要領導我們國家的人，只要遇到眼淚就完全沒辦法的男人。眞是太有趣了。

「拍拍她們的背和肩膀，告訴她們一切都會沒事。很多時候女孩子哭，並不是眞的期待問題能解決，她們只是想要有人安慰。」我如此建議著。

「眞的嗎？」

「八九不離十。」

「一定不只這麼簡單吧。」他打趣且懷疑地說。

「我說了嘛，大部分的時候是如此。但這裡的女孩應該都是這樣吧。」

他不服氣地說：「我可不確定。因爲已經有兩名女孩問我，如果這場突襲結束了，可不可以讓她們回家。」

「我以爲我們不能這麼要求。」但我實在不應該太意外，畢竟他都同意我以朋友的身分留下來，那些技術性的問題對他而言也不會太困難吧。「那你打算怎麼做？」

「我還能怎麼做？我不會不顧她們的意願，把她們綁在這裡。」

「也許她們會改變心意。」我滿懷希望地說。

「也許吧。」他停頓一下。「那妳呢？被嚇得想離開了嗎？」他用一種近乎戲謔的語氣問道。

「老實說，我以爲早餐之後，你就會送我回家了。」我坦承道。

「老實說，我的確這麼想過。」

我們露出心照不宣的微笑。我們的友誼——如果我還可以說那是友誼——儘管有了點小裂縫，但至少是誠實的。

「妳還沒回答我。妳想離開嗎？」

又是個切中要點的問題，這個提議聽起來很吸引人。我在家裡遭受到最猛烈的攻擊，也不過就是傑拉德想偷走我的食物。這裡的女孩完全不在乎我，華美的衣服又快令人窒息，有些人甚至想傷害我，日子一點都不好過。但是只要能留著，就能幫助家裡，而且能夠吃飽實在很棒。麥克森看起來還有點迷惑，不過我會與他保持距離，再多相處一些日子。也許我眞的可以協助挑選出下一位王妃。

我看著麥克森的雙眼。「只要你沒有把我趕出去，我就不會離開。」

他微微一笑。「很好。那妳要告訴我更多小技巧，像拍肩膀那樣的事情。」

我微笑回應。是啊，這是場誤會，錯得很美的誤會。

「亞美利加，妳可以幫我一個忙嗎？」

我點點頭。

「現在大家都以爲，我們昨天傍晚相處了很長一段時間。如果有任何人問起，可以麻煩妳告訴他們，我不是……我沒有……」

「當然。我眞的很抱歉，對於一切的事。」

「我應該早點知道，如果有人會違背命令，那個人肯定就是妳。」

突然，牆壁遭受重重一擊，女孩發出尖叫聲。

「他們是誰？他們想怎麼樣？」我問。

「誰？反叛軍嗎？」

我點點頭。

「看妳要問誰。妳現在問的是哪個叛軍團？」他回答我說。

「不只一個叛軍團？」聽到這個消息，我對這整件事感覺更糟糕了。假設兩個或多個叛軍團結合，又該怎麼辦？在我的認知裡，反叛軍就是反叛軍，但是麥克森的說法似乎有更危險的未知數。

「有多少叛軍團？」

「目前所知是兩個，北方叛軍和南方叛軍。北方叛軍的攻勢比較頻繁，他們比較近，就住在北邊伯林罕附近的萊克利降雨區。沒人想住在那裡，因爲根本就是一片廢墟，儘管他們把那裡視爲家鄉，卻似乎到處流浪。但這也是我的論點，沒人相信就是了。總之，他們沒有攻進來的實力，就算眞的攻進來，也幾乎不會造成傷害。所以我猜，這次是北方叛軍發動的攻擊。」他大聲說，好蓋過喧鬧的聲音。

「爲什麼？爲什麼他們跟南方叛軍如此不同？」

麥克森似乎有些猶豫，不確定是否該讓我知道。他環顧四周，確認沒有人偷看。我也四處張望，發現幾個人正在看我們，尤其是賽勒絲，她彷彿想用眼神將我活活燒死。幸好，和她的眼神交會並沒有持續太久。即使有這麼多旁觀者，大家都離得很遠，聽不見我們說話。於是麥克森傾下身，在我耳邊小聲說話。

「南方叛軍的攻擊比較具有……毀滅性。」

我打了個冷顫。「毀滅性？」

他點頭。「他們每年只會出擊一或兩次，至少我從損傷結果來看是如此。這裡每個人都想保護我，不讓我知道眞實數據，但我可不是笨蛋。南方叛軍來的時候，總會有犧牲傷亡。麻煩的是，兩支叛軍的外表就和一般人差不多——大多數是衣衫襤褸的男人，體格精壯，稱不上是容易辨別的特徵。所以，我們總要戰到最後，才知道那次的敵人是誰。」

我看向房間四周。如果麥克森估算錯誤，這次是南方叛軍的進擊，那麼很多人就命在旦夕了。我又想到我可憐的侍女。

「但我還是不了解。他們到底想要什麼？」

麥克森聳聳肩。「南方叛軍顯然是想推翻我們。我不知道爲什麼，但我猜也許是有些人不滿，或是另一些厭倦了活在社會邊緣的人。但他們實際上也不是第八階級。第八階級根本無法加入社會網絡。至於北方叛軍，就有點神秘。父王說他們只是想騷擾我們，干擾我們的政事，但我不這麼認爲。」他胸有成竹地說著。「關於這點，我也有另一套理論。」

「可以讓我知道嗎？」

麥克森再度猶豫。我猜，這次他猶豫的原因不是怕嚇到我，也許是怕我不相信。他更加靠近，然後在我耳邊說：「我覺得他們在找某個東西。」

「找什麼？」我納悶地問。

「這我就不知道了。但是每次北方叛軍襲擊後的結果都一樣。衛兵們頂多被擊倒、受傷，或是被綑綁，但從來沒有人遭到殺害。他們似乎只是想甩開追兵，若非必要，不會脅持人質。被他們潛入的房間，總是一團混亂。他們拉開每個抽屜、搜索每個層架、地毯也被翻過來，很多東西遭到破壞。妳不會相信我這幾年換了多少部相機。」

「相機？」

「喔，」他有點羞怯，「我很喜歡攝影。但除了這些損失，他們並沒有搶走太多東西。當然，父王覺得我的想法是無稽之談。一大群不識字的野蠻人會尋找什麼東西？不過，我還是覺得一定是某樣東西。」

這個論點實在妙。如果我已經窮得要死，當我有機會闖進皇宮，肯定會拿走每一件金銀珠寶，以及所有值錢的東西。這些反叛軍攻到這裡的時候，內心肯定有某個東西，超越他們的政治立場或是生存課題。

「這個想法很傻嗎？」麥克森問，把我從思緒中拉出來。

「不，不傻。雖然令人費解，但是不傻。」

我們會心一笑。我突然覺得，如果麥克森只是麥克森，而不是伊利亞未來的麥克森國王，我會希望他是我的隔壁鄰居，他是個可以聊天的人。

他清清喉嚨。「我想我應該完成這一輪巡視工作。」

「是啊，我想一定有許多女孩在想，你怎麼那麼慢。」

「所以，哥兒們，你認爲我接下來該找誰談話呢？」

我微笑著，並往後面看，確認我的王妃候選人依舊完美。她還是一樣。

「看見那邊穿著粉紅色禮服的金髮女孩嗎？那位是瑪琳。甜姊兒一枚，親切友善，喜歡看電影。衝吧。」

麥克森呵呵笑著，往她的方向走去。

在餐廳裡的時間彷彿永無止盡，但攻勢只持續一小時多一點點。事後我們發現，敵方並沒有眞的入侵皇宮，他們只到外圍而已。衛兵一直到反叛軍試圖闖入大門才開槍，證明衛兵眞是善良的好人——被騙到皇宮外面的好人。而砸在窗戶上的，盡是一些腐敗的食物，持續砸了好長一段時間。

最後，由於兩名反叛軍太靠近門口，衛兵便開槍擊退，結果他們逃之夭夭了。如果麥克森的辨別方法是正確的，這應該就是北方叛軍了。

他們先把我們安置在某處，接著搜尋皇宮的周邊，直到確定一切都正常無異時，才放我們回房。我和瑪琳挽著彼此的手臂一起走。即使在樓下的時候，我依舊保持鎮定，但是叛軍攻擊所帶來的壓力已經使我疲憊不堪，我很高興這時有人能分散我的注意力。

「他最後還是讓妳穿褲子了？」她問。我盡快和她聊起麥克森，想知道他們的談話結果如何。

「是啊，他眞是寬宏大量。」

「我覺得最迷人的是，他是個善良的勝利者。」

「他是個善良的勝利者沒錯。而且以德報怨。」比方說，有人以膝蓋頂撞來回報皇室特別待遇的時候。

「這是什麼意思呢？」

「沒什麼。」我並不想多做解釋。「你們倆今天談了些什麼？」

「嗯，他問我這個星期想不想和他見面。」她紅著臉說。

「瑪琳！眞是太好了！」

「噓！」她四處張望，雖然大部分的女孩早就上樓了。「我盡量別讓自己期待太高。」

我們沉默了幾分鐘，然後她突然說話。

「我在騙誰啊?我興奮到快受不了!我希望他不會隔很久才約我。」

「如果他已經問了。我確定他很快就會有動作。呃,我是說,等他完成整天的國家大事,他就會約妳了。」

她笑出聲來。「我眞不敢相信!他的確很帥,但我不知道他是個怎麼樣的人。我本來很擔心他會……我也不知道該怎麼說,很木訥之類的吧。」

「我原本也是這麼想。但他實際上很……」麥克森實際上怎麼樣呢?是有點木訥,但不是想像中無法互動的那種。毫無疑問,他雖然是王子,他還是那麼……那麼地……「正常。」

瑪琳已經不再看著我。我們還在走路的時候,她就已經迷失在白日夢裡,我希望她心中所建立的麥克森的形象,與實際的他相符。而她也能成爲他想要的那種女孩。我送她到房門口,便輕輕揮手道別,回到我的房間。

我本來想著瑪琳和麥克森的事情,但是一打開房門,那些事情都飛出我的腦袋。安和瑪莉蜷在一起,抱著害怕發抖的露西。露西的臉色泛紅,因爲眼淚不停流過她的臉頰。受到驚嚇的她通常只是輕微顫動,現在卻是全身大力抽動。

「露西,冷靜點,一切都沒事了。」安一邊撫著露西亂亂的頭髮,一邊在她耳邊說話。

「一切都結束了。沒有人受傷。妳很安全,親愛的。」瑪莉溫柔而小聲地說,並握著她抽動不已的手。

我驚訝到說不出話來。露西一定不想讓我發現她這個模樣,我不應該這樣看著她。但是當我想走到房間外頭,露西就把我叫住。

「抱——抱歉，小姐，小姐，小姐……」她結結巴巴地說。其他人抬起頭來，臉上流露焦慮的表情。

「別爲難妳自己了。還好嗎？」我邊問邊把門關上，別讓其他人也撞見。

露西試著開口說話，卻無法好好說出一個字，眼淚和顫抖已經占據她小小的身體。

「小姐，她會沒事的。」安替她求情。「會需要幾個小時，但是等到一切平息後，她自己就會安靜下來。如果狀況還是很糟，我們可以帶她去皇宮側翼的醫療中心。」安降低音量說，「只是露西並不想去那裡，如果那邊的人認爲她不適任，他們就會把她關在洗衣房或是廚房。露西喜歡當侍女。」

我不知道安這麼小聲說，是不想讓誰聽見。我們都在露西身旁，即便是這種狀態，她也聽得清楚我們說什麼。

「拜——託，小姐。我不——我不——我……」她努力說話。

「噓。沒人會送妳去那的。」我告訴她。然後我看著安和瑪莉。「幫我把她抬上床。」

我們有三個人，照理說這件事應該很簡單，但露西不停扭動身體，所以她的手臂和腳不斷從我們手中滑出來。我們花了一番力氣才把她安置好。等我們把她塞進棉被之後，床鋪的舒適感發揮了比話語還有用的效果。露西的肩膀放鬆下來，她茫然地看著床鋪上頭的頂篷。

瑪莉坐在床邊，開始哼著一首曲調，讓我不禁想起玫兒生病時我哄著她的時候，實在太像了。我把安拉到角落，不讓露西聽見我們的對話。

「發生什麼事？有人闖進來嗎？」我問。我想知道究竟發生什麼事情了。

「不、不。」安向我保證。「每次反叛軍來的時候，露西都會這樣子，光是跟她講他們的事，她就會哭上好一陣子。她……」

安低頭看著她擦亮的黑色鞋子，想著是否該告訴我。我不想打探露西的私生活，但我眞的想弄清楚來龍去脈。她深吸一口氣，然後開始說話。

「我們有些人是在這裡出生的。瑪莉是在城堡出生的，她的爸媽也還在這裡。我是一名孤兒，因爲皇宮需要人手，就被帶進來了。」她順順身上的洋裝，彷彿這樣就能拍掉那段困擾她的過去。「露西是被賣到皇宮的。」

「賣？怎麼可能？這裡沒有奴隸啊。」

「實際上不算是奴隸，但不表示就沒這種事。當年露西家裡需要錢替她媽媽開刀。他們一直在某個第三階級的家庭幫傭，賺取微薄的酬勞。她母親的病沒有好轉，他們也一直背著債務，所以露西和她爸爸和這家人一起生活了好久好久。就我所知，他們的生活環境並沒有比他們打掃的牛舍好到哪去。

「那家人的男孩喜歡露西，我知道有時候階級不同沒關係，但是第六階級到第三階級，算是很大的躍升。當他母親發現他對露西的想法時，她便將她和她爸爸賣給皇宮。我記得她剛來的時候，哭了好幾天。他們一定深愛著彼此。」

我轉過去看著露西。至少在我的情況裡，有個人做了決定。當她失去所愛的男孩時，她毫無選擇。

「露西的爸爸在馬廄裡工作。他手腳不快，也不強壯，卻十分努力。而露西是個侍女。我知道也許妳會認爲很愚蠢，但是身爲一名宮中侍女是一件榮譽的事。我們是前線人員。宮裡認爲我們夠聰明，也夠漂亮，上得了大場面。我們很認眞看待自己的職務也是有原因的。如果搞砸，會被送到廚房，整天都在工作，衣服也很醜。不然就是被送去砍柴，或者送去犁田。侍女並不是個微不足道的工作。」

我感覺自己很蠢。在我心裡，儘管他們全部都是第六階級，其中卻還是有上下之分，而那是我所不明白的細微差別。

「兩年前，皇宮在半夜遭到襲擊。他們穿著衛兵制服，大家都搞不清楚狀況，當時一團混亂，沒人知道要攻擊誰、要保護誰。他們的人就這樣列著隊，乘隙而入……眞的很可怕。」

光是用想的，就讓人顫抖不已。詭譎的黑夜、困惑的大家、深不可測的皇宮。與今天早上的事件相比，那聽起來像南方叛軍的作爲。

「其中一名叛軍把露西抓起來。」安的雙眼低下來一分鐘，她接著輕輕說：「叛軍團沒有女人隨行。妳懂我的意思嗎？」

「喔。」

「我並沒有親眼看見，但是露西說那個男人全身髒兮兮，不斷地舔她的臉。」

安戰戰兢兢地說著。我的胃翻攪著，感覺早餐都要吐出來，絕對是噁心到極點。可以想像膽小如露西，在那種攻擊之下，肯定早已精神崩潰。

「他把她拖到某個地方，她使出全力大聲尖叫，但在一片暴動之中很難聽見她的聲音。但有一名皇室衛兵走到角落邊，他開了一槍，正中那名叛軍的頭部。反叛軍倒在地上，壓住露西。她就這樣躺在血泊之中。」

我摀住嘴巴。我無法想像瘦小的露西，竟獨自承受了這些創傷。難怪她的反應如此激烈。

「她身上的傷已經治好，但是沒有人看見她內心的傷。她現在很敏感，但是已盡可能隱藏起來。這不只是爲了她自己，也是爲了她父親。他好驕傲自己的女兒如此優秀，可以擔任侍女。她不想令他失望。我們試著讓她平靜，但每次反叛軍一來，她都覺得狀況只會越來越糟。又會有人把她拉走，傷害她，甚至殺害她。」

「小姐，她很努力，但我不確定她還能再承受多少次這樣的情況。」

我點點頭，看著躺在床上的露西。她已經閉上眼睛並沉沉入睡，雖然現在時間還很早。

剩下來的時間我試著閱讀，讓自己平靜下來。安和瑪莉則繼續清理一點都不需要清理的房間。我們都安安靜靜的，讓露西可以享有一點點不用擔心受怕的時刻。

我對自己發誓，如果能幫上忙，絕對不會讓露西再經歷這樣的事。

14

如我所預期，當一切平靜下來的時候，那些要求回家的女孩們就改變心意了。沒有人知道究竟是哪些人要求離開，但賽勒絲卻一心一意要找出是誰。目前為止，我們還有二十七位女孩。

國王表示，這起攻擊並無造成大礙，所以也沒有授權發布通知。然而，由於攝影組人員當時也進入宮內，甚至還現場直播，讓國王不是很高興。我不禁納悶，還有多少起攻擊是我們沒聽說過的？這裡似乎並沒有我想像中的安全。

詩薇亞解釋如果攻擊情況嚴重，我們能打電話回家，向家人報平安。至於現在的狀況，我們寫信回家即可。

我在信中寫說我很好，攻擊情況實際上並沒有那麼糟糕，國王將我們安置在安全的地方。我請他們別擔心我，並說自己想念他們，接著就把信交給協助此事的侍女。

攻擊過後的隔天，沒有發生意外，平靜地度過了。我本來計畫到仕女房和其他人聊聊麥克森的事，但是看到露西受到如此驚嚇，我選擇留在房間。

我不曉得自己出去後，侍女們都忙些什麼，但是我在房間的時候，她們會和我玩牌、閒聊，讓我無意間得知許多皇宮內幕。

原來，我在皇宮看見的每個人背後，都還有一百或更多人。我知道的就有廚師和洗衣的女孩；但還有些人的工作很單純，就是保持窗戶乾淨，需耗費一整週才能清完所有窗戶，接著又是週末，灰塵依舊吹進皇宮裡，黏在乾淨的玻璃上，他們又得重新清理；不見人影的珠寶工匠爲皇室成員及訪客們製作珠寶禮物；還有裁縫師和採購團隊，讓皇室家族，以及現在的我們，打扮得光鮮亮麗、無懈可擊。

我還得知另外兩件事。在她們眼裡，衛兵是最可愛的。侍女總管製作的一件很可怕的新款禮服，是要讓職員穿去參加假期派對的。皇宮裡有些人在打賭，哪一位候選者會成爲王妃，我是排行前十的女孩。一位廚師的孩子命在旦夕，而且很不樂觀，安邊說邊掉下眼淚。那位廚娘似乎是她的好朋友，而那對夫婦一直很疼孩子。

我靜靜地聽著她們說話，因爲我實在提不起勁說選妃的事。我很高興有她們的陪伴，房間裡的氣氛溫暖而愉快。隔天天氣和煦動人，我選擇留在房間裡。這一次我們打開露台與房間的門，讓溫暖的空氣吹了進來，圍繞著我們身旁。露西開心極了，我不禁想著她是否能常常出去透透氣？

一開始安不放心，直呼成何體統，哪有侍女如此明目張膽地玩牌。但很快地，她就明白自己不用費心把我塑造成淑女了。

正當玩牌玩到一半時，我的眼角餘光發現一個身影，是麥克森，他站在門邊，滿臉笑容。當我們眼神交會，我看得出他的表情充滿好奇與疑問。我起身，並微笑走向他。

安發現王子就在門邊，小小聲地說：「喔，萬人迷的王子殿下。」接著她馬上把紙牌掃進針線籃，站起來，瑪莉和露西也跟著照做。

「小姐們。」麥克森點頭示意。

「王子殿下。」她行個禮說。「眞是我們的榮幸。」
「也是我的榮幸。」他淺淺一笑地回答。
侍女們回頭張望，看著彼此，感覺受寵若驚。我們沉默了一會兒，氣氛有點僵。
瑪莉突然尖聲說：「我們正要離開。」
「是啊！沒錯。」露西也跟著說。「我們——嗯——就是……」她看著安，向她求救。
「我們要爲亞美利加小姐縫製星期五的禮服。」安急中生智。
「沒錯，」瑪莉說，「只剩下兩天了。」
她們繞過我們走出房間，每個人的臉上都黏著大大的笑容。
「那就不打擾妳們工作了。」麥克森說，並看著她們的一舉一動。
一到走廊上，她們笨拙地行了個不像樣的禮，然後興奮地離開。很快，在她們轉了個彎後，露西咯咯的笑聲在走廊上迴響著，安則趕緊噓她。
「妳的侍女眞是能幹。」麥克森邊說邊走進我的房間，仔細觀看整個房間。
「她們總讓我心疼。」我對他微笑說。
「顯然她們也很喜歡妳。這很少見。」他停下梭巡的雙眼，注視著我，「跟我想像中的房間不大一樣。」
我舉起手示意又放下，然後說：「說眞的，這並非我的房間吧？它屬於你，我只是借用而已。」
他做了個怪表情。「妳應該知道可以自行更動擺設吧？換張新床，或是漆上不同顏色。」

我聳聳肩。「一層油漆並不會讓這裡變成我的房間。像我這樣的女孩，根本不會住在有大理石地板的房子裡。」我開玩笑說。

麥克森露出微笑。「妳家裡的房間看起來像什麼樣子？」

「嗯，你究竟是爲什麼來這裡？」我轉移話題。

「喔！我有個點子。」

「關於？」

「嗯，」他開始說，並繼續在房間裡遊走，「我想，因爲妳和我不是一般的關係，不像我和其他女孩那樣，也許我們應該要有另一種……溝通方式。」他在我的鏡子前面停下來，看著我家人們的照片。「妳妹妹長得和妳一樣。」他彷彿很高興地發現這件事。

我走進房間的更裡面。「常常有人這樣說。你是指什麼樣的溝通方式？」

麥克森看完照片後，走向房間後面的鋼琴。「由於妳要協助我，並當我的朋友，」他意味深長地看了我一眼，「我們就不要靠傳統的字條，不要透過侍女傳達，也不用什麼正式邀請的約會。我想也許不用那麼繁複的禮節。」

他拿起鋼琴上一張散落的樂譜。「這是妳帶來的嗎？」

「不，這樂譜本來就在這裡。我想彈的曲目早就記在腦中了。」

他挑起眉毛說：「很厲害。」他回頭，往我的方向移動，但還沒解釋完。

「欸，你可以停止走動，先說完你全部的想法嗎？」

麥克森嘆口氣。「好吧。我在想，我們可以想個暗號或什麼的，某種溝通方式，代表我們需要談談，這樣就不會被其他人發現了。搓搓鼻子，怎麼樣？」麥克森的手指在鼻側上下移動。

「看起來好像鼻塞了。很不好看。」

他對我露出一個疑惑的表情，然後點點頭。「很好，或者我們就用手指捲頭髮？」

我立刻搖頭。「我的頭髮幾乎都被挽起來，根本不可能用手指穿過去。況且萬一你戴著王冠該怎麼辦？王冠會被你扯下來吧。」

他對著我，認真地搖搖手指。「嗯，很好的論點。」他又經過我身旁，繼續想著，然後在我床邊的桌子附近停下來。「那拉耳朵呢？」

我想了想，說：「我喜歡這個。夠簡單隱密，又不常見，不容易與其他動作混淆。就是拉耳朵了。」

原本專注看著某個東西的麥克森，轉過身對我微笑。「很高興妳同意了。下次妳想見我，就拉拉妳的耳朵，我就會盡快趕過來了。也許是晚餐過後吧。」他聳聳肩。

我還來不及問自己是否也能去找他，麥克森就拿著我的小罐子，走過房間。「這到底是什麼？」

我輕輕地嘆了一口氣：「這個，恐怕我無法解釋。」

星期五到了，是我們在《伊利亞首都報導》的首次登場。這是我們的任務，但至少這個星期我們只要坐著就好。因爲時差的關係，節目五點就開始了。優雅地坐在那裡等待時間過去，接著就能享用美味的晚餐了。

安、瑪莉和露西費盡心思替我打扮。這身禮服是深藍接近紫色，我身後的裙襬呈扇形展開，料子則是有如波浪般的柔滑絲緞。我無法相信自己正觸摸著這麼美麗的東西。她們爲我扣上背後一顆顆釦子，在頭髮別上珍珠髮飾，再配上珍珠耳環，以及一條以由許多珍珠串成的項鍊。珍珠看起來就像漂浮在我的肌膚上，大功告成。

我看著鏡子，還認得出是自己。這是目前我看過最美的版本，而且那張臉也還認得。自從名字被抽出的那一刻起，我就害怕會變成自己不認得的樣子——化上一層層的濃妝，披戴著將人淹沒的珠寶，可能得花幾週才能卸下所有珠寶，重新看見自己。而目前爲止，我還是亞美利加。

沒錯，完全還是我自己。我發現自己走到廣播室時，身上已有薄薄的一層汗水。若是要求提早十分鐘，我一定十五分鐘前到達。但對於像賽勒絲那種人來說，別人的十分鐘是她的三分鐘。女孩們姍姍來遲，陸續抵達。

一大群人在周圍走來走去，擺好王妃候選人的階梯式座位。以前我從《首都報導》上認識的國會議員們就在那裡，正讀著稿子並調整領帶。女孩們也正對著鏡子檢查自己的儀容，順順身上奢華的禮服。現場眞是一片混亂。

我轉過身，瞥見了麥克森的美好瞬間。他的母后，美麗的安柏莉王后把頭髮撥到頸後。麥克森則拉直外套，並對她說了些話。她同意地點點頭，麥克森接著露出燦爛微笑。我看得出神，沒注意詩薇亞正優雅地走向我。

「亞美利加小姐，請走上階梯就可以了。」她說。「妳可以選任何喜歡的座位。但大部分的女孩已經指定前排座位。」她看起來很抱歉的樣子，彷彿這是不好的消息。

「喔，謝謝妳。」我說，不以爲意地坐到後排的位置。

爬著小階梯時，因爲穿著緊身禮服，還有繫帶的高跟鞋，實在綁手綁腳。（眞的需要穿鞋嗎？根本沒人會看見我們的腳吧？）但我還是努力地維持姿態走上去。我看見瑪琳進來，她對我揮手微笑著，然後坐到我旁邊。這對我而言意義重大，她選擇我身旁的座位，而非前排。證明了她是位忠誠的朋友，也會是個好王后。

她的禮服是亮黃色的，搭配她的金髮和曬過的肌膚，她看起來就像是房間裡閃耀的一道光線。

「瑪琳，我喜歡妳的禮服，妳看起來美翻天了！」

「喔，謝謝妳。」她紅著臉說。「我原本還在想會不會太超過。」

「完全不會！相信我，穿在妳身上很完美。」

「我一直想找妳說話，但都找不到妳。我們明天可以談談嗎？」她小聲地問。

「當然。去仕女房吧。明天是星期六。」我禮貌地說。

「好！」她聽起來很期待。

這時我們前面的愛咪轉過來。「我的髮夾好像掉了，妳們可以幫我看看嗎？」

瑪琳二話不說就把纖細的手指放進愛咪的鬈髮裡，夾上那根鬆掉的髮夾。「這樣好點了嗎？」

愛咪鬆了一口氣。「好多了，謝謝妳。」

「亞美利加，可以幫我看一下牙齒有沒有沾到唇膏嗎？」佐依問。我轉到左邊，發現她正露出張狂的笑容，露出一口珍珠白的貝齒。

「沒有，妳很美。」我回答她。我從眼角看見瑪琳也認同地點頭。

「謝啦。他怎麼這麼冷靜？」佐依指著麥克森問道，麥克森正在和攝影組人員說話。接著佐依就彎下腰，把頭埋在兩腿之間，開始努力調節自己的呼吸。

瑪琳和我雙眼瞪大對看一眼，太有趣的畫面了。我試著忍住笑聲，但只要看到佐依就很難不笑，所以我們轉移注意力，觀察棚內的其他人，聊聊別人的衣服。有幾位女孩穿著性感紅色禮服、活潑的綠色禮服，但沒有人穿藍色。奧莉薇亞目前爲止都穿著橘色。我必須承認自己不大了解時尚，但瑪琳和我都認爲，拜託大家別再自以爲是地干涉她的穿著了，那個顏色只會讓她的皮膚看起來像綠色。

再過兩分鐘就要錄影。我們這才發現，她看起來一片慘綠，完全不是禮服的緣故。奧莉薇亞對著最近的垃圾桶嘔吐後，就倒在地上了。詩薇亞趕緊衝過去，手忙腳亂地幫她擦汗，扶她到座位上。她被安置到最後一排，旁邊還放了個小容器，以防萬一。

貝瑞兒坐在她的前面，我聽不到她對那可憐的女孩低聲說了什麼，但猜得出來，如果奧莉薇亞敢在她旁邊再吐一回，貝瑞兒也準備好對付她了。

我猜麥克森已發現這場小混亂，於是我看了他一眼，想知道他的反應。但他的視線並未停留在喧鬧的情景，他正在看我。接著，他動作很快，快到像什麼都沒發生，只是像搔個癢似地——

他舉起手拉拉耳朵。我也很自然地回應他，然後我們彼此別過頭。

突然，我好期待，今天晚餐過後，麥克森會來敲敲我的房門。

這時耳邊傳來國歌，我在攝影棚四周的小螢幕上看見國徽，趕緊把腰桿打得更直些。因爲我想到，今晚我的家人會看到我，我要讓他們驕傲。

克拉克森國王站在台上，解釋那一波短暫的失敗攻擊。我不認爲那是一場徒勞無功的突擊事件。畢竟，即使在大白天，多數人都嚇壞了。宣布的事項一件接著一件，我試著認眞聽每一件國家大事，但眞的很難。以前我都是坐在舒服的沙發上，捧著一碗爆米花，和家人邊看邊評論。

許多宣布的事項都和反叛軍有關，彷彿把責任完全推到他們身上。夏天建造的道路進度落後，因爲反叛軍的關係；艾特林幾個地方辦公室被迫關閉，因爲他們被派去聖喬治，協助處理反叛軍在當地造成的暴動。我不知道哪件事才是眞正發生過。成長過程中，我所聽見與看見的事情，以及我進宮之後才學到的事，在這兩者之間，我開始懷疑我們對反叛軍究竟了解多少？也許我了解不深，但我也不認爲，伊利亞王國的任何問題都可以推給他們。

接著，彷彿憑空出現似地，在活動主持人訪問後，蓋佛瑞走到布景前。

「大家晚安。今晚我要宣布一件重要事項。王妃競選至今已進行了一個星期，已有八位小姐們回家，留下二十七位漂亮佳麗，等待麥克森王子做抉擇。下週起，我們將竭盡全力呈現。《伊利亞首都報導》也將帶領大家認識這些令人驚豔的年輕女孩。」

我感覺太陽穴上已經積了一點汗水。坐在這裡，做做樣子……我還辦得到。至於回答問題？我知道自己不會贏得競選，那不成問題，但我眞的不想在全國觀眾面前看起來像個傻子。

「今晚，在看到小姐們之前，我們先花點時間和男主角聊聊。您今晚好嗎？麥克森王子？」

蓋佛瑞邊說邊走過舞台。麥克森王子突然被點名，而他手上還沒有麥克風，也沒有準備答案。

就在蓋佛瑞將麥克風遞給麥克森前，我對他眨了一眼。這個小動作足以令他露出微笑。

「我很好，蓋佛瑞，謝謝你。」

「目前爲止，你還享受她們的陪伴嗎？」

「很棒！我很高興能夠認識這些佳麗們。」

「她們是否都如外表上看起來那麼可愛又溫柔呢？」蓋佛瑞問。麥克森尚未回答這個問題，那個答案就讓我笑了。因爲我知道答案會是：是啊……算是吧。

「嗯……」麥克森的視線越過蓋佛瑞，看著我。「應該是吧。」

「應該是吧？」蓋佛瑞非常驚訝地問。他轉向我們。「這邊有人不乖嗎？」

所有女孩都發出輕輕的笑聲，我也只好蒙混其中跟著笑。麥克森，你最好敢說出口！

「這些女孩到底做了什麼不可愛的事？」蓋佛瑞問麥克森。

「喔，讓我告訴你。」麥克森雙腿交叉，非常舒適地坐在椅子裡，這大概是我見過他最放鬆的模樣，坐在那邊找我碴，尋開心。但我喜歡這樣的他，希望能常常看見。「她們其中一人，在我們第一次見面時，竟然對我大吼大叫，而且還不願放低音量，那天我被她狠狠地訓了一頓。」

麥克森上面的國王和王后互看一眼，看來他們也是第一次聽說這件事。我身旁每個女孩彼此互看，滿臉困惑。我還沒想到，然後瑪琳就對我說：「我不記得有誰在裡頭對他大吼。妳記得嗎？」

麥克森似乎忘記我們第一次見面應該是個秘密。「的確有點誇張，是為了節目效果嗎？我那天確實對他說了一些嚴厲的話。我猜他在說我。」

「麥克森王子，你剛剛說你被訓了一頓？為什麼？」蓋佛瑞繼續問道。

「老實說，我不太確定。可能是一種想家的情緒宣洩。所以我當然原諒她了。」麥克森輕鬆地和蓋佛瑞說話，彷彿他是攝影棚內唯一的人。很好，待會兒我們兩個有得聊了。

「所以她還在這裡？」蓋佛瑞看著我們一大群女孩，笑得很開心，然後回過頭面對王子。

「喔，是啊。她還在這裡。」麥克森說，雙眼還看著蓋佛瑞。「而我打算讓她再留久一點。」

15

晚餐實在令人失望。下個星期我要告訴侍女們，穿禮服時不要綁太緊，留點空間讓我吃東西。

回到房間後，安、瑪莉，還有露西等著爲我脫下禮服，但我說我還得再穿一下。然後，聰明的安便猜到了——麥克森要來看我。畢竟我總是迫不及待想遠離這些束縛身體的衣服。

「我們今晚需要留久一點嗎？沒問題的。」瑪莉有點過分期待了。經過這個星期稍早和麥克森會面發生的那場災難，我決定盡早催她們回去，這是最好的方式。再說，我無法忍受她們好奇的雙眼一直盯著我瞧。

「不，不。我很好，如果稍後禮服有任何問題，我再搖鈴就好了。」

她們不情願地退到門邊，留我一人等待麥克森。我不知道他還要多久才會過來，不想拿起書本閱讀，然後在精采的段落被迫暫停，也不想只是蜻蜓點水彈一下琴。最後，我只是懶洋洋地躺在床上等著。我任思緒漂流，想到瑪琳和她的友善，但也發現我對於她知之甚少。即便如此，我仍然相信她的眞誠。接著我又想到那些做作的女孩，不知道麥克森是否能分辨她們的不同。

麥克森與女孩相處的經驗，可以說是很豐富，但也可以說很狹隘。他是個紳士，但是當他拉近彼此距離的時後，卻什麼也不做。感覺就像他知道怎麼合宜地對待一位女士，卻一點也不浪漫。

正好和艾斯本相反。

艾斯本。

他的名字、他的臉、關於他的記憶，瞬間竄入我的腦中，太難思考了。艾斯本。他正在做什麼呢？現在卡洛林納已經接近宵禁時間。他可能還在工作吧，假如他今天有工作的話。或者和布蕾娜，或哪個可愛的女孩約會，總之，我們分手了。有時我心痛到不敢去想……有時我又自虐地想好好思考這件事，崩潰也沒關係。

我看著罐子，把它拿起來，感覺那一分錢幣滾動著，好寂寞的樣子。

「我也是啊，」我低聲說，「我也是。」

還保留這個東西是不是很笨？我已經把所有東西都還回去，為什麼還留著這一分錢幣呢？這會是我們之間僅剩的東西嗎？有一天，我會把放在罐子裡的一分錢幣拿給女兒看，告訴她關於我初戀男友的事，但沒有人記得他是誰。

我沒時間思索這些擔憂，因為幾分鐘之後，便傳來麥克森敲門的聲音，我趕緊放下這些念頭。

開了門後，麥克森驚訝地發現是我來應門。

「妳的侍女們究竟藏到哪裡了呢？」他邊問邊搜尋我的房間。

「離開了。我晚餐回來的時候，就讓她們去休息了。」

「每天都這樣嗎？」

「是啊，當然。我可以自己脫衣服，謝謝你的關心。」

麥克森挑挑眉並露出微笑。我臉色發紅。我不是故意要說出這樣的話。

「再加件外套吧，外面很冷。」

我們到走廊上。剛剛的思緒還是讓我有點分神，而且我很清楚麥克森並不擅長開場白。但我還是很自然地勾起他的手臂，感覺如此熟悉。

「如果妳堅持不讓侍女們在身邊，我必須派衛兵駐守在妳房門外。」他說。

「不！我不喜歡被當成小孩一樣照顧。」

他呵呵地笑著。「他會在外面。妳甚至不會察覺他的存在。」

「還是會啊。」我抱怨說。「我會感覺到他在。」

麥克森發出無可奈何的嘆息聲。我忙著向他解釋，完全沒有聽到耳邊傳來的窸窣聲，直到賽勒絲、艾美加和蒂妮經過我面前。她們正往我們的方向經過，準備回房。

「小姐們，晚安。」麥克森說，並微微點頭示意。

我怎麼會覺得沒人看見我和王子走在一起？太傻了。我臉色發紅，心慌意亂。

女孩們都行了禮，繼續往前走。走向階梯的時候，我回過頭看她們，艾美加和蒂妮一臉好奇的模樣。不出幾分鐘，她們一定會大肆宣揚，明天我鐵定會因爲這件事而被團團圍住。賽勒絲則是帶著敵意瞪我，我很確定自己已經成爲她的頭號敵人了。

轉過身後，我提起浮現在心中的一件事情。

「那時候反叛軍攻擊，還記得我說過嗎？那些緊張兮兮的女孩們最後還是會留下的。」我並不知道要求離開的人到底是誰，但謠言指出蒂妮是其中之一，她昏倒了。其他人說是貝瑞兒，但我知道這不是眞的。因爲你得把她冰冷堅硬的手撬開，拿走勝利的榮冠，她才會死心塌地離開。

「眞是讓人鬆了口氣。」他聽起來很眞誠。

他的回應出乎我意料。我花了些時間才想出該如何回應，因爲我必須同時注意別被自己的禮服絆倒，穿高跟鞋也完全沒用。而且我從來沒有挽著別人下樓梯的經驗，只希望至少我滑倒時，他會及時拉住我。

「我覺得，或許這也算是一種篩選的方法。」這時我們已經到一樓，我終於又能安心地走路。「你想想，要從這麼多女孩裡挑一個，肯定相當複雜。如果現實環境幫你刪去一些人，不是比較簡單嗎？」

麥克森聳聳肩。「我想是吧。但我的心情一點都不輕鬆。」他感覺有點悶悶不樂。「晚安。」他向衛兵問好，衛兵毫不遲疑地開了花園大門。也許我應該接受麥克森的好意，讓衛兵們知道我喜歡到外面去。想到自己可以輕易溜到外面透透氣，這點還滿吸引人的。

「我不懂。」我說，他領著我到長椅上。那是我們的長椅，他讓我坐在面對皇宮的位置，自己則反方向坐在我身旁。我們面對著彼此，比較容易說話。

他似乎有些猶豫，難以啓齒。他深呼吸然後開始說：「也許是我自作多情，認爲自己値得別人冒險。但我也不希望再發生這種事情。」他澄清。「總之，我沒有那個意思。只是……我也不曉得該怎麼說。難道妳看不出來，我所付出的一切，還有我冒的險嗎？」

「嗯，看不出來。你跟你的家人在這裡，他們給你建議，我們都繞著你打轉。你的生活依舊，我們的生活卻是一夜之間的劇變。你說的冒險到底是什麼意思？」

「亞美利加，我或許有家人在身邊，但試想看看，讓你的父母親在一旁，看你嘗試第一次約會。而且還不只父母親——是全國人民！更糟糕的是，那還不只是一般、平常的約會。

「繞著我打轉？當我沒有和妳們在一起的時候，我在組織軍隊、制定法律、調整預算……這些日子我都是獨自工作，父王則在一旁看我不斷地犯錯，因爲我沒有他的經驗。然後，當我一意孤行地選擇那條他不會走的路，他才會過來糾正我。當我努力完成這些工作後，與妳們談天是我唯一可以放鬆的時刻。我很期待，但同時也被那麼多的妳們嚇到了！」

比起以前我看見的，這次他的手勢更多，他的手不停在空中揮舞，或抓梳自己的頭髮。

「妳以爲我的生活沒有變嗎？妳覺得我有可能在妳們之中找到靈魂伴侶嗎？如果我可以找到某個人，在我身旁與我共度餘生，那是幸運。要是我因爲沒有感受到火花，而把她送回家，那該怎麼辦？要是她因爲第一次遇到災難就等著離開我，那該怎麼辦？如果我沒找到任何人，那該怎麼辦？那我該怎麼辦，亞美利加？」

他的言談起初充滿憤怒、慷慨激昂，但是他最後的問題卻很實際，一點也不誇張。他眞的很想知道，如果這裡面沒有一個人，擁有讓他愛上的特質，那該如何是好？但這似乎不是他最擔心的事，他更擔心的是，沒有人會愛上他。

「麥克森，你會在這裡找到你的靈魂伴侶，眞的。」

「眞的嗎？」我的話讓他再度充滿希望。

「當然。」我一隻手放在他的肩膀上，單單是這樣的碰觸，似乎就能安慰他了。我很好奇他能常被人們這樣碰觸嗎？「如果你的日子是這般激烈變動，那麼她一定就在這裡。過去經驗告訴我，眞愛通常是困難重重的。」我給他一個莫可奈何的微笑。

他很高興聽到這些話，這些話也撫慰著我的心。因爲我相信他。如果我不能擁有自己的愛，我還是會幫助麥克森找出眞愛。

「我希望你和瑪琳會一拍即合。她超可愛的。」

麥克森的表情冷淡。「應該吧。」

「怎麼樣？可愛有什麼不對嗎？」

「不，不。可愛很好。」

他並沒有再費心解釋。

「妳在找什麼東西？」他突然問。

「什麼？」

「妳的視線一直無法停下。我知道妳全神貫注聽我說話，但妳好像在找什麼東西。」

他好像說對了。剛剛他在說話的同時，我的視線直覺地掃過花園、窗戶，甚至還檢查了城牆邊的頂塔。近乎偏執。

「人們的目光……攝影機……」我看著夜色，然後搖搖頭。

「這裡只有我們。還有門口的衛兵。」麥克森指著燈光下的高大身形。他說得沒錯，沒有人跟著我們出來，窗戶裡的燈亮著，但是沒有人。我已經掃視過一輪，但再確認一下會更好。

我感覺自己的姿勢放鬆了一點。

「妳不喜歡被人們看，對吧？」他問。

「不是很喜歡。我行事向來低調。我以前就是這樣，你知道嗎？」我的手撫過身旁那塊石磚上的刻紋，避開他的雙眼。

「妳必須習慣這種注目。就算離開這裡，妳往後的人生也不同了，人們會持續關注妳的一舉一動。母后一直和當時參加競選的同伴們連絡，她們依舊被視爲具代表性的女士。」

「噢，還眞是太好了。」我哀怨地說。「又多了一件讓我迫不及待想回家的事。」

麥克森一臉歉意，但我不能看他，我又想起這場愚蠢的競選讓我付出的代價。我永遠也找不回平凡的自己了，眞不公平……

當我意識到自己的忿恨，便制止這種想法繼續擴散。我不該把情緒加諸於麥克森。他也是受害者，就像我們其他人一樣，只是他的立場比較不同。我嘆了一口氣並回頭看他，看見他一臉堅定，彷彿下了什麼決定。

「亞美利加，我可以問妳一件私人的事情嗎？」

「先說說看吧。」我沒有明確答應。他認眞地笑著。

「就是……嗯，我看得出來妳眞的不喜歡這裡。妳討厭規則、競選活動、人們的關注、那些衣服還有……喔，不，妳很喜歡這裡的食物。」他微微一笑，我也笑了出來。「妳非常非常想念妳的家和家人們……讓我不禁懷疑起其他女孩。因爲妳幾乎表裡如一，完全沒有掩飾。」

「是啊。」我翻了個白眼。「我知道。」

「但妳寧可留在這裡，孤伶伶又想念家鄉，卻不願回家。爲什麼？」

彷彿有什麼卡在喉嚨裡，想說出來，但又被我吞回去。

「我並不悲慘……你知道原因的。」

「嗯，有時候妳看起來很開心。我看過妳跟其他女孩說話時，露出眞摯笑容，用餐時間妳也總是心滿意足。但其他時候，妳看起來好悲傷，可以告訴我爲什麼嗎？可以告訴我一切的事嗎？」

「那只是一場失敗的戀曲。不是什麼大事，也沒有令人激動的情節，相信我。」拜託別逼我，我不想哭。

「無論好壞，我想知道除了我父母親以外的眞愛故事，在這道圍牆、這些規則，還有框架以外的故事……拜託，好嗎？」

事實是，我已經帶著這個秘密太久了，我無法想像如何述說。而且想到艾斯本，我的心就好痛。我有辦法大聲說出他的名字嗎？我深吸一口氣。現在麥克森是我的朋友了，他對我如此用心，如此誠實……

「在外面的那個世界，」我指著那面無限大的城牆，「各階級的人們彼此幫助。比方說我的父親，有三個家庭每年至少會向他買一幅畫，也有些家庭總是請我去爲他們的聖誕節派對獻唱，他們就是我們的主顧，明白嗎？

「所以，對他的家庭而言，我們家是主顧。他們家是第六階級。當我們請得起人來幫忙打掃，或是需要人幫忙清點整理時，我們就會找他媽媽。我小時候就認識他了，但他比我大，和我哥哥的年紀相仿，男孩子都玩些粗暴的遊戲，所以我都避開他們。

「我的哥哥柯塔是位藝術家，就像我爸爸一樣。幾年前，他花了好幾年時間創作的金屬雕刻，以極高價格售出。你可能聽過他的名字。」

麥克森默唸著「柯塔・辛格」四個字。幾秒鐘之後，我知道他想起這人是誰了。

我把頭髮撥到肩膀後面，振奮一下精神。

「我們對柯塔期望很深，他也很努力在雕刻。他成名的時候，也是我們最需要錢的時候，所以全家人都興高采烈，但是柯塔幾乎把所有的錢留給自己。那件雕塑作品讓他的事業一飛沖天，每天都有人在問他的作品。現在，他的排隊名單都排到好幾公里以外，開價總是開最高，因爲他值得。我想他可能對名氣這件事上癮了，因爲第五階級通常不會得到這樣的關注。」

在一個非常偶然的時刻，我們的視線交會。然後，我又想起自己是如何從無人關注的生活到現在眾人矚目，無論我是否想要如此。

「總之，電話不停打來之後，柯塔決定離開家裡。我的姊姊那時也才剛結婚，所以我們少了她那份收入。沒多久，柯塔眞的開始賺錢了，他飛黃騰達，自立門戶。」然後我把手放在麥克森的胸前，強調我的重點，「你不會那樣做，你不會就那樣離開家人。全家在一起……這是唯一的生存方法。」

麥克森的眼神流露出理解。「他把錢全部留給自己，想提升自己的階級？」

我點點頭。「他的目標是成爲第二階級，如果他甘於第三或第四階級，他大可以買到頭銜，還可以幫助我們，但他很執著，眞的很笨。他已經過得很舒適了，但就是想要那該死的頭銜。還沒得到，他就不會停止追求。」

麥克森搖搖頭。「那可能會耗上他一生的時間。」

「只要他死的時候墓碑上寫著第二階級，我想他不會在意的。」

「聽起來你們的感情已經不像以前那麼好了？」

我嘆了一口氣。「是啊。起初我可能誤會一些事，以爲柯塔只是搬出去，獨立生活，並非與我們切割。所以剛開始我還站在他那邊，他搬進新公寓、設立工作室時，我還想幫他忙。那時他請了我們家每次請的第六階級家庭幫忙，他們的大兒子有空，願意幫柯塔幾天忙，安頓一切。」

我停下來，回想著。

「所以我就在那裡忙著拆箱、拿東西……他也在那。我們的眼神交會，他看起來年紀不那麼大，也不粗魯。我們就這樣看著彼此好一陣子。你知道嗎？因爲我們都不再是孩子了。

「我待在那裡一整天，我們忙進忙出時，會不經意地碰觸彼此，他會看著我，或是微笑，那時我才明白什麼是心動。我就是……爲他瘋狂。」

我忍不住了，聲音裡爆發出情緒，一直忍住的眼淚也落了下來。

「我們住得很近，所以我常常在白天散步，希望可以見到他。只要他媽媽來幫忙，他也跟著出現，我們就會一直看著彼此——那是我們唯一能做的。」我開始啜泣著。「他是第六階級，我是第五階級，我們的法律……還有我媽媽！喔，她會氣炸。所以沒人知道。」

我不停地微微擺動我的手，保守秘密的壓力就要到達臨界點。

「不久後，有匿名紙條貼在我的窗戶上，說我很漂亮，或是說我唱歌的時候像天使。我知道那些紙條是他留的。

「我十五歲生日的那一晚，媽媽辦了一個派對，也邀請了他們來。他把我帶到角落，給我生日卡，並請我獨自一人時再看。等到我打開來看，上面沒寫他的名字，裡頭連個『生日快樂』都沒有，只寫著『樹屋，午夜十二點。』」

麥克森雙眼瞪大。「午夜？但是——」

「我常常違反伊利亞的宵禁規定。」

「亞美利加，妳可能會讓自己被關進牢裡。」他搖搖頭說。

我聳聳肩。「那時候，一切看起來好不眞實，人生中我第一次感覺自己要飛起來，他想了一個我們能單獨相處的方式。我不敢相信他想和我單獨相處。

「那晚，我在房間裡等著，看著我家後院的樹屋。接近午夜時，我看見有人爬上去。我還記得我又去刷了一次牙，以防萬一。然後我爬出窗戶，爬上了那棵樹，然後他在那裡。我眞的……不敢相信。

「我不記得一切是怎麼開始的，但很快我們就坦白對彼此的感覺，我們不停地笑著，因爲好開心另一個人也有同樣的感覺。我管不了那麼多，打破宵禁規定或是對爸媽說謊都沒關係。我也不在意我是第五階級，他是第六階級，我不擔心未來。因爲沒有什麼比他愛我更重要……

「但是他擔心，麥克森，他擔心……」

我流下更多眼淚，緊緊抓著胸口，從未像此刻這般強烈地感覺艾斯本已是過去。大聲說出來只讓一切更加眞實。沒什麼好說的了，我只想快點結束這故事。

「我們秘密交往兩年。我們很開心。但他總是擔心我們躲躲藏藏的戀情，而他也毫無自信可以給我幸福的未來。當我們收到王妃競選的通知書，他堅持我要簽名參加。」

麥克森的嘴巴倏地張大。

「我知道，太蠢了。但是如果我沒來試試看，他心裡會永遠掛念這件事。而且我真的，真的不覺得我會被選中。怎麼會是我？」

我雙手高舉在空中，然後又落下來。至今我依然覺得不解。

「我從他媽媽口中得知，他在存錢準備結婚。我好興奮。我爲他做了一頓驚喜的小晚餐，以爲自己可以套他話，讓他求婚。我完全準備好了。

「但是當他看見我爲他花的那些錢，就令他心煩。他是個驕傲的男孩子。他總想要寵壞我，但我猜他大概沒自信可以辦得到。所以他就和我分手……」

「一個星期過後，我的名字就出現在電視上了。」

我聽見麥克森小小聲地說了些話，我聽不太懂。

「我最後一次看到他是在我出發之前。」我哽咽著說。「他和另一個女孩在一起。」

「什麼？」麥克森大叫地說。

我的臉埋在雙手裡。

「事實上，這件事快讓我瘋了，因爲我知道很多女孩一直心儀著他，她們一直都在，現在他沒有理由拒絕她們，也許從我離開那天就和那女孩在一起，我不知道。我束手無策。一想到回家，就得目睹一切……我辦不到，麥克森……」

我哭了又哭，麥克森並沒有說話。當眼淚終於慢下來的時候，我再度開口。

「麥克森，我希望你能找到一個你無法失去的人。我真的希望。然後我希望你永遠不需要過著沒有她的生活。」

麥克森的表情淺淺地回應著我的痛苦。他顯然也爲我感到心痛，但更像是憤怒。

「亞美利加，抱歉。我不太……」他的臉轉過來一點點。「現在我應該要拍拍妳的肩膀嗎？」

他困惑的模樣讓我露出微笑。「是啊，現在時機正好。」

他看起來就像那天一樣，但他並不只是拍拍我的肩膀，而是把我緊緊擁入懷中。

「我只有抱過我的母后，這樣可以嗎？」他問。

我笑了。「只是個擁抱，我不會誤會的。」

一分鐘之後，我再次說話。「雖然如此，我明白你的意思。我其實也沒有擁抱過家人以外的人。」

經過整天梳妝打扮、錄影、晚餐，以及談話，有麥克森這樣擁著我，感覺眞的很平靜，他有時候甚至會摸摸我的頭。他看起來也沒有那麼迷惘了。他耐心等著我的情緒緩和下來，等到我呼吸平穩，接著才拉開我，看著我。

「亞美利加，我答應妳會盡可能把妳留到最後一刻。我知道他們希望我把菁英候選者的人數降到三位再選。但我保證，我會留到最後兩位，讓妳那時候再走。不到必要關頭，我一刻都不讓妳離開，除非妳準備好了，妳才可以離開。」

我點點頭。

「我知道我們才剛認識，但我覺得妳很好。我不想看見妳受傷。如果他在這，我一定會……

我一定會……」麥克森挫折地搖搖頭，發出一聲嘆息。「很抱歉，亞美利加。」

他把我拉回去，我的頭靠在他寬闊的肩膀上。我知道麥克森會信守承諾。所以我就這麼靠著，也許這是令我真正感到安心的地方。

16

隔天早上醒來的時候，我的眼皮好沉重。我揉揉眼睛，很高興自己可以告訴麥克森一切的事情。皇宮，這個美麗的籠子，竟讓我可以眞實地表現自己，完全說出自己的感受。

昨晚麥克森對我承諾，所以我還會在這裡待上好一陣子。篩選掉二十五名女孩應該會花上幾週，甚至是幾個月，我正好需要這樣的時間和空間。我不確定自己是否能忘記艾斯本。記得媽媽說過，初戀會永遠跟隨著你。但也許我有一天能淡然看待一切，時間會把我們拉得越來越遠。

侍女們沒有問我的雙眼爲何腫脹，只是靜靜地幫我消腫。她們沒有問我的頭髮爲什麼如此凌亂，只是幫我梳順。對此，我很感謝。若是家裡面的人看到我一副傷心的樣子，他們什麼都不會做。在這裡，我的情緒牽動著她們，即使很想知道發生什麼事情，卻從不過問，只是更加小心地照料我。

早上過了一半的時候，我正準備開始我的一天。今天是星期六，所以沒有例行公事或行程，但是每到這一天我們必須待在仕女房。皇室成員通常在星期六與賓客會面，我們被提醒，可能會有一些重要人士想和我們見面。我並沒有太期待，但至少今天是我可以穿上牛仔褲，自由自在的日子。當然，這是我所擁有最完美的一件褲子。麥克森和我這麼好，我希望就算離開了，這件褲子依然可以跟著我。

我慢慢地走下樓，昨天晚上的事讓我有點疲憊。我還沒走到仕女房就聽見女孩們嗡嗡的說話聲，等我走進去，瑪琳便緊抓著我，朝房間後面兩張椅子走過去。

「妳總算來了！我一直在等妳。」她說。

「抱歉，瑪琳，我昨天很晚才睡。」

她轉過來看我，也許是聽見我語氣中殘留的悲傷，所以貼心的她決定轉移話題：「這褲子好看！」

「我知道，我從沒穿過這麼棒的褲子。」我的聲音提振了一些，我決定重拾我一貫的原則：艾斯本不准出現在這裡。我要把他趕走，專心看著宮中我第二喜歡的人。「抱歉讓妳久等，妳想跟我說什麼？」

瑪琳猶豫著。我們坐下時，她緊咬著嘴唇。旁邊沒有人，她一定有秘密。

「事實上，現在我才想起這件事，也許我不應該跟妳說，我常常忘記我們其實是競爭的關係。」

喔。原來她的秘密和麥克森有關啊。我一定要聽聽是什麼。

「我知道妳的感覺，瑪琳。我覺得我們眞的可以變成很好的朋友，我無法把妳看作是敵人，妳知道嗎？」

「是啊，我覺得妳好好。而且大家都愛妳，我是說，妳大概會贏吧……」這個想法似乎令她覺得很挫折。

我得非常努力壓抑自己的臉部線條，不要笑出來。

「瑪琳，我可以告訴妳一個秘密嗎？」我的聲音溫柔又誠懇，希望讓她相信我的話。

「當然，亞美利加，說吧，沒關係的。」

「我不知道最後誰會贏，眞的，房間裡每個人都有可能。我想大家都覺得是她們自己，但我已經確定，如果不是我，我希望會是妳。妳大方又坦率。我想妳會是個很好的王妃，眞的。」這幾乎全是實話。

「我覺得妳聰明又美麗，」她低聲說，「妳也會是個很好的王妃。」

我低著頭。她眞好，對我的評價竟然如此高。不過別人這麼說我時，我總覺得有些不自在。玫兒、肯娜、我的侍女們……很難相信有這麼多人覺得我會是個好王妃。難道我是唯一看低自己的人嗎？我既不高雅，也不懂得使喚，更不是有條有理的人。我自私、脾氣可怕、害怕交際，而且——我不夠勇敢。身爲王妃，勇敢是必要的條件。事實就是如此，這不只是個婚姻，更像是個職位。

「我對很多女孩都有這樣的感覺。」她坦白說。「彷彿每個人都有某種我沒有的特質，都比我更優秀。」

「那是事實，瑪琳。這個房間裡，妳或許可以從每個人身上找到特點，但誰知道麥克森在尋找的究竟是什麼特質？」

她搖搖頭。

「所以就別擔心了。妳可以跟我說任何事情。我會替妳保守秘密，如果妳也保守我的秘密。我會拉妳一把，如果妳願意，妳也可以幫我忙。在這裡有朋友是件好事。」

她微笑著，然後環顧房間四周，確認沒人能聽見我們。

「麥克森和我約會了。」她低聲說。

「是嗎？」我問。我知道自己一臉好奇模樣，但我就是忍不住，我想知道他在她身旁有沒有比較不木訥。我想知道他是不是喜歡她。

「他送了一封信給我的侍女，問星期四能不能見面。」我微笑著，並想起前天晚上，麥克森和我才決定簡化程序。「當然啦，我回信說好。畢竟誰會拒絕他呀？他來接我，我們繞著皇宮散步。我們還聊了電影，結果發現我們喜歡一大堆相同的電影，所以我們到皇宮的地窖，妳知道那裡有電影院嗎？」

「不知道。」我從來沒去過眞正的電影院，我等不及聽她描述了。

「喔，那裡眞是令人嘆爲觀止！座位寬敞，還可以往後仰。此外，還有爆米花機！麥克森特別爲我爆了一份。眞是太可愛了，亞美利加。他第一次放錯油量，所以差點燒了起來，還得叫人過來清理乾淨，然後再試一次。」

我翻了個白眼。麥克森，眞順利，還眞順利。幸好瑪琳至少認爲他的舉動很可愛。

「所以我們看了電影，到了結尾浪漫的部分，他就握起我的手！我差點以爲自己要昏倒了。雖然走路時我也會挽著他的手臂，不過那感覺是理所當然的，而像這樣握著我的手……」她嘆了一口氣，又倒進椅子裡。

我咯咯大笑。她整個人神魂顛倒。沒錯，沒錯，就是這樣！

「我迫不及待想再跟他約會了。他好帥，妳不覺得嗎？」她問。

我頓了一下。「是啊，他很可愛。」

「少來了，亞美利加，妳一定有注意到他那雙眼睛和聲音吧……」

「除了笑的時候！」光是想到麥克森笑的樣子，就足以令我發笑。他的笑很可愛，但有點拙。他的呼吸聲會變明顯，吸氣就會發出尖聲，幾乎像是笑中有笑。

「是啊，好吧，他笑的時候確實很滑稽，但很可愛啊。」

「當然，如果妳喜歡每次講笑話時，都聽見氣喘發作的可愛聲音。」

瑪琳聽見我的譬喻，整個人彎腰大笑。

「好啦，好啦。」她說，並抬起頭呼吸新鮮空氣。「妳一定要想出他迷人的點就對了。」

我張開嘴又閉上嘴，持續兩、三次。我很想再說些麥克森好笑的點，但我不希望瑪琳從負面的角度看他。所以我想了一下。

麥克森有什麼迷人之處？

「嗯，他和衛兵相處得很輕鬆。他講話也很坦率，有時候會發現他正全神貫注地看些什麼，像是在認眞尋找其中的美。」

瑪琳微微一笑，她也看過這樣的他。

「而且我還喜歡，只要他出現，他就會很認眞投入當下，妳懂嗎？就好像，即使他還得處理國家大事，還有千百件事等著他，在一起時，他就會將那些事情拋諸腦後，用心面對當下的事。我喜歡這一點。

「還有……嗯，別告訴任何人……他的手臂，我喜歡他的手臂。」

一說完，我自己都臉紅了。眞是的……爲什麼我不繼續說說他個性上的優點？幸好，瑪琳立刻接著說話。

「沒錯！即使隔著厚重的西裝，還是很有感覺。他一定很強壯。」瑪琳滔滔不絕地說著。

「這點令我很納悶。我是說，他那麼強壯有什麼用？他是用頭腦工作的人。眞是怪了。」

「也許他喜歡在鏡子前面做肌肉訓練。」瑪琳說，一邊用她小小的手臂做肌肉訓練，搭配認眞的表情。

「哈哈！我想大概是這樣吧。妳敢去問他嗎？」

「不可能！」

聽起來，瑪琳度過了非常愉快的時光。爲什麼麥克森昨天晚上不願提起這件事？害我誤以爲他們完全沒相處過。也許，他在害羞？

我環顧房間四周，一半以上的女孩感覺都很緊張，而且不大高興。珍奈兒、艾美加和佐依專心地聽著克莉絲說話。克莉絲面帶微笑，感覺很活潑；珍奈兒的臉因爲擔心而緊緊繃著；佐依咬著指甲；艾美加失神地捏著耳朵後方的某處，露出苦惱的表情。在她們旁邊的是賽勒絲和安娜，相當不協調的一組人，她們正熱烈討論著。如同賽勒絲一貫的樣子，她說話時看起來極度得意忘形。瑪琳順著我的視線望去，想起要告訴我的事情。

「那些女孩子不開心，因爲他還沒約她們出去。麥克森告訴我，星期四的單獨見面是他第二次約會。他試著花時間和每個人相處。」

「眞的？眞的是這樣？」

「是啊。我們的心情還不錯，因爲他已經和我們一對一約會過。因爲他喜歡我們才單獨約，所以不會馬上把我們踢出競選。現在她們在討論他和誰約過會、沒和誰約過會。她們很擔心他只是在拖延時間，因爲他看起來一點都不感興趣，所以等他見過她們，就會讓她們離開。」

爲什麼他都沒告訴我這些？我們不是朋友嗎？朋友會談這個吧。從女孩子臉上的笑容就知道，他至少已經見了其中六個。昨天晚上我們相處那麼久，他卻只讓我哭。自己藏著那些秘密，卻要我掏心掏肺，這是哪門子的朋友啊？

菟絲黛聽著卡蜜兒說話，臉上露出焦慮的表情，然後從她的座位上起身，四處張望，發現瑪琳和我在角落邊，她悄悄地走向我們。

「你們約會時做了什麼？」她突然問。

「嗨，菟絲黛。」瑪琳很高興地回她。

「噓！」她大聲說，然後轉向我。「少來了，亞美利加，快說。」

「我告訴過妳啦。」

「不是，是昨天晚上的約會！」一位侍女走來角落邊送茶，我正準備要拿，菟絲黛就把她趕走了。

「怎麼樣……？」

「蒂妮看到你和王子在一起。她跟大家說的。」瑪琳試著向我解釋菟絲黛的情緒。「妳是唯一一個他單獨相處過兩次的人。好多還沒見過他的女孩都在抱怨，她們認爲這樣不公平。但那不是妳的錯，他喜歡妳。」

「太不公平了。」菟絲黛埋怨地說。「我還沒在用餐以外的時間見過他，連短暫的聊天也沒有。你們倆到底做了什麼？」

「我們……呃……我們到後面的花園，他知道我喜歡外面，我們就只是聊天。」我覺得很緊張，好像自己惹上麻煩。菟絲黛情緒激動，我只好看向別的地方。這時，我看見附近桌子的幾個女孩也在聽我們說話。

「你們只是聊天？」她懷疑地問。

我聳聳肩。「就是那樣。」

菟絲黛悻悻然地走向克莉絲的桌子，催她再說一次她知道的事，彷彿我觸怒了眾人，需要接受公審。我開始有點不知所措。

「亞美利加，妳還好嗎？」瑪琳的問題猛然把我拉回現實。

「很好啊。怎麼了？」

「妳看起來心神不寧。」瑪琳擔心地皺眉問道。

「沒，沒事，我很好。」

突然，啪的一聲——如果不是因為靠我很近，我可能不會目睹一切。安娜．法默，來自於務農維生的第四階級，她起身往賽勒絲的臉重重甩了一巴掌。

好幾個人倒抽一口氣，包括我自己。那些錯過的女孩們轉過頭來，彼此詢問發生什麼事，尤其是蒂妮，她尖銳的聲音劃破整個室內的沉默。

「喔，安娜，不！」艾美加嘆氣地說。

事情發生的當下，安娜漸漸明白自己做了什麼事。她可能會被送回家，因為我們不應該攻擊另一位王妃候選者。艾美加開始哭泣，安娜則驚訝地坐著。她們都是農家的女孩，早就是朋友。我無法想像，如果突然離開的人是瑪琳，我是否能承受。

我和安娜只是點頭之交，但印象中她是個很爽朗的人。我知道她絕對不會故意傷害他人。反叛軍攻擊時，她也只是靠在膝蓋上祈禱。

毫無疑問，有人挑釁她，但是又沒人可以證明這件事。一旦消息傳出，一定會被說成安娜和賽勒絲起口角，而房間裡全部的人都可以證明賽勒絲被打。他們應該會催麥克森送安娜回家，以示警告。

賽勒絲對著安娜低聲說了些話，安娜的眼淚便汩汩流下，賽勒絲接著快步離開房間。晚餐之前安娜就離開了。

17

「第三次世界大戰期間，美國的總統是哪一位？」詩薇亞考我們。

我並不知道這個答案，於是移開視線，希望不會被詩薇亞點名。幸好，愛咪舉手回答了。

「瓦利斯總統。」

我們以歷史課展開新的一週，但比較像是一場歷史大會考。大家對於歷史事件的認知永遠都不同，不管是否爲史實，或如何被記載。媽媽總是口頭講述歷史事件，不像英文和數學有課本和習作。關於構成我們過去的故事，我無法確定究竟是眞相或故事。

「正確。瓦利斯在中國發動攻擊前就是總統，他一直帶領美國走過戰爭。」詩薇亞確認說。我想著那個名字：瓦利斯、瓦利斯、瓦利斯。眞希望我記得住，回家就能告訴玫兒和傑拉德。但是我們學了好多，要馬上記起來眞難。「那他們入侵的動機是什麼？賽勒絲？」

她微笑。「金錢。美國當時欠中國許多債務，無法償還。」

「很好，賽勒絲。」詩薇亞給她一個肯定的微笑。賽勒絲怎麼可以這樣把別人玩弄於股掌之中？想到就不開心。「那時美國無法償還龐大的債務，於是中國入侵。但很不幸，他們還是沒有拿到錢，因爲美國財務問題相當嚴重。但中國得到美國的勞工。中國接手時，請問他們把美國重新命名爲？」

我和其他幾個人舉起手。「珍娜？」詩薇亞叫道。

「中美合眾國。」

「沒錯。中美合眾國，保有其原來國家的面貌，但只有表面，實際上，中國是幕後的操控者，影響重大的政治事件，立法也導向中國利益。」詩薇亞慢慢地走過桌子，我感覺自己是隻老鼠，周圍的老鷹越靠越近，緊盯著我。

我四處張望。有幾個人似乎很困惑，我以爲這部分是常識。

「有人想補充說明什麼嗎？」詩薇亞問。

貝瑞兒尖聲說：「中國的入侵促使幾個國家，特別是歐洲國家，團結起來成爲同盟。」

「是的。」詩薇亞回答。「然而，中美合眾國當時並沒有這樣的盟友，他們花了五年時間重新整合，幾乎無法順利運作，更別說與他國結爲同盟。」她無奈的語氣透露出當時的艱困。「後來中美合眾國計畫對中國反擊，但當時又面臨另一方的入侵。那時是哪一個國家試圖占領中美合眾國？」

這一次，好多手舉起來。「俄羅斯。」有人還沒被叫到就先搶答。詩薇亞環顧四周想找出犯規的人，但指不出聲音來源。

「正確。」她說，但有些不高興。「俄羅斯企圖朝兩個方向擴張，很可惜都失敗，但是他們的失敗，卻提供中美合眾國一個反擊的好機會，爲什麼？」

克莉絲舉手回答。「以前北美洲的全體，結合起來打擊俄羅斯，因爲俄羅斯覬覦的目標顯然不只中美合眾國。此外，打擊俄羅斯是比較簡單的，因爲中國也加入攻擊，畢竟俄羅斯企圖占據他們的領土。」

詩薇亞露出驕傲的笑容。「是的。那是誰帶頭對抗俄羅斯的？」

室內全部人同聲說出答案：「葛雷格利．伊利亞！」有些女孩甚至還拍著手。

詩薇亞點點頭。「接著就是伊利亞的建國。中美合眾國獲得的結盟諸國組成一個聯合陣線，美國的名聲已經嚴重敗壞，沒人想重新採用那個名字，所以一個以葛雷格利．伊利亞命名並由他所領導的國家就此誕生。」

艾美加舉起手，詩薇亞示意她發言。「某種方面而言，我們也像他一樣。我的意思是，我們都必須爲國貢獻。他也只是一介平民，但他用自己的能力與才智改變了一切。」她說。

「這個想法很好。」詩薇亞說。「確實就像他一樣，妳們之中會有一人晉升爲皇室成員。像葛雷格利．伊利亞，他成爲國王是因爲他的家人與皇室成員結婚，至於妳們，將會是嫁入這個皇室的人。」詩薇亞站直了身子，流露敬畏之情，因此當菟絲黛舉手時，她好一會兒才示意她發言。

「嗯，關於這些內容，爲什麼沒有一本書呢？這樣我們就能讀了。」她的聲音裡有一絲不解。

詩薇亞搖搖頭。「親愛的女孩們，歷史不是妳們閱讀的素材，而是妳們應該要知道的常識。」

瑪琳轉過頭來對我低聲說：「很顯然我們並不知道。」她對我眨眨眼，促狹地笑著。

我思考著這件事。我們每個人知道的都有些許不同，眞相究竟爲何？爲什麼不發給我們歷史課本呢？

我記得幾年前，媽媽說我可以選讀英文書籍，所以我進到爸媽房間，掃視過一排書目，在後面角落發現一本厚重破爛的書，抽了出來。那是美國歷史課本。幾分鐘後，爸爸進來，發現我在讀那本書，便叮嚀我別告訴別人。

當爸爸要求我保守秘密時，我毫無質疑，因爲我好喜歡那本書。儘管其中有很多頁都被撕掉了，書的邊緣看起來也好像被燒過，但是那本書讓我看到以前白宮的照片，並且得知過去的節慶。

我從來沒問過爲什麼我們無法得知眞相，直到來到皇宮後，我才想問：爲什麼國王總是讓我們猜測眞相？

閃光燈又亮了一次，捕捉了麥克森和娜塔莉開朗的笑容。

「娜塔莉，下巴再低一點，就是這樣。」攝影師又拍了一張照片，整個房間被照得好亮。「我想這樣就行了。下一位是誰？」他大聲叫道。

賽勒絲從旁邊走進來，攝影師再次開始之前，一大群侍女仍然緊緊圍著她。娜塔莉還在麥克森旁邊，她對他說了一些話，賣弄風騷地抬高她的腳。他低聲回應，然後她就笑盈盈地走開了。

昨天歷史課過後，我們被告知這次拍攝的照片僅供大眾娛樂用途，但是我忍不住想到，這件事給人的壓力其實不小。某個人曾經在雜誌中寫過一篇關於王妃外表的評論。我並沒有讀過那篇文章，但是艾美加和其他女孩讀過。她們說，因爲麥克森必須找到一位儀表端莊、適合與他合照、印在郵票上也會很美的女孩。

現在我們排成一直線，全部人穿著相同的奶油色蓋袖低腰禮服，肩上掛著沉重的紅色飾帶，和麥克森拍照。這些照片由雜誌社職員負責挑選，印在同一本雜誌上，這一切令我感覺不太自在。打從一開始，我就相當困擾，總覺得麥克森只想找出最美麗的花瓶。現在和他熟識後，知道並非如此，但萬一人民以爲麥克森就是如此膚淺呢？

我嘆了一口氣。有些女孩四處走動，津津有味地享用點心。但包含我在內的大多數人，都站在主要活動室架起的場景周邊。巨大的金色織錦掛毯掛在牆壁上，或鋪在地板上，讓我想起爸爸在家使用的罩單。一張小沙發遠遠放在旁邊，柱子豎立在另一邊，中間豎立著伊利亞的國徽，爲整件蠢事添加些許愛國氛圍。我們在一旁看著每位王妃候選者走過去被拍攝，許多在旁觀看的人低聲討論她們喜歡什麼、不喜歡什麼，或是計畫輪到自己時該怎麼做。

賽勒絲眼神閃耀地走到麥克森身邊，她走近他時，他也微微笑著。到達他身邊的那一刻，她馬上把嘴唇湊近他的耳朵，在旁邊低語。不管她說了些什麼，聽完，麥克森的頭往後仰，大笑幾聲，然後點點頭，同意了她的小秘密。看到他們這樣感覺很奇怪。一個和我處得這麼好的人，怎麼可以和她這種人也處得好？

「好了，小姐，請面對鏡頭微笑。」攝影師說，賽勒絲馬上照他的話做。

她把自己轉向麥克森，一隻手放在他的胸膛上，頭歪下來，露出一個專業的笑容。她似乎很懂得利用燈光和布景展現自己最大的優點，她還不停往麥克森靠近，或是變換姿勢。輪到某些女孩時，她們會慢慢來，延長和麥克森相處的時間——尤其是那些還沒獲得約會的女孩——不過，賽勒絲顯然是想展現自己的效率。

轉眼間她就拍完了，攝影師叫下一個女孩。賽勒絲走出去時，手指還在麥克森的手臂上游移，我顧著看他們，然後一位侍女輕聲提醒我，輪到我了。

我小力搖搖頭，強迫自己專心。我提起裙襬，走向麥克森。他的視線從賽勒絲轉到我身上，也許是我想太多，但是他的神情看起來比剛剛任何時刻都愉悅。

「哈囉，我的親愛的。」他讚頌地說。

「別說了。」我警告他，但他只是咯咯發笑，然後把手伸出來。

「等一下。妳的肩飾歪了。」

「一點都不意外。」那個該死的東西好重，我每走一步，都可以感覺到它在移動。

「但那個肩飾讓妳很意外吧？」他打趣地說。

我反駁：「他們也應該在你身上掛盞枝形吊燈才公平。」我戳戳橫過他胸前的紀念勳章。他的制服看幾來幾乎像衛兵會穿的服裝，但優雅多了，而且他的肩膀上還有金色的東西，髖關節旁更佩戴了一把劍。呃，有點太超過了吧？

「麻煩看鏡頭。」攝影師叫道。我抬起頭看，不只看見他的雙眼，還看見其他女孩關注的眼神，我的神經緊繃到快要爆炸。

我將微微冒汗的雙手在禮服上擦著，然後呼一口氣。

「別緊張。」麥克森低聲說。

「我不喜歡大家看著我。」

他把我拉過去，靠得很近，手放在我的腰上，我往後退一步，但麥克森穩穩地攬著我靠向他。「看著我，好像妳很受不了我的樣子。」他轉過去，假裝板著一張臉，我忍不住笑出來。

就在那一秒，相機的燈光一閃，捕捉到我們倆都在笑的時刻。

「看吧，」麥克森說，「沒那麼糟糕的。」

「我想是吧。」接下來幾分鐘，攝影師下指令時，我還是很緊繃。麥克森的擁抱由鬆變緊，有時會把我轉過去，讓我的背靠著他的胸膛。

「很好。」攝影師說。「我們可以到沙發上拍幾張嗎？」

拍攝已經結束大半，我現在也覺得比較自在了。我坐在麥克森旁邊，擺出我最佳的姿勢，他時不時就會逗逗我，我的笑容越來越大，最後還爆出笑聲。希望攝影師在我的臉皺成一團之前就已按下快門，否則一定會變成一場大災難。

我的眼角餘光發現有人正揮著手，一會兒後麥克森也轉過去，是一位穿著西裝的男子，他顯然有急事，必須立刻向王子報告。麥克森點點頭，但那男子遲疑了一下，看著王子又看著我，顯然對於我在場表示懷疑。

「沒關係，讓她在這裡。」麥克森說，那男子走過來，並在他面前跪下來。「他們燒了好幾畝的作物，還殺了十幾個人。」

「在米德斯頓的哪裡？」

「靠近西邊，邊界地帶。」

麥克森緩緩點頭，彷彿試著將這個資訊與腦中其他的資訊合併處理。「父王怎麼說？」

「王子殿下，他想先聽聽您的想法。」

「派兵前往索塔東南邊並沿著譚明斯駐紮，別太南，別到米德斯頓，那太浪費兵力，看看能否攔截他們。」

那男子起身並鞠個躬。「太好了，殿下。」他迅速離開，來去有如一陣旋風。

我知道我們應該回到拍照這件事上，但現在麥克森看起來心思早已不在此。

「你還好嗎？」我問。

他悶悶不樂地點頭。「還不是那些人。」

「也許我們該休息一下？」我提議道。

他搖搖頭，打直身體，面露微笑，把我的手放進他的手裡。「在眾目睽睽的皇宮裡，妳必須學習一種能力，就算心中緊張焦慮，也得表現鎮定。請微笑，亞美利加。」

我打起精神，對著鏡頭露出一個羞澀的笑容，攝影師按下快門，在最後幾張照片裡，麥克森緊握著我的手，而我也堅定地握著他，做為回應。在那當下，我們感覺彼此有了連結，眞實而深刻。

「謝謝，麻煩下一位。」攝影師朗聲說。

麥克森和我站起來的時候，他又握住我的手。「什麼都別說。妳必須謹言愼行。」

「當然。」

高跟鞋叩、叩、叩的聲音朝著我們走過來，提醒著在場還有其他人，但我有點想留在這裡。

他最後再一次用力握緊，接著放手。離開的時候，我思索著幾件事。麥克森非常信任我，甚至願意讓我知道國家機密。在那個當下，只有我們倆，這種感覺眞好。但接著反叛軍浮上腦海，我覺得國王通常能在第一時間指出他們的叛亂行動，好像有違常理。但這點我自己知道就好。

「珍奈兒，我的親愛的。」下一個女孩接近時，麥克森這麼說。聽著那厭煩的親暱稱呼，我不禁淺淺笑著。他低著聲對她說，但我仍然聽得見：「趁我還沒忘記，妳今天下午有空嗎？」

我的胃不知怎麼地好像要打結，我又神經緊繃了一次。

「她一定做了什麼可怕的事。」愛咪堅持說。

「從她的話聽起來感覺不是這樣啊。」克莉絲反駁。

菟絲黛拉著克莉絲的手臂，「妳再說一次，她怎麼說？」

珍奈兒已經被送回家了。

對我們而言，她被剔除的事格外重要，因爲這是第一次有人遭到個別剔除，而且不是因爲違規。我們都想了解她到底做錯了什麼。

克莉絲的房間在珍奈兒對面，她看到珍奈兒哭著走進來。克莉絲是珍奈兒離開前唯一說過話的人。克莉絲嘆了一口氣，第三次重述這個故事。

「如妳們所知，她和麥克森去打獵。」她邊說邊揮舞著雙手，像是在整理思緒。大家都知道珍奈兒約會的事，因爲昨天拍完照後，她滔滔不絕地說著他們的計畫。

「那是她和麥克森第二次約會。她是唯一約會過兩次的人。」貝瑞兒說。

「不，她不是。」我嘟噥說著。幾個人轉過頭看著我，對我點點頭。不過這是事實。珍奈兒是除了我以外，和麥克森約會過兩次的人，我可沒有在算喔。

克莉絲繼續說。「回來的時候，她是哭著回來的。我問她怎麼了，她說她要離開了，麥克森要她離開。我給她一個擁抱，因爲她眞的好難過，我問她發生什麼事，她說她不能跟我說。我不明白。也許有規定我們不能討論自己被剔除的原因？」

「規定裡沒有這一條吧？」菀絲黛問。

「我沒聽過這種說法。」愛咪回答，其他幾位女孩也搖搖頭。

「那之後她還說了什麼？」賽勒絲催促她說。

克莉絲又嘆了口氣。「她說我最好要小心說話，然後就把我推開，關上房門了。」

房間裡鴉雀無聲好一陣子，大家都想不出原因。「她會不會無意間得罪了他？」愛蕾娜說。

「嗯，如果她眞是因爲這個原因離開，那就太不公平了，因爲麥克森說這個房間裡的某個人，在他們第一次見面時就大罵他一頓。」賽勒絲抱怨道。

大夥開始四處張望，想揪出元凶，彷彿這個人也應該被除名。我緊張地看了瑪琳一眼。她馬上就有所行動。

「也許她說了什麼關於國家的事情？像是政策或什麼的吧？」

貝瑞兒發出嘖嘖聲。「拜託，約會的時候討論政策多無聊啊？這裡眞的有人和麥克森聊過什麼國家大事嗎？」

沒有人回答她。

「妳們當然不會這樣做。」貝瑞兒說。「畢竟麥克森是在找妻子，不是在找同事。」

「妳不覺得這樣有點低估他了嗎？」克莉絲反駁道。「妳不覺得麥克森想要一個有想法和主見的女孩嗎？」

賽勒絲頭往後仰，發出大笑聲。「麥克森可以把國家治理得很好。他從小就接受這樣的訓練。況且，他有整個團隊的人協助他做決策，爲什麼還要一個人來告訴他該怎麼做？如果我是妳們，我會學著安靜點，要說什麼至少直到他娶妳們再說。」

貝瑞兒悄悄地走到賽勒絲的身邊。「他不會娶妳們的。」

「沒錯。」賽勒絲笑著說。「如果可以娶第二階級，麥克森幹嘛費心去選一個野蠻的第三階級？」

「嘿！」菀絲黛大聲說。「麥克森才不在意那些階級。」

「他當然在意。」賽勒絲用一種只有小孩才會有的語氣回答。「否則妳覺得，爲什麼第四階級以下的人都不見了？」

「哈囉，我還在唷。」我舉起我的手說。「如果妳自認爲很了解他，那妳就錯了。」

「喔，這不就是那位在不該說話時說話的女孩？」賽勒絲裝作很有趣地說。

我握緊拳頭，考慮著是否值得我揮她一拳。難道這是她的計謀之一嗎？但我還來不及動作，詩薇亞便開門進來了。

「小姐們，收信囉！」她大聲說，室內緊張的氣氛霎時消失無蹤。

我們都停下來，想拿走詩薇亞手上的那疊東西。我們進宮至今已經接近兩個星期，除了第二天曾收到家裡的回信，這是我們第一次眞正收到家裡的來信。

「讓我們來看看。」詩薇亞說，一邊看著那一疊信件，對幾秒鐘之前這裡差點發生口角的場面完全不以爲意。「蒂妮小姐？」她邊叫道，邊環顧室內。

蒂妮舉起她的手，走上前去。「伊莉莎白小姐？亞美利加小姐？」

我眞的是跑上前去，從她手裡抓走信件，我迫不及待想收到家裡的信。一拿到信，我立刻退到角落，獨處了好一會兒。

親愛的亞美利加，

我已經等不及，希望星期五趕快來。真不敢相信妳可以和蓋佛瑞說話！妳好幸運。

我一點都不覺得幸運。明天晚上我們所有人都要接受蓋佛瑞的拷問，我完全不知道他會問我們什麼。我很確定我明天一定會看起來像個笨蛋。

能再一次聽見妳的聲音也很好。我想念有妳在家唱歌，媽媽都不唱歌，自從妳離開之後，家裡變得好安靜。妳會在節目上對我揮揮手嗎？

競選到目前的情況如何呢？妳在那裡有沒有交到很多好朋友？妳有和那些已經離開的女孩

說過話嗎？媽媽總是說，就算妳現在輸了也沒關係。那些回家的女孩也都已經訂婚了，嫁給一些市長或名人之類的。她說就算麥克森不娶妳，也會有人娶妳。傑拉德希望妳嫁給一個籃球選手，不要嫁給無聊的老王子。但我才不管其他人怎麼說。麥克森真的好帥！

妳親他了嗎？

親他？我們才剛認識而已。再說麥克森也沒道理親我。

我猜他一定是全宇宙最會接吻的人。我想這是王子的必備條件之一！

我還有好多話想跟妳說，但是媽媽要我去畫畫。請快點寫封信給我，真正的信喔！要有很多很多細節！

我愛妳！我們都愛妳。

玫兒

所以被剔除的女孩們已經與富有的男子定下來了。我不明白，原來被未來國王剔除之後，妳會成爲炙手可熱的商品。我環繞房間周圍走著，想著玫兒的話。

我想知道發生了什麼事，想知道珍奈兒到底怎麼了，也很好奇麥克森今晚是否又有約。我眞的想要見他。

我的心跳加速，想著能和他說話的任何方法。同時，我看著手裡的紙張。

玫兒信的第二頁幾乎是空白的，我一邊閒逛，一邊撕下一小角。有些女孩依舊埋頭閱讀來自家裡的信，其他人則彼此分享消息。繞了一圈，我來到仕女房的簽到簿旁，拿起筆。

我很快地在那一小角紙上寫字。

王子殿下，

我隨時都在拉耳朵。

我走到房間外面，假裝自己只是要去洗手間，四處張望地看著走廊。我站在空蕩蕩的走廊等著，發現一名侍女繞過轉角，手裡端著茶盤。

「不好意思？」我輕聲叫喚她。這個大走廊上很容易有回音。

女孩對我行了個禮。「是的，小姐，怎麼了嗎？」

「妳正好要端茶去找王子嗎？」

她微笑著。「是的，小姐。」

「妳可以替我把這個交給他嗎？」我拿出折好的字條。

「當然可以，小姐！」

她熱切地接過字條，帶著新的活力泉源離開了。毫無疑問，等到她不見人影之後，紙條肯定會被拆開來看，但是她絕對猜不出其中秘密。

這些門廳令人眼花撩亂，每個門廳的裝飾都比我們家整幢房子還要多。那些壁紙，鍍金的鏡子，裝在花瓶裡的鮮花，全部都好美麗。地毯既奢華，而且完美無瑕，窗戶閃亮亮的，牆壁上掛的畫也如此動人。

我認識其中一些畫家，如梵谷、畢卡索，但也有些是我不認識的。這裡還有偉大建築的照片，是我以前看過的建築。其中有一張是傳說中的白宮，相較於我在歷史課本上看見的圖片與內容，皇宮的照片上，白宮看起來比較小，比較華麗。我多希望能親眼目睹。

我走到下一個門廳，看見皇室的畫像，看起來很老舊，畫中的麥克森比他王后矮了一些，現在他已經高出非常多了。

在宮中的日子以來，我只有在晚餐上，和《伊利亞首都報導》的錄影現場見過他們。他們很注重隱私嗎？他們不喜歡這麼多女孩在他們的房子裡嗎？他們在這裡只是因為血緣及職責嗎？我不知道這個神秘的家庭是如何形成的。

「亞美利加？」

聽見有人喚我名字，我轉過頭去。麥克森正朝著我，跑到走廊上來。

我感覺自己好像才第一次見到他。

他的西裝外套已經脫下，白色襯衫的袖子也捲起，藍色領帶上面鬆了一些，總是往後梳整齊的頭髮，因為跑動的關係而些微凌亂。這樣的他，與昨天穿軍服的他相比，簡直判若兩人。現在的他像個男孩，真實多了。

我愣在原地動彈不得。麥克森走向我並抓著我的手腕。

「妳還好嗎？發生什麼事了？」他急忙問道。

發生什麼事？

「沒事，我很好。」我回答。麥克森這才鬆了一口氣，原來他這麼緊張。

「幸好沒事。收到字條時，我還以爲妳病了，還是妳家發生什麼事。」

「喔！喔，不。麥克森，很抱歉。我知道這麼做有點笨，但我不知道你晚餐時會不會出現，而且我很想見你。」

「嗯，爲什麼？」他問，依然蹙著眉看我，彷彿在確認一切都安好。

「只是想見你。」

麥克森停下手邊動作，疑惑地看著我的雙眼。

「妳只是想見我？」他看起來又驚又喜。

「別大驚小怪。朋友不都是互相陪伴的嗎？」我一副理所當然地說著。

「啊，妳在氣我整個星期都在忙別的事，對吧？我不是故意忽略我們的友誼，亞美利加。」現在他又回到公事語氣的麥克森。

「不，我沒有生氣。我只是在說明我的感覺。你看起來很忙。回去工作吧，等你有空我們再見面。」我注意到他緊握著我的手腕。

「說眞的，妳介意我留下來幾分鐘嗎？他們在樓上開預算會議，我討厭那些事。」麥克森沒等我回答，就拉著我到放在走廊中間的絨面短沙發旁，沙發上頭是一扇窗戶。我輕聲笑著，我們一邊坐下來。「什麼那麼好笑？」

「你，」我微笑著說，「看你爲工作煩惱的樣子很可愛。那些會議究竟有多麼討厭呢？」

「喔，亞美利加！」他再次面對著我說。「他們陷入一種無限迴圈的情況。父王很會要求顧問，但是強迫委員們朝著某種共識前進是很難的。母后總是支持父王多撥點預算用在學校系統，她認爲人民受的教育越多，越不會走向犯罪一途，我也同意。但是父王不夠強勢，無法讓他們從其他部分挪出預算，即使資金較少那些部分通常也能順利執行，眞的讓人大爲光火！而且我也不是下命令的人，所以我的意見常常被忽略。」麥克森的手肘撐在膝蓋上，頭埋進雙手裡，他看起來很疲累。

所以現在我可以多了解一些麥克森的世界，但還是相當難以想像。他們怎麼能否定未來最高統治者的意見？

「眞可惜。但是往好的方面想，未來你會有更多決定權。」我輕撫著他的背，試著鼓勵他。

「我知道。我也是這麼告訴自己。但只要他們聽得進去，我們現在就能改變，想到這就好挫折。」他逕自對著地毯喃喃低語。

「嗯，別太失望。你母后的想法是對的，但光是教育也無法改善什麼。」

麥克森抬起頭來。「這是什麼意思？」這句話聽起來有點惱怒。畢竟這是他擁護的想法，而我卻彷彿一手就要壓碎，於是我試著婉轉一些。

「嗯，比起你們那些總是穿著得體的家庭教師，第六和第七階級的教育系統實在糟糕透頂。指派優良的教師或是教學設施，對他們會有很大的幫助。而且第八階級呢？犯罪率最高的階級？他們並沒受過任何教育。我想如果能讓他們認爲自己擁有生存的能力，那就能鼓勵他們。」

「而且……」我停頓一下。我不知道一個在衣食無虞的環境下成長的男孩是否能理解。「麥克森，你曾經餓過肚子嗎？不是等著晚餐上桌的飢餓，而是挨餓。如果這裡完全沒有食物，而你的父母孑然一身。當你知道，只要去拿別人的東西，而且那些人每天所擁有的，可能多過你們一生所有，只要拿他們的東西，你就可以吃……你會怎麼做？如果你的家人依賴著你，為了你所愛的人，你什麼都會做的吧？」

他靜默半晌。在那一次攻擊中，我們討論侍女安危時，已經體認到彼此之間巨大的差別。這個議題討論起來更加複雜，我看得出來，他似乎想逃避。

「亞美利加，我不是不知人間疾苦，但是偷竊是——」

「閉上你的眼睛，麥克森。」

「什麼？」

「閉上你的眼睛。」

他對我皺著眉頭，但還是照我說的做。我等到他閉上雙眼，臉部的表情放鬆，才開始說話。

「這個皇宮裡某個地方，有個女孩將成為你的妻子。」

我看見他的嘴角抽動，露出一個充滿希望的笑容。

「也許你還不知道是哪個人，但想像那個房間裡的某個女孩，想像那個最愛你的女孩，想像你的『親愛的』。」

他的手輕放在沙發上，手指掠過我的手一秒鐘。我迴避他的碰觸。

「抱歉。」他看著我，說得不大清楚。

「閉上眼睛！」

他輕笑出聲，把手放回原本的位置。

「想像這個女孩依賴著你。她需要你珍惜她，並讓她感覺王妃競選彷彿從未發生過。好像，假使你獨自一人墜落在某個地方，在街上漫無目的地走著，家家戶戶尋找，你還是會找到她。她就是你永遠會選擇的那個人。」

希望的微笑轉爲淡然，淡然再化爲沮喪。

「她需要你強大的保護。然後很有可能，你們完全沒有東西可以吃，你夜裡無法入睡，因爲聽著她的胃咕嚕咕嚕，你輾轉難眠——」

「別再說了！」麥克森很快站了起來。他到走廊的另一邊，停留一會兒，背對著我。

我感覺有點尷尬，不知道這樣會令他如此難過。

「抱歉。」我低聲說。

他點點頭，但繼續看著牆壁。一會兒過後他轉過來，看著我的眼睛，像是在尋找什麼，表情悲傷且滿是疑問。

「眞的是那樣嗎？」他問。

「什麼？」

「外面……眞的發生那樣的事嗎？人民常常這樣挨餓嗎？」

「麥克森，我——」

「告訴我實話。」他雙唇的線條變得堅定。

「是的。眞的有這種事。我知道有家庭犧牲一切供養他們的小孩和兄弟姊妹。我知道一個小男孩因爲偷食物，在廣場上遭到鞭打。絕望的時候總是會做出瘋狂的舉動。」

「小男孩？幾歲？」

「九歲。」我顫抖地吸了口氣。我還記得印在小傑米背上的鞭痕，麥克森伸展著他的背，好像也能體會那種感覺。

「妳有沒有——」他清清喉嚨，「妳有沒有像那樣過？挨餓過？」

我低著頭，說明了我的答案。我眞的不想告訴他這樣的事。

「多慘？」

「麥克森，聽了只會令你更難過而已。」

「也許吧。」他說，並黯然點著頭。「但我只是開始發現，我有多麼不了解自己的國家，請妳告訴我。」

我嘆了口氣。

「我們一直都還滿慘的。大多數時候，如果必須選擇，我們會選擇食物、捨棄電力。最糟糕的一次是某年聖誕節左右，那時候非常冷，所以我們都穿了厚重的衣服，家裡都可以看見我們呵出的白煙。玫兒不明白爲什麼我們不能交換禮物。像往常一樣，我們家絕不會有剩菜，而且總是想多吃點。」

我看著他的臉色漸漸蒼白，才發現我並不想令他難過，我得轉移重點，正面一點。

「過去幾個星期我們收到的支票眞的幫助很大，我的家人錙銖必較，我很確定他們已經把錢安置好，所以還可以用很長一段時間。你爲我們做得夠多了，麥克森。」我給他一個微笑，但他的表情依舊沒變。

「天哪，妳當時說留在這裡只是爲了食物，不是開玩笑的？」他邊問邊搖頭。

「麥克森，我們最近的情況眞的好很多了，我——」我沒有把話說完。

麥克森走過來，親吻我的額頭。

「我們晚餐時見了。」

離開的時候，他將領帶重新拉直。

18

麥克森並沒有在晚餐出現，只有王后一人獨自走入。我們對她謹慎行禮，等候她坐下，我們才跟著就座。

我以為他去約會，但環顧餐廳四周，每張椅子上都有人，大家都在餐廳。

整個下午，我不停回想自己對麥克森說的話。我的話真是直接，難怪一個朋友都沒有，我交朋友的能力還真是差到不行。

這時候，麥克森和國王走進來，麥克森抓著披在背上的西裝外套，頭髮還是亂得有型，他和國王邊走路邊交頭接耳，我們趕緊起身迎接。他們兩個人正熱烈交談，麥克森用手勢表達想法，國王點頭表示了解，但感覺有點意興闌珊。他們走到主桌，克拉克森國王拍拍麥克森的背，表情嚴肅。

國王轉過來面對我們所有人，表情瞬間轉化。「喔，親愛的小姐們，久等了，請坐。」他親吻王后的額頭，並坐下來。

但麥克森依舊站著。

「小姐們，這裡有件事情宣布。」每雙眼睛都專注看著他。他有什麼事要對我們宣布呢？

「我知道在參與王妃競選前，我們曾允諾會發放津貼。」他的語氣充滿威嚴，令我想起之前唯一一次聽到這個語氣的時候，就是他讓我進去花園的那一次。當他為了達到目的而拿出自己的身分，這種時刻的他更加迷人。「然而現在，我們在預算上有新的規畫。所以本來就屬第二、第三階級的候選者，將不會再收到補償津貼。第四、第五階級會繼續收到補償津貼，但比先前的金額少一點。」

我看見有些女孩震驚地張大嘴巴。津貼是王妃競選中相當重要的條件之一。賽勒絲已經氣到要冒煙了。對於富有階級來說，絕對更懂得累積財富、錙銖必較。而且她可能還會想，像我這樣的人還拿得到，但她什麼也拿不到，這點可能會令她惱怒。

「若是造成不便，我很抱歉，但是明晚的《首都報導》上，我將說明一切。此爲無法調整之情況。任何人若對此有任何疑問，不想再參與競選，晚餐結束後就可以離開。」

他坐下來並開始和國王說話。比起麥克森的話，國王似乎對晚餐較感興趣。我有點失望，因爲家人收到的錢會減少，但至少我們還會拿到錢。我試著專注在自己的晚餐上，但多數時間，我思考著這代表什麼意思？但我不是唯一如此的人，低聲的討論漸漸在整個房間流動著。

「妳覺得這件事怎麼樣？」蒂妮小小聲地問。

「也許這是個測試。」克莉絲提議說。「我猜有些人留在這只是爲了錢。」

我聽著她說話，並看見費歐娜輕輕碰著奧莉薇亞，並朝著我的方向點點頭。我轉過去，讓她不知道我也正看著她們。

女孩子們繼續提出假設原因。我不斷看著麥克森，試著引起他的注意，這樣我就能拉耳朵了，但是他完全沒看我一眼。

瑪莉和我單獨在我房裡。今晚我會在《伊利亞首都報導》的節目上與蓋佛瑞面對面，其他女孩全程在場，更別提全國的觀眾也會看著訪問，心裡面品頭論足。若說我不緊張，那就太保留了。我坐立難安，這時瑪莉在一旁提出一些觀眾們可能會感興趣的問題。

我喜歡皇宮嗎？麥克森為我做過最浪漫的事情是什麼？我想念家人嗎？我親吻過麥克森了嗎？

我認眞地看著瑪莉模擬發問。我一項一項地回答，試著別想得太難。但我看得出來，最後的問題是出於好奇，看她臉上的笑容就知道。

「沒有！拜託別開玩笑了。」我假裝生氣，但實在好笑到我也氣不起來，最後我放聲大笑，逗得瑪莉也咯咯發笑。「喔……妳快點去清東西啦！」

她越笑越開懷，我還來不及要她停止，安和露西就拿著禮服突然進入房間。

露西看起來非常興奮，從我進來那天起，還是第一次看見她這樣子。安則是一副鬼靈精怪的樣子。

「這是什麼？」我問。露西走了進來，雀躍地對我行禮。

「小姐，我們完成了您在節目上要穿的禮服了。」她回答。

我的眉頭皺在一起。「新的啊？怎麼不穿衣櫥裡那件藍色的？妳們不是才剛完成那一件嗎？我很喜歡啊。」

她們三個人彼此互看著。

「妳們做了什麼？」我問，並指著鏡子旁鉤子上，安掛上去的那一袋東西。

「小姐，我們和其他侍女們聊天時，聽到很多事情。」安開始說。「我們知道只有您和珍奈兒小姐和王子約會過一次以上，就我們所知，妳們兩人之間可能有些心結。」

「怎麼說呢？」我問。

「這是我們聽說的。」安繼續說道。「王子會讓她離開，是因爲她狠狠地批評了您。王子不同意她的說法，就請她馬上離開了。」

「什麼？」我用手摀住嘴巴，試著隱藏我的驚訝。

「所以我們現在很確定，您是王子最喜愛的人。其他侍女也都這麼說。」露西高興地讚嘆。

「我想妳們的消息來源可能有誤。」我告訴她們。安聳聳肩，面露微笑，完全不理會我的意見。

然後我想起爲什麼會說到這個。「這跟我的禮服有什麼關係？」

瑪莉走到安的身邊，拉下袋子的拉鍊，出現的是一件令人驚豔的紅色禮服，美麗極了！在窗戶灑落的微微光線下，禮服閃閃發亮。

「喔，安！」我驚訝萬分。「妳太努力了。」

她開心地點點頭，收下我的讚美。「謝謝，這是我們合力完成的。」

「這很漂亮，但我還是不明白這跟妳們剛剛說的有什麼關係。」

瑪莉把禮服從袋子裡拿出來，高高掛起。安繼續說：「如同我所說的，宮裡很多人覺得您是王子最喜愛的女孩，他常常稱讚您，喜歡您的陪伴更甚於其他女孩的陪伴，現在其他女孩們也注意到了。」

「這是什麼意思？」

「我們大多是在樓下的工作室縫製禮服，那裡有材料店，也有製作鞋履的地方，其他侍女也都在那邊。今晚每個人都指定要藍色禮服。大家認為這是因為藍色是您平常最常穿的顏色，其他女孩想模仿您。」

「是眞的。」露西插話說。「今天，菟絲黛小姐和娜塔莉小姐都沒有佩戴她們的首飾，就像您一樣。」

「而且大多數的小姐都要求樣式簡單的禮服，就像您喜歡的風格。」瑪莉開始說明。

「那還是沒有解釋妳們為什麼幫我縫製紅色禮服。」

「當然是為了讓您與眾不同啊。」瑪莉回答道。「哦！亞美利加小姐，如果他眞的喜歡您，您務必要保持亮眼的特質。您宅心仁厚，對我們這麼好，尤其是露西。」我們往露西的方向看，她同意並點點頭說：「您——您的美好，足以擔任我們的王妃，您會讓大家刮目相看的。」

噢，可是我拚了命想擺脫這一切，完全不想成為眾人焦點啊。

「但是如果其他人是對的呢？如果麥克森喜歡我簡單的風格，那麼我穿這樣華美的衣服，不是等於毀了一切嗎？」

「每個女孩子總需要一點點亮眼的時刻。而且我們跟在王子身邊已經那麼久，他會喜歡這件的。」安信心十足地說著，我感覺自己已經無計可施。

我不知道該如何向她們解釋，他給我的紙條，以及我們一起度過的時光，只是代表我們之間的友誼。我無法對她們說出口，那會令她們失望，而且我必須表現出自己很想留下來的樣子。是啊，我也必須留下來。

「好吧，來試看看這件。」我退一步，並嘆了口氣。

露西興奮地跳上跳下，直到安提醒她這樣不得體。我把那件絲質禮服從頭上往下套，她們把幾處還沒縫好的地方補上。瑪莉的巧手握住我的頭髮，看怎麼樣的髮型和這身禮服比較搭，不到半個小時，我已經準備好。

由於今晚是特別節目，場景布置也和平常不同。皇室成員一如往常坐在旁邊，這一次我們的位置區仍然在他們的對面，但中間不是講台，而是兩張高腳椅。一支麥克風放在我們這邊，讓我們和蓋佛瑞講話的時候使用，想到這裡我就緊張不安。

果真，整個棚內充斥著各種調性的藍色禮服，雖然有些近似綠色，有些接近紫色，但是大家的重點一致，當下我覺得很不自在。我發現賽勒絲正在看我，於是我決定，若非必要，我要離她遠遠的。

克莉絲和娜塔莉走過去，最後再檢查一下妝容。她們倆看起來都有點不大滿意，雖然娜塔莉原本就高深莫測。至少，克莉絲看起來與大家有一點不大一樣，她的藍色禮服接近白色，就像一條細緻晶瑩的冰河，川流在她走過的地板上。

「亞美利加，妳也太亮眼了吧。」她說話的口氣有點像指控而非讚美。

「謝謝。這套禮服美極了。」

她把手放在腰上，順順禮服，雖然上面根本沒有綢褶。「是啊，我也很喜歡。」

娜塔莉的手放在我某邊的小蓋袖上。「這是什麼布料？在燈光下眞的會閃閃發亮的耶。」

「其實我也不知道。我們第五階級沒穿過什麼高級的布料。」我聳聳肩說，然後低頭看著禮服。雖然至少還有一件用相同布料縫製成的禮服，我卻從沒想過要記住布料的名字。

「亞美利加！」

我抬頭看見賽勒絲就站在我的旁邊，臉上帶著微笑。

「賽勒絲。」

「妳可以跟我過來一下下嗎？我需要妳幫個忙。」

我還沒來得及回答她，她就把我從克莉絲和娜塔莉身邊拉走，拉到報導的布景，那片厚重的藍色布幕的旁邊。

「把妳的禮服脫下來，」她邊命令我邊拉下她自己的拉鍊。

「什麼？」

「我要妳的禮服。脫掉。啊！該死的鉤子！」她說，繼續試著脫掉自己的禮服。

「我才不脫我的禮服。」我說，然後轉身離開。但是我還沒走遠，賽勒絲就用她的指甲往我的手臂上一掐，猛力把我拉回去。

「噢！」我抓著我的手臂叫道。我的手臂似乎會留下抓痕，但幸好沒流血。

「閉嘴，現在就給我脫下來。」

我板著臉站在原地，打定主意絕不讓步。賽勒絲也應該醒醒了，別再以爲自己是全伊利亞王國的中心。

「我可以替妳脫。」她冷冷地提議說。

「賽勒絲，我不怕妳！」我邊說邊把雙手交叉在前。「這件禮服是爲我做的，我就是要穿。下次選禮服的時候，也許妳應該做自己就好，而不是學我。喔，不過，或許這樣麥克森就會看出來妳是哪種傢伙，把妳送回家，妳說是不是？」

她立刻走上前，毫不遲疑地扯下我一邊的袖子，然後轉身離開。我倒抽一口氣，驚訝到什麼都做不出來。我低頭看，一塊被扯破的布料可憐地在我面前懸盪著。我聽見詩薇亞叫每個人就座，所以我努力鼓起勇氣，繞過那片布幕。

瑪琳在她的身旁爲我留了位置，走過去時，我看見她臉上露出驚恐的表情。

「妳的禮服怎麼了？」她低聲說。

「賽勒絲。」我向她說明，語氣裡盡是厭惡。

坐在我們前面的艾美加和莎曼珊轉過頭來。

「她把妳的禮服扯破？」艾美加問道。

「是。」

「告訴麥克森，舉發她！」她懇求地說。「眞是我們大家的惡夢。」

「我知道。」我嘆著氣說。「下次見到他時我會說。」

莎曼珊看起來很傷心。「那會是什麼時候？畢竟我們也得多花點時間跟他相處。」

「亞美利加，手臂舉起來。」瑪琳指示我。她像個專家，把被扯破的袖子藏進禮服側邊，艾美加幫忙拉掉幾條脫線，現在幾乎看不出這件禮服曾經遭到惡意拉扯。至於指甲印痕，嗯，還好是在左手臂上，攝影機拍不到。

節目差不多要開始。蓋佛瑞正在一旁翻閱著筆記，皇室成員們陸續走進。麥克森穿著深藍色西裝，翻領上別著國徽樣式的別針，看起來冷靜又自信。

「晚安，各位小姐們。」麥克森朗聲說，臉上帶著微笑。

大家齊聲回應：「王子殿下好。」

「先讓妳們知道一下。我等等會簡短宣布事項，然後介紹蓋佛瑞，這個更動很不錯，以往都是他介紹我！」他咯咯地笑著，我們也跟著笑。「我知道妳們有些人可能很緊張，但請別緊張，做自己就好，人民想認識妳們。」他說話的時候，我們的視線交會好幾次，但是時間都不長，我看不出他的情緒。他似乎沒注意到我的禮服。我的侍女們會很失望吧。

他走到講台上，回過頭說了句：「祝大家好運。」

我看得出來將有事情發生。我猜與他昨天取消選妃津貼有關，但還是猜不出眞正原因。麥克森的小神秘令我分心，我已經不那麼緊張了。當國歌開始演奏，攝影機正對著麥克森的臉時，我的心情已經平穩。我從小就開始看《報導》，知道麥克森從未對全國人民致詞過。希望我也可以對他說：祝你好運。

「晚安，伊利亞王國的先生、女士們。我知道今晚全國都很期待，終於能聽聽目前二十五名王妃候選者接受訪問。我的期待之情無法言喻，希望你們也能認識她們。你們一定都會同意，這群年輕動人的女孩，未來將無疑是我們優秀的領導者與王妃。

「在這之前，我想宣布目前正在執行的專案，這對我個人而言相當重要。認識這些女孩，讓我得以一窺宮外世界，這個我需要仔細看看的世界。我曾經聽過它非凡卓越的美好，也知其無法想像的黑暗。透過與她們的談話，我更了解圍牆外面的民眾有多重要，並驚覺國內較低階級的人民所受的苦難，所以我決定為他們做些事。」

什麼？

「我們至少還需要再三個月的時間，才能妥善完成準備工作。然而約莫在新年時，每個省的民眾服務辦公室將提供公共糧食救助服務。所有第五、第六、第七，以及第八階級的人，每天傍晚都能前往領取免費的營養餐點。請大家明白，你們面前的這些女孩，犧牲了自己的補償津貼，協助完成這個專案。雖然這樣的協助可能無法永遠，但我們會盡可能維持運作。」

我試著平復激動的情緒，而眼淚還是不爭氣地流出。我知道接下來還要錄節目，所以提醒自己別哭花了妝。但是我心中充滿感動，美麗的妝容已經不再是最重要的事。

「我發現，任何優秀的領導者都不該讓子民挨餓。伊利亞王國大多數是由較低階級組成的，我們已經忽略這些人太久，這就是為何我要往前跨一步，為何我要求其他人也加入。第二階級、第三階級、第四階級……你們開車經過的道路並非無中生有，你們的房子亦非以魔法清潔，現在你們有機會認清事實，並在各省民眾服務辦公室付出你們的心意。」

他停頓一下。「你們幸運地來到世上，現在正是你們正視幸運的時候。日後，我會再更新專案的進度，謝謝你們聆聽。現在，讓我們回到今晚的重頭戲。各位先生、女士，讓我們歡迎蓋佛瑞！」

這時，棚內每個人都一知半解地拍著手。顯然並非每個人都對麥克森宣布的事感到熱血沸騰。國王只是冷靜地拍著手，而王后則充滿驕傲之情。顧問大臣們則有些苦惱，不知道這項政策究竟是好是壞。

「王子殿下，非常感謝您介紹我出場！」蓋佛瑞說著快步走進棚內的布景。「非常好！如果王子這個工作您做得不是很開心，也許可以轉戰娛樂圈。」

蓋佛瑞笑著走到他的座位上。攝影機正特寫拍攝蓋佛瑞，但我看著麥克森和他的父母親，不明白爲什麼他們的反應如此不一致。

「伊利亞王國的人民們，歡迎觀賞特別節目！今晚，我們將帶您了解這些年輕女子的最新消息。大家應該迫不及待想認識她們，並聽聽她們與麥克森的事，所以今晚……我們就直接訪問！現在開始，首先是——」蓋佛瑞看著他的提示卡，「來自克萊蒙特省的賽勒絲小姐！」

賽勒絲特別放慢速度，從頂排座位上站起來，走下台階。她先親吻蓋佛瑞的雙頰，接著坐下。她的訪問內容一如預期，貝瑞兒也是。她們努力賣弄性感，搔首弄姿，看起來很假。我從螢幕上觀看她們，她們不斷瞄向麥克森，還猛眨眼。有時，貝瑞兒會用舌頭滑舔舔嘴唇，瑪琳和我互看一眼後，隨即別過頭，否則一定會大笑。

其他人比較冷靜沉著。蒂妮的聲音眞是小，訪問進行到越後面，她就彷彿越往身體裡縮，我知道她是個可愛的人，希望麥克森不會因爲她不擅長公開發言，就把她從候選名單除名。艾美加則是處之泰然，瑪琳也是。不同的是，瑪琳的聲音熱情洋溢，說話時，聲音會越來越高亢。

蓋佛瑞問了許多不同問題，其中有兩個必問的：「妳認爲麥克森王子是個什麼樣的人？」以及「妳是那個把他訓了一頓的女孩嗎？」我一點都不期待要告訴全國觀眾我訓斥了未來的國王，但是幸好僅此一次。

每個人都驕傲地說自己並非教訓他的女孩。然後每個女孩都覺得麥克森人很好。幾乎所有人的評語都是那兩個字：「很好」。賽勒絲還說他英俊瀟灑。貝瑞兒說他很有威嚴，我聽了渾身不對勁。幾名女孩被問到是否被麥克森吻過，她們都紅著臉回答沒有。問到第三、第四個人都說沒有時，蓋佛瑞便轉向麥克森。

「您還沒有親吻過她們任何人？」他吃驚地問著。

「她們才來兩個星期！你以為我是什麼樣的人？」麥克森回答，他的語氣詼諧，身體卻不安地扭了一下。我還真想知道他會吻誰。

莎曼珊才剛說完她度過了非常美好的時光，接著蓋佛瑞就叫到我。我站起來時，其他女孩們鼓掌著，我們對每個女孩都是如此。我對瑪琳緊張地笑了笑，謹慎地走到台前。當我坐進椅子裡，我發現麥克森就在蓋佛瑞的後方。我拿起麥克風，他對我眨眨眼，我立刻鎮定下來，知道自己並不需要贏過誰。

我與蓋佛瑞握手致意，並在他對面坐下來。我向前靠近，總算看清楚他翻領上的別針。以前從螢幕上看，總是看不清楚別針的細節，現在我發現它不僅是由直線和曲線構成的美麗記號，中間還刻著小小的X，整個圖樣看起來像個星星，美麗極了！

「亞美利加．辛格*，妳的名字很有趣。背後有什麼典故嗎？」蓋佛瑞問。

我鬆了口氣，這題還算簡單。

「是的。當時母親懷我，我很會踢，她笑說自己懷了一名鬥士，所以就給我這個名字，紀念這個努力奮戰、保護領土的國家。說也奇怪，我跟媽媽總是在吵架。看來，她說得沒錯。」

蓋佛瑞笑出聲來。「聽起來她也是個很愛吵架的女人。」

「她是。我固執的個性都是遺傳自她。」

「所以妳很固執囉？有一點脾氣？」

我看見麥克森用手摀住嘴巴，一邊笑著。

「有時候。」

「如果妳有點脾氣，那麼教訓王子的人就是妳嗎？」

我嘆出一口氣。「是的，就是我。我媽媽應該急得要心臟病發作了吧。」

麥克森對蓋佛瑞說：「讓她說完整個故事吧。」

蓋佛瑞看著麥克森，又轉回來看看我。「喔！整個故事是怎麼樣呢？」

我瞪了麥克森一眼，現在是怎樣啊？

「第一天晚上，我有一點……幽閉恐懼症發作，非常想到外面的花園。衛兵不讓我出那扇門，我幾乎要昏倒在某個衛兵的懷裡，然後麥克森王子正好經過，讓他們為我開門。」

「喔。」蓋佛瑞說，並把頭歪向另一邊。

---

*譯注：America Singer，亞美利加的名字具有「美國」的意思。

「是的，然後他跟著我，確認我一切都沒事……但是我那天疲憊不堪而且緊張了一整天，所以他一跟我開口說話，我就指控他是個高傲又膚淺的人。」

聽見我這麼說，蓋佛瑞笑得可厲害了。他身後的麥克森也笑到不行。但更糗的是國王和王后也一起大笑。我沒有轉過去看那些女孩們，但我耳邊已經傳來她們的笑聲了。嗯，非常好，也許現在她們不會再把我視爲威脅了，麥克森只是覺得我很好玩而已。

「然後他原諒妳？」蓋佛瑞問，這時他的聲音已經恢復冷靜。

「嗯，很妙吧。」我聳聳肩說。

「嗯，既然兩位現在言歸於好，那你們在一起的時候，都從事怎麼樣的活動呢？」蓋佛瑞回到公事化的語氣。

「我們通常都只是在花園散步。他知道我喜歡戶外，我們會聊天。」這個答案聽起來很不浪漫，畢竟像其他女孩說的都是：去看電影、打獵或是騎馬，比起我的約會實在是深刻多了。

但我突然明白，爲什麼上個星期他突然快速跟女孩們約會。那些女孩需要一些能告訴蓋佛瑞的故事，他必須提供故事。感覺還是很怪，他都沒向我提起任何一次約會的事，但至少我知道他在忙什麼了。

「聽起來很自在，所以關於皇宮，妳最喜歡的是花園嗎？」

我微笑。「也許吧，但是這裡的食物很精緻，所以……」

蓋佛瑞又大笑了。

「妳是競選佳麗之中唯一的一位第五階級，妳認爲這會降低妳成爲王妃的機會嗎？」

我不假思索就脫口說出：「不會！」

「喔，太好了！眞是有信心！」蓋佛瑞似乎很高興看到我熱烈的回應。「所以妳認爲自己會打敗其他人，留到最後嗎？」

我仔細想了一下後，說：「不，不是這樣的。我不認爲自己比其他女孩優秀，她們都很棒。只是……我不認爲麥克森會因爲階級的緣故，把某個人從候選名單除名。」

我聽見大家倒抽口氣的聲音。我在腦中重複剛剛的句子，花了一分鐘才發現自己的失誤：我直呼他麥克森。關起門來和其他女孩們聊天時，直呼他的名字是一回事，但在公共場合直呼他名字，沒有加上「王子」，眞的太不正式了。而且還是在現場直播的節目上。

我望過去，想知道麥克森是否生氣。然而他臉上只有一抹平靜的微笑，所以他沒生氣……但是我眞的心慌慌，現在我的臉應該紅到像猴子的屁股吧。

「啊，這麼聽起來，妳很了解我們的王子囉。快告訴我，妳覺得麥克森是個怎麼樣的人？」

等待的時候，我已經先想好幾個答案。看是要取笑麥克森的笑聲，或者是聊聊他想要王妃叫他的暱稱。看起來，要解救這個情況，只能走搞笑路線，但是當我抬起視線，準備回答，我看見麥克森的臉。

他眞的想知道。

我不能拿他開玩笑，至少不是現在，畢竟我把他看作我的朋友，必須好好表達我對他的想法。我不能拿這個人開玩笑，他解救我，讓我免於回家之後勢必面對的傷心，還讓我的家人們享用好幾盒宮中甜點，只要我請求，他就會立刻過來，擔心我是否受傷。

一個月前，我看著電視上那名拘謹、冷淡且看似無趣的男孩，我無法想像怎麼會有人愛上他。雖然他與我的所愛一點都不相近，但是他這輩子値得有人好好愛著他。

「麥克森王子代表著一切的美好。他將成爲一位傑出的國王。他讓應該要穿禮服的女孩，可以穿牛仔褲；面對因爲不解而誤會他的女孩，他也沒有勃然大怒。」我熱切地看著蓋佛瑞，他微笑著。他身後的麥克森似乎對我的答案充滿好奇。「無論他娶了誰，那女孩都是幸運的。無論如何，我都很榮幸能成爲他的臣民。」

我看見麥克森若有所思，我垂下雙眼。

「亞美利加，非常感謝妳。」蓋佛瑞走上前與我握手。「接下來是，塔汝拉小姐。」

雖然我盯著中央的舞台，但完全聽不進之後的訪談。最後我的訪問有點太過赤裸，這並非我的本意。我無法鼓起勇氣看麥克森，只能坐在位置上，腦中重播著剛剛說的內容。

大約晚上十點，一陣敲門聲傳來，我把門打開，看見麥克森正翻了個白眼。

「妳房裡晚上應該要有侍女的。」

「麥克森，哦！我很抱歉，我不是故意要在大家面前那樣稱呼你的，眞是太蠢了。」

「妳覺得我生氣了嗎？」他問，關上房門並走進房裡。「亞美利加，妳太常直呼我的名字了，妳是不自覺說出口的。雖然應該是私底下的稱呼，」他露出一抹狡猾的微笑，「但是我完全不在意。」

「眞的嗎？」

「當然，眞的。」

「啊！我覺得自己今晚好像笨蛋，眞不敢相信你要我講那件事！」我緩緩把砲口瞄準他那邊。

「那可是今晚的重頭戲！母后覺得很好笑。在她那個年代，女孩們都比較含蓄，比蒂妮還要害羞，而妳卻直接說我膚淺……眞的讓她印象深刻。」

很好。現在王后大概也會認爲我不合格吧。我們走過我的房間，到露台上。夜裡，一陣溫暖微風，把來自花園千百朵花的香氣，吹送到我們面前。一輪明月近掛在我們面前，加上皇宮附近的光線，讓麥克森的臉龐閃耀著神秘的光亮。

「嗯，我很高興你覺得很有趣。」我說，手一邊撫過欄杆。

麥克森一躍坐上欄杆，看起來很放鬆。「妳總是如此，我習慣了。」

嗯。他也很幽默啊。

「所以……關於妳所說的……」他試探地開口問道。

「哪個部分？我叫你名字，或是跟我媽吵架，或說食物是我的動力的部分？」我說，並翻了個白眼。

他笑了。「說我很好的那個部分……」

「喔，怎麼樣呢？」突然間，那幾句眞心話反而最令我難爲情。我低著頭，抓著禮服的一小角。

「我很感謝妳說的，真是動容，但妳不需要這麼恭維我。」

我倏地抬起頭。他怎麼可以這樣想？

「麥克森，那不是為了節目的效果。如果你在一個月前問我相同的問題，答案會非常不同，但現在我認識你，我知道真實的你，你就如同我所說的那樣，有過之而無不及。」

他沉默不語，但臉上浮現一道淺淺的笑容。

「謝謝妳。」最後他這麼說。

「不客氣。」

麥克森清清喉嚨。「他也會很幸運。」他跳下來，靠近露台上的我。

「嗯？」

「妳的男朋友。當他恢復理智，要求妳回到他身邊的時候。」麥克森認真地說。

我笑了，這件事根本不會發生。

「他已經不是我男朋友了。他說得很清楚，我們結束了。」雖然我還是聽見自己的聲音裡有一絲期望。

「不可能。他現在從電視上看到妳，會重新愛上妳。但我個人認為，妳太美好了，那個小人配不上妳。」麥克森為我抱屈，彷彿已經見過這種事發生千百次了。

「說到這個，」他大聲說，「如果妳不想讓我愛上妳，妳就不能再那麼美麗地現身了。明天早上第一件事，我要請侍女們幫妳縫些馬鈴薯袋子做的衣服。」

我打了一下他的手臂。「別鬧了，麥克森。」

「我不是開玩笑。妳的善良與美好，讓妳更加美麗動人。如果妳離開，我們一定要派些衛兵保護妳，否則妳這可憐的小東西，一定無法獨自生活。」他假裝很傷心的語氣說。

「這我也沒辦法，」我嘆息著說，「生來完美也不是我能決定的。」我搧著我的臉，假裝長得太美也很困擾。

「對啊，我想這不是妳能控制的。」

我咯咯笑著，沒發現原來麥克森不覺得我在說笑。

我凝望著外頭的花園，眼角的餘光瞥見麥克森正在看我，他的臉靠我靠得很近，當我轉過頭問他在看什麼的時候，我驚訝地發現，他已經近到能夠吻我。

當他眞的親下去時，我驚訝萬分。

我很快把他推開，往後退一步，麥克森也往後退了一步。

「抱歉。」他模糊不清地說，臉色漲紅。

「你在做什麼？」我很詫異地低聲問道。

「抱歉。」他微微轉過去，顯然覺得很丟臉。

「爲什麼要這麼做？」我的手摀住嘴巴。

「只是……因爲妳稍早說的那些話，還有妳昨天找我出來……妳的行爲舉止……我以爲也許妳對我的感覺變了。我喜歡妳，我以爲妳看得出來。」他轉過來面對我。「嗯……喔，很糟糕嗎？妳看起來一點都不高興。」

麥克森看起來很難爲情，我得把臉上任何可能浮現的表情抹去。

「我很抱歉。我以前從來沒吻過任何人。我不知道自己在做什麼。我只是……我很抱歉，亞美利加。」他呼出一聲重重的嘆息，手抓過頭髮好幾次，傾靠著欄杆。

出乎意料，但心裡頭一股暖意塡滿我。

他希望自己第一個親吻的人是我。

我想著現在我認識的麥克森——他總是讚美我；即使我打賭輸了，他仍然爲我準備禮物；當我無意傷害他，他總是能原諒我——然後我發現自己一點也不在意剛剛的吻。

是的，我還對艾斯本有感覺，我無法抹滅。但如果我不能跟他在一起，又有什麼會阻礙我和麥克森？我先前對麥克森的看法也改變了，他根本就不是那樣的人。

我走上前去，靠近他，我的手撫過他的額頭。

「妳在做什麼？」

「清除剛剛的記憶，我想我們可以做得更好。」我把手放下，靜靜待在他身邊。麥克森沒有動，臉上只掛著一抹微笑。

「亞美利加，我不認爲妳可以改變歷史。」他的表情看起來充滿希望。

「我們當然可以。而且，除了我們兩人之外，又有誰會知道眞相呢？」

麥克森看著我好一會兒，顯然是在思考。慢慢地，我看見一絲謹愼的自信融入他的表情，他看著我的雙眼。我們彼此相望了好一陣子後，我想起剛才的第一句話。

「生來完美也不是我能決定的。」我低聲說。

他靠近我，攬著我的腰，我們面對彼此。他用鼻子磨蹭我的鼻子，手指撫過我的臉頰，好輕好柔的動作，彷彿害怕把我打破似地。

「對啊，我想這不是妳能控制的。」他呵著氣說。

他捧著我的臉靠近他，然後他彎下來，吻著我的嘴唇，留下輕如耳語的一吻。

這種試探的感覺讓我覺得好美。不需要說明，我就能明白這個時刻有多麼令他興奮，同時也令他心慌。總之，我更深刻感覺到他的愛慕。

這就是被當成淑女對待的感覺。

一會兒過後，他往後退，並問：「這樣好一點了嗎？」

我只能點點頭。麥克森看起來開心到想做後空翻。我胸前的感受亦是如此，完全料想不到。這一切發生得太快，太神奇了。我臉上肯定出現了困惑的表情，因爲麥克森的態度轉爲認眞。

「我可以說句話嗎？」

我再次點頭。

「我沒有笨到會相信妳可以完全忘記以前的男朋友，我知道妳經歷了什麼事，也不是心甘情願來到這裡，我知道妳覺得這裡有更適合我、更適合這種生活的女孩，我不奢望妳很快就喜歡上這一切。我只是……我是想知道有沒有可能……」

這是個難以回答的問題。我想過這種我從未想要的人生嗎？我會想看著他殷勤和其他人約會，好確認他沒有做錯決定嗎？我會想擔起他身爲王子的責任嗎？我會願意愛他嗎？

「會的，麥克森。」我低聲說。「很有可能。」

19

我沒有告訴任何人麥克森和我之間的事，連瑪琳和侍女們都不知道。這是個美好的秘密，我可以在詩薇亞無聊的課堂中，或是又一個待在侍女房內冗長的日子裡，放在心中，好好地回味。而且老實說，那個吻既害羞又甜蜜，不斷出現我的腦海中。

我知道自己不可能一夜之間愛上麥克森，我的心不允許。但我忽然發現這或許是我想要的，所以我在腦中悄悄地想著一切的可能性，不過也因此有好幾次，我幾乎要把秘密脫口而出。

尤其三天之後，奧莉薇亞向仕女房內一半的人宣布，麥克森已經親吻她。

我無法相信自己竟感到心煩意亂。我發現自己看著奧莉薇亞，思考著她有什麼特別之處。

「告訴我們所有的事！」瑪琳堅持說。

其他的女孩大多也很好奇，但是瑪琳是最熱衷此事的人。不久前，她才剛和麥克森約會，所以她也越來越好奇其他女孩的進度如何，我不知道這樣的轉變代表什麼，也沒有勇氣去問。

奧莉薇亞不需要大家鼓勵追問，她早就坐在一張沙發上，禮服裙襬散開，儼然是在練習當個王妃的樣子。我真想告訴她，那個吻並不代表她贏了。

「我不想說一切的細節，總之就是很浪漫。」她滔滔不絕地說，下巴收緊靠近她的胸前。「他帶我到屋頂上，那個地方有點像露台，但好像是給衛兵使用的場所，我不知道是哪裡。我們俯瞰城牆外邊，視線所及的城市都閃閃發亮，其實他沒有說太多話，只是把我拉進懷裡，親吻我。」她整個身體因爲喜悅而緊緊縮起。

瑪琳嘆了一口氣。賽勒絲看起來好像要砸東西了。我坐著不動。

我不斷告訴自己，不用太在意，王妃競選本來就是如此。而且誰說我眞的想跟麥克森開花結果？坦白說我應該要覺得自己很幸運，顯然賽勒絲的敵意有了新的目標，經過禮服事件（我發現自己忘記跟麥克森說這件事），我很高興看見她繼續向前了。

「妳覺得她眞的是王子唯一親吻過的女孩嗎？」菟絲黛在我耳邊低語。站在我身旁的克莉絲聽見她的疑慮，於是插了進來。

「他不會就這樣親吻一個人，她一定做了什麼行動。」克莉絲惋惜地說。

「萬一他親了房間裡一半的人，只是那些人不說，那怎麼辦？也許這是她們的策略。」菟絲黛納悶地說。

「我不認爲不說是一種策略，也許她們只是注重隱私而已。」我反駁她的論點。

克莉絲深吸一口氣。「如果奧莉薇亞告訴我們這件事，也是一種手段，那怎麼辦？現在我們都很擔心，而且也沒有人會眞的問麥克森到底有沒有親她，完全沒辦法證實她是否說謊。」

「妳們覺得她會做那種事嗎？」我問。

「如果她眞的那麼做，我希望是我先想到的。」菟絲黛熱切地說。

克莉絲嘆了口氣。「這比我想的還要複雜。」

「說來聽聽？」我含糊不清地說。

「這個房間裡幾乎每個人我都很喜歡，但是當我聽見麥克森和誰又做了什麼事，我只想知道自己怎麼做才能比她更好。」她坦白地說。「但我不喜歡這種與妳們競爭的感覺。」

「我前幾天也和蒂妮說了類似的想法。」菟絲黛說。「我知道她比較害羞膽小，但是她很沉靜優雅，我覺得她會是個很好的王妃。如果她的約會次數比我多，我也無法因此討厭她，即使我自己也很想要那頂王冠。」

克莉絲和我互相對看一眼，我看得出來我們在想同一件事，她說的是王冠，不是他。但我沒多想，因爲她接下來的幾句話，說中了我的心聲。「瑪琳和我總是在說，要多看看彼此的優點。」

我們所有人交換眼神，一切的感覺都不同了。突然間，我不嫉妒奧莉薇亞，甚至也不會看不慣賽勒絲，我們只是用不同的方法，走過這件事，甚至是爲了不同的理由，但至少我們一同經歷這件事。

「也許安柏莉王后說得沒錯，」我說，「唯一能做的就是做自己。我願意讓麥克森送我回家，如果那樣能讓我做自己，而不是把我留在這裡做別人的影子。」

「眞的。」克莉絲說。「最終，三十四個人會離開，如果我是最後的那個人，我會希望有大家的支持，所以我們應該也要支持彼此。」

我點點頭，同意她說的。我有信心自己能做到這點。

就在這時，愛禮絲進入房間，佐依和艾美加跟在她後面。愛禮絲平常總是緩慢而文靜的樣子，從來不會飆高音量說話。但是今天，她突然轉過頭對我們尖聲說話。

「快來看這些頭飾！」她指著兩支漂亮的髮飾大聲說，上頭鑲滿了價值高昂的珍貴寶石，

「麥克森給我的，是不是很美呢？」

這個場景讓房間裡出現新一波的騷動和失望，我才剛擁有的自信心，瞬間又消失了。

我努力擺脫失望的感覺，難道我沒收過禮物嗎？難道我沒被吻過嗎？但是整個房間裡都是女孩，故事一遍遍重複，我發現自己只想躲起來。也許今天比較適合和侍女們在一起。

就在我考慮離開仕女房時，詩薇亞走進來，她看起來既疲憊又興奮。

「小姐們！」她大聲說，試圖使我們安靜下來。「小姐們，大家都在這裡嗎？」

我們同聲回答她：「是的。」

「謝天謝地。」她邊說邊坐下來。「我知道這個通知有點遲，但是我們剛剛獲知史汪登威的國王和王后要來進行為期三天的訪問，如妳們所知，我們和他們的皇室有親戚關係。此外，王后的家人們也會同時拜訪妳們。屆時皇宮將有許多貴賓入住。我們準備的時間不多，所以把妳們的下午空出來。午餐過後我們馬上在主要活動室上課。」她說完便轉身離開。

眼前的輝煌景象讓人誤以為皇室花了幾個月的時間籌備。花園內架起幾座巨大的帳篷，食物及葡萄酒工作站散落在草坪各處。外面的衛兵人數比平常多出許多，裡面有幾位是史汪登威國王及王后帶來的士兵。想必連他們也知道皇宮有多麼危險。

其中有一座帳篷裡擺了幾張寶座，是為國王、王后、麥克森、史汪登威國王，以及王后設置的。史汪登威的王后——我還是唸不出她的名字——幾乎和安柏莉王后一樣美，她們看起來是很親近的朋友。大家都很愜意舒適地坐在帳篷下，只有麥克森忙著周旋於所有女孩和親戚之間。

麥克森很興奮能見到他的親戚，連最小的那位也不例外，雖然他只會扯扯麥克森的西裝外套然後跑開。他帶了其中一部相機，一邊追著孩子，一邊拍照，幾乎所有王妃候選者都以愛慕的眼神看他。

「亞美利加。」有人叫我的名字。我轉過去右邊，看見愛蕾娜和麗亞正在和一個幾乎和王后同個模子刻出來的人說話。「過來見見王后的姊姊。」我無法辨別愛蕾娜究竟是什麼語氣，但加入她們卻讓我感到緊張。

我走過去向那位女士行禮，她笑出聲來說：「甜心，快別這樣，我不是這裡的王后。我叫愛黛兒，是安柏莉的姊姊。」她伸出一隻手，我與她握手，這時她打了個嗝。這個女人有一點口音，她有一種讓人很舒服的特質，就像是回家的感覺。她的曲線優美，手裡的那杯葡萄酒幾乎快喝光，照她那雙沉沉的雙眼看來，這應該不是第一杯。

「您從那兒來的？我好喜歡您的口音。」我說。有些從南方來的女孩也有類似的口音，在我聽來，她們的聲音好浪漫。

「宏都拉加。就在海岸邊。我們在最小的房子裡長大的。」她說，邊用手指比出房子有多迷你。

「然後看看她，再看看我這樣子。」她說，邊往下指著她的禮服。「眞是天壤之別。」

「我住在卡洛林那，我父母親有一次帶我去海邊，我很喜歡那裡。」我回答她。

「喔，不，不，不，孩子，」她邊說邊揮著她的手。愛蕾娜和麗亞看起來一副強忍著笑意的樣子。顯然她們不認爲王后的姊姊有點輕浮隨便。「比起南邊的海岸，伊利亞王國的海岸根本不算什麼。妳有天一定要去看看。」

我微笑並點點頭。我還想多看看這個國家，但不知道有沒有這個機會。不久後，愛黛兒眾多孩子中的其中一位跑上前來，把她拉走，愛蕾娜和麗亞這時才爆笑出聲。

「她是不是很好笑？」麗亞說。

「她看起來很友善。」我聳個肩回答。

「她是個鄉巴佬。」愛蕾娜回答說。「妳應該聽聽她在妳還沒來之前說的那些話。」

「她有那麼不好嗎？」

「簡直讓人想把她丟進禮儀課。詩薇亞怎麼沒把她抓起來？」麗亞輕蔑地說著。

「需要我提醒妳嗎？她是在第四階級的家庭裡長大的，和妳一樣。」我一箭射回去。

她洋洋得意的表情退縮了，似乎想起自己和愛黛兒並沒有什麼不同。不過原本就是第三階級的愛蕾娜則繼續說著。

「我跟妳打賭，如果我贏得后冠，會立刻把家人送去上禮儀課，不然就直接隔離。總之，絕對不會讓他們丟我的臉。」

「有什麼好丟臉的？」我問。

愛蕾娜咬著她的牙。「她喝醉了。史汪登威的國王和王后還在這裡，應該先把她關起來再說。」

我聽夠了，因而忿忿離開，替自己拿些葡萄酒。等我拿了杯子，環顧四周，才發現根本沒有地方讓我想坐下。雖然這裡美麗又有趣，但也徹底讓人憤怒。

我想著愛蕾娜說的話。假如我最後住進皇宮了，我的家人需要改變嗎？我看著那些四處跑來跑去的孩子們，大家追逐著擠成一團。我會不會希望肯娜就做她自己，讓她的孩子們享受這一切，同時也做自己嗎？

住在皇宮裡會爲我帶來多大的改變？

麥克森會希望我改變嗎？這是他親吻其他女孩的原因嗎？因爲他還無法確定自己對我的心意？

接下來的王妃競選，也都會令人如此氣憤嗎？

「笑一個。」

我轉過去，麥克森爲我拍下一張照片，我驚訝地跳了起來。那張出乎意料的照片磨光了我所有耐心，我轉身離去。

「怎麼了嗎？」麥克森問，並將相機放低。

我聳聳肩。

「今天讓我覺得不太想身爲王妃競選的一分子。」我簡短地說。

麥克森老神在在地靠近我，壓低聲音說：「需要聊聊嗎？我現在就可以拉我的耳朵。」他提議說。

我嘆口氣，努力在臉上擠出一抹微笑。「不用，我只是需要靜一靜。」我轉身離開。

「亞美利加。」他輕輕叫著我。我停下來並轉過去。「我做了什麼事嗎？」

我猶豫了。我該問他是否吻了奧莉薇亞嗎？我該告訴他現在我們之間一切都變了，而在這些女孩之中我有多麼緊張？我該告訴他，我不想爲了這一切改變我自己或我的家人嗎？我本來想全部說出來，這時尖銳的聲音從我們身後傳來。

「麥克森王子？」

我們轉過去，是賽勒絲，她正在和史汪登威的王后說話，很顯然她想挽著麥克森的手一起與她交談。她揮揮手，邀他過去。

「你怎麼不快點過去？」我說，那股不耐煩的情緒又從聲音洩露出來。

麥克森看著我。他臉上的表情提醒著我，整件事情本該如此，他不只屬於某一個人。

「小心一點。」我迅速對麥克森行個禮，然後便走開。

我朝著皇宮走過去，路途上看見瑪琳獨自一人坐著。現在我也不想和她在一起，但是我注意到她坐在皇宮後牆的長椅上，在炙熱的陽光下，離她最近的人是一位年輕沉默的衛兵，就站在幾公尺以外的地方。

「瑪琳，妳在做什麼？快去帳篷下吧，不然就要曬傷了。」

她給我一抹禮貌的微笑。「我在這很快樂。」

「不，我說眞的。」我邊說邊拍著她的手臂。「妳看起來會像我的頭髮，妳應該——」

瑪琳用力掙脫我，輕聲地說：「亞美利加，我想在這，我喜歡這裡。」

她的臉上出現緊繃的表情，試著掩蓋一切。我很確定她不是在生我的氣，但是一定發生什麼事了。

「好吧。不過，妳就盡快找個可以遮陽的地方吧。被曬傷會很痛的。」我說，試著隱藏我的挫折感，然後往皇宮走去。

一進到裡面，我決定去仕女房，我不能離開太久，而且至少那個房間裡面沒人，但是我一入內，便發現愛黛兒就坐在窗戶附近，看著那向外延伸展開的景色。我進去時，她轉過來，給我一個小小的微笑。

我走過去，坐在她身旁。「妳躲在這啊？」

她微笑著。「有點。我想認識妳們所有人，也想再看看我的妹妹，但是我討厭這一切變得像正式聚會，這會讓我很緊張。」

「我也不怎麼喜歡這種場合，我無法想像無時無刻不做這些事情。」

「我猜，」她懶懶地說，「妳是那個第五階級吧？」

她說這句話的感覺並不像是輕視，比較像在問我是否也是同類。「是啊，就是我。」

「我記得妳的臉。妳在機場的時候眞是太可愛了，那也很像她會做的事。」她說，並對著窗戶外王后的方向點點頭。她嘆了一口氣。「我不知道她是如何辦到的，她比大多數人知道的堅強。」我看著她拿起一杯葡萄酒輕輕啜飲。

「她看起來很堅強，但也很高貴優雅。」

愛黛兒露出笑容。「是啊，但不只是這樣的，看看她現在的樣子。」

我看著王后，注意到她的視線正沿著草坪看過去，我跟著她的視線，她正看著麥克森。他站在賽勒絲身旁和史汪登威的王后說話，他的一位表弟正抓著他的腳。

「他本來會是個好哥哥或好弟弟的。」她說。「安柏莉曾經流過三次產，兩個在生他之前，一個在生他之後。她告訴我，她還常常想起這些事。而我卻生了六個小孩，所以每次出現時，我都有點罪惡感。」

她轉過來。「妳知道什麼能讓她開心嗎？妳們讓她開心。妳知道她最期待的是什麼嗎？一個女兒。她知道當一切結束的時候，她會有兩個孩子。」

我的視線再度從愛黛兒移到王后身上。「妳這麼覺得嗎？她看起來有些距離，我還沒有機會和她說話。」

愛黛兒點點頭。「等等吧。她是害怕和妳們所有人建立起情感，然後又得看著妳們離開。等到人變少一點的時候，妳就知道了。」

我再次看著王后，然後是麥克森，接著是國王，最後再看著愛黛兒。

腦袋中浮現好多事情，家人就是家人，無論他們的階級爲何。身爲人母，都有她們各自擔心的事。我眞的不討厭這裡的其他女孩，就算她們錯得離譜。外面的每個人，肯定都勇敢地表現出自己的樣子，每個人都有自己的理由。最後我想到麥克森對我許下的承諾。

「不好意思，我得去和某個人說話。」

她啜著葡萄酒，對我快樂地揮揮手，示意讓我離開。我離開房間，回到烈日下的花園裡。我四處搜尋了好一會兒，發現麥克森的小表弟繞著樹叢、追著他跑。我微笑著，並慢慢接近他們。

這時候麥克森正停下來，在空中揮手，承認自己被打敗。他一邊笑著，轉過來的時候看見了我，臉上仍然是大大的微笑，但是當我們眼神交會，他的笑容就消失了，他看著我的臉，尋找著我心情的表徵。

我咬著唇，低下頭來。很顯然，身爲王妃競選的一分子，我會煩惱自己的未來如何，是因爲我得處理許多無法準備的情緒。然而，我必須接受，我必須努力不讓這一切呈現在他人面前，特別是麥克森。

我想到王后。她同時得接待來訪的元首、家族成員，還有一大群嘰嘰喳喳的女孩們。她努力讓一切事情順利，不問任何原因。她協助丈夫、兒子，還有整個國家。但表面之下，她是個第四階級，她忍住自己的悲傷，不讓她原生家庭的階級，或是當前的傷痛阻礙她做任何事情。

我的視線低下來，看著麥克森，露出微笑。他也緩緩地以微笑回應我，並對小男孩低聲說些話，請他們先離開。他伸手拉拉耳朵，我也做出相同動作。

20

王后的親戚住了幾天，史汪登威王國的訪客則留了一整個星期，他們還錄了一小段報導，討論國際關係與動向，促進兩國更加和平的關係。

我進宮也一個月了，已經完全適應這裡的生活，面對新的季節，我的身體覺得舒暢無比，皇宮的溫暖令人有如置身天堂，像假期一般。九月就快要結束，傍晚天氣會變冷，但還是比家鄉暖和。這個廣大寬敞的空間在我眼裡已經不再神秘。高跟鞋踏在大理石上的聲音、水晶玻璃碰撞的聲音、衛兵行走的聲音——開始變得一般，就像冰箱發出的嗡嗡聲，或是傑拉德在家裡樓上踢足球的聲音。

與皇室成員用餐以及待在仕女房的時間，已經變成時程表內的主題，但是每天當中，我總會拿去做些新的事情。我花很多時間練習音樂，宮中的樂器比我家裡的樂器高級，我必須承認，它們會把我給寵壞，這些樂器的音質好得無法想像。仕女房也變得有趣許多，因爲王后已經現身兩次。她還沒有眞的跟誰說過話，但她坐在一張很舒服的椅子上，侍女則在一旁陪伴，看著我們閱讀或交談。

大致上來說，我們對彼此的敵意稍稍沉澱，也越來越習慣彼此。之前拍攝的照片，經雜誌社挑選後的結果，我很驚訝自己竟然是領先者之一。瑪琳是第一名，還有克莉絲和塔汝拉，貝瑞兒緊追在後。聽見這個消息後賽勒絲好幾天沒跟貝瑞兒說話，但最後大家也讓這件事過去了。

最令大家感到緊張的，依舊是那些一點點四處飄散的傳言。誰最近又跟麥克森在一起，忍不住滔滔不絕說著她們的小插曲。依每個人描述的方式看來，麥克森可能得娶六、七個老婆，但是這場競選中，不可能每個人都脫穎而出的。

舉例來說，瑪琳又和麥克森約了好幾次會，這讓大家坐立不安，然而她約會後的反應從來不像第一次約會後那麼興奮激動。

「亞美利加，如果我告訴妳這件事，妳必須答應不能告訴任何一個人。」我們走在花園時她對我說。我知道這是很嚴肅的事。她一直等到我們遠離仕女房的聽力範圍，衛兵也看不見我們的時候才說。

「當然。瑪琳，妳還好嗎？」

「我還好，我只是……需要妳給我一些意見。」她的臉上盡顯擔憂。

「怎麼了啊？」

她咬著嘴唇。「是麥克森。我不確定我們是不是會合得來。」她低下頭。

「妳怎麼會這樣想呢？」我關心問。

「嗯，以剛開始的狀況而言，我……完全沒有任何感覺，妳懂嗎？沒有火花，沒有連結。」

「那只是因爲麥克森有點害羞，妳得給他一些時間。」這是眞的。我很驚訝她竟然不知道他這點。

「不，我是說，我不覺得我喜歡他。」

「喔。」這情況截然不同。「妳有試著去喜歡他嗎？」這是什麼爛問題。

「有啊！很努力！我不斷等著那個時刻的來臨，想他可能會說些什麼話，或做些什麼事，讓我覺得我們好像有什麼共通點，但從沒發生過。我覺得他很帥，但是那不足以建立關係。我甚至不知道他喜不喜歡我。妳知不知道他喜歡怎麼樣的類型？」

我思考著這個問題。「我不知道，說眞的，我們從沒聊過他在找什麼樣外型的女孩子。」

「然後還有一件事！我們從來不聊天。他總是不停地和妳說話，但我們好像總是無話可說。我們大部分的時間都靜靜地看電視、電影，或是玩牌。」

這一刻，她看起來更加擔心。

「有時候，我們在一起也很安靜。有時候，我們只是坐著，什麼話也沒說。而且，那樣子的感覺並不總是過了一夜就會憑空出現的。也許妳只是需要慢慢來。」我努力讓自己聽起可信度十足——瑪琳幾乎要落淚了。

「老實說，亞美利加，我想我還在這裡的唯一理由只是因爲人民非常喜歡我，我想他們的意見對他來說很重要。」

我從來沒想過這點，但這似乎是眞的。之前，我不大顧慮他們的意見，但是麥克森很愛他的人民。在選擇王妃這件事情上，人民可能有著比他們想像中更大的影響力。

「而且，」她低聲說，「我們之間的一切，感覺就是好……空洞。」

她的眼淚撲簌簌地滴下來。

我嘆著氣並給她一個擁抱。說眞的，我希望她能留下來，和我一起在這裡，但如果她不愛麥克森……

「瑪琳，如果妳不想和麥克森在一起，我想妳必須告訴他。」

「喔，不，我不覺得自己可以這麼做。」

「妳得這麼做。他不想娶一個不愛他的人，如果妳對他沒有感覺，妳必須讓他知道。」

她搖搖頭。「我不能要求離開！我得留下來。我不能回家……不是現在。」

「爲什麼，瑪琳？是什麼原因讓妳留在這？」

這一瞬間，我納悶瑪琳是否和我一樣，有著不爲人知的秘密。或許她也有一個必須遠離的人，唯一的差別是，麥克森知道我的故事。我希望她說出來！我想知道，我不是唯一一個身陷窘境，必須一直待在這裡的人。

但是瑪琳的眼淚倏地停止，彷彿一切都沒發生過。她擤了擤鼻子，打直身體，順順身上的小禮服，肩膀挺了起來，轉過來面對著我，臉上強拉起一抹微笑，然後開口說話。

「妳知道嗎？我想妳說得沒錯。」她開始往後退。「我很確定，只要再花多點時間，一切會越來越順利。我得走了，蒂妮還在等我呢。」

瑪琳小跑步回去皇宮。她到底發生什麼事情了？

隔天，瑪琳避著我，再隔天也是一樣的情況。我特地坐在仕女房內，隔著一個安全的距離，無論我們何時碰見對方，我都會向她打個招呼，我希望她知道，她可以信任我，我不會逼她說。

過了四天之後，她才給我一個悲傷但了然於心的笑容。我只是點點頭。無論瑪琳發生了什麼事，能說的，好像也就僅止於此。

就在同一天，我坐在仕女房內時，麥克森找我，我跑了出去給他一個大擁抱。如果說我不開心，那眞的是在騙人。

「麥克森！」我來到他身邊，喘著氣說。我往後退時，他有一點手足無措，而我知道爲什麼。那天我們離開史汪登威國王夫婦的接待區，進到室內談話，我向他坦承自己的心情還是紛亂不已，相當難熬。我要求他，等到我的感覺更確定之後，再親吻我。我看得出來他很受傷，但還是點頭答應，並且沒有違背他的承諾。當他表現得像我男朋友（但顯然他不是）時，我實在無法理解這種感覺。

在卡蜜兒、米凱拉和蕾拉被送回家之後，還剩下二十二名女孩。卡蜜兒和蕾拉兩個人就是互不相容，離開的時候很低調。兩天之後，米凱拉的思鄉病加劇，早餐時，她毫無預警地放聲哭泣，麥克森從房間一路護送她出去，一路上都拍拍她的肩膀。面對她們的離去，他看起來也還好，而且很高興能專心在其他候選人身上，其中也包括我自己。但是他和我都知道，如果他完全把心思放在我身上，那就太蠢了，因爲連我都不確定自己的心意爲何。

「妳今天好嗎？」他問，並往後退了一步。

「很好啊，當然。你在這裡做什麼？你不是應該在工作嗎？」

「基礎建設委員會的主席生病了，所以會議延期。我整個下午就像一隻自由的小小鳥。」他的眼神散發光采。「妳想做什麼？」他問，並把他的手臂伸出來給我。

「都可以！皇宮裡還有很多地方我沒去過。這裡有馬吧？還有電影院，你也還沒帶我去過。」

「就這麼辦吧。我可以找些放鬆的事情來做，妳最喜歡哪種電影？」他邊問，我們邊往地下室的樓梯井走去。

「其實我也不太曉得。我沒有看過很多電影，但我喜歡愛情小說，也很喜歡喜劇！」

「妳是說羅曼史嗎？」他挑著眉，一副圖謀不軌的樣子，我忍不住笑出來。

我們轉了個彎，繼續說話。我們靠近的時候，一大群皇宮衛兵往走廊的一邊靠過去，並行敬禮姿勢，走廊上站了超過十二個人，現在我已經很習慣他們，即使看見一大群衛兵，也不會讓我從與麥克森相處的快樂時光中分心。

令我停下來的原因是，我們經過時，有個衛兵發出一聲驚嘆，於是麥克森和我同時轉過去。

艾斯本就站在那。

我也倒抽一口氣。

幾個星期前，我聽見皇宮裡一些行政官員提到徵兵的事，我想到艾斯本，但因爲那時我已經遲到，趕著去上詩薇亞的課，所以也就沒多想。

所以他最後還是加入軍隊。而他可以去的營區有這麼多……

麥克森發現異狀。「亞美利加，妳認識這名年輕男子？」

我已經超過一個月沒看到艾斯本，但這確實是那個我會記著好多年的人，那個還時常造訪我夢中的人，他的一切還清楚烙印在我心中。他看起來變強壯了，應該吃得很好，而且運動量也很大。他散亂的頭髮剪短了，簡直判若兩人。以前他總是穿著爛到快散掉的二手衣，現在他穿著亮眼、合身的衛兵制服。

此刻的他看起來既陌生也熟悉。即便這麼多的地方變了，但他的雙眼……還是艾斯本的雙眼。

我的視線落在他的制服上的名牌，上頭寫著：萊傑軍官。

我想，我呆了一秒鐘。

我保持著平靜的態度，沒人看得出我內心的波瀾起伏——這對我來說還眞是奇蹟。我想撫摸他，親吻他，對他大叫，要他離開我的聖殿。我想就此融化消失，卻強烈感覺到自己在這裡。

不能做那些事情，太沒道理了。

於是我清清喉嚨。「是的。萊傑軍官來自卡洛林那省，其實他和我來自同個小鎭。」我對麥克森微笑著說。

毫無疑問艾斯本有聽見我們經過轉角時的笑鬧聲，也注意到我正挽著王子的手臂，就讓他想成那個樣子吧。

麥克森為我感到興奮。「嗯，原來是這樣啊！歡迎，萊傑軍官，你一定很高興能再次見到代表家鄉的候選者吧。」麥克森伸出手，艾斯本也與他握手。

艾斯本的臉嚴肅到像個石頭。「是的，王子殿下，我很高興。」

「想必你也會為她加油吧。」麥克森鼓勵地說，並對我眨眨眼。

這是什麼意思？

「當然，王子殿下。」艾斯本微微低頭行禮。

這又是什麼意思？

「非常好。既然亞美利加是來自你們省的，除了你以外，我想不到還能把她放心交給誰。我會讓你成為她的輪班守衛。你們家鄉的這個女孩拒絕讓侍女留在房間整個晚上，我已經告訴過她了……」麥克森頭轉向我。

艾斯本看起來總算是比較放鬆。「您說的並不令人意外，王子殿下。」

麥克森微微一笑。「嗯，我想你們今天應該還有很多事要忙，我們就先離開了，軍官們，祝你們有個美好的一天。」麥克森迅速點頭，並拉著我離開。

我用盡全身意志力，才阻止自己回頭看。

漆黑的電影院裡，我努力想著該怎麼辦。那天晚上我告訴麥克森關於艾斯本的事情時，他已經說得很清楚，說他討厭任何不珍惜我的人。如果我告訴麥克森，那位他剛剛指派來看顧我的男孩，就是不珍惜我的人，他會懲罰他嗎？我不會告訴他的。當初我只是告訴他飢餓的故事，他就立刻在全國設置救援系統……

所以我不能告訴他，我不會告訴他。因為我曾經如此瘋狂地愛著艾斯本，我無法讓他受到任何傷害。

那我該離開嗎？矛盾的情緒拉扯著我的心。我可以逃離艾斯本，遠離他那張臉，因為我知道他不再屬於我，這就足以每天折磨我。但如果我離開了，我也就得離開麥克森，麥克森是我很好的朋友，甚至……還超過了一點點。我不能就這樣離開，而且我要怎麼向他解釋原因？無論如何都會提到艾斯本的。

還有我的家人。也許現在他們收到的支票金額少了些，但也不無小補。玫兒寫信來說，爸爸已經承諾今年會度過一個豐盛的聖誕節。我很確定離開這裡之後，就無法確定能再有如此豐盛的聖誕節了。如果我離開，過去的名氣又能爲我的家庭帶來多少收入？我們必須趁現在盡力存錢。

「妳不喜歡這部電影吧？」將近兩個小時後，麥克森問道。

「嗯？」

「這部電影。看妳都沒笑，也沒什麼反應。」

「喔。」我試著想出一點電影的內容，或是一個令我享受其中的場景，但什麼也想不起來。「我有點不舒服，抱歉浪費了你一個下午。」

「別這麼說。」麥克森揮揮手，想趕走我那無精打采的態度。「我很喜歡有妳陪，或許晚餐前妳應該先小睡一下，妳看起來很蒼白。」

我點點頭，想著回到房間後我就再也不要出來了。

21

後來，我並沒有躲在自己房間，而是選擇到仕女房。以往在一天之中，我會進進出出好幾次，可能是去圖書館、和瑪琳散步，或是上樓回房找侍女們。但現在我把仕女房當成洞窟，這裡沒有讓我心煩意亂的男孩，沒有王后允許，連衛兵都不准入內，非常理想。

這個理想的狀態如此持續了三天。宮中的女孩們人數眾多，早晚會輪到誰過生日，而克莉絲的生日就在這個星期四，我猜她會向麥克森提起，而麥克森這個人向來不會錯過這種送禮、獻殷勤的好機會，所以他為克莉絲辦了個生日派對，並要求所有王妃候選者都得參加。星期四當天，女孩們瘋狂穿梭於彼此的房間，打聽對方要穿什麼或是討論這派對會有多盛大。

雖然沒有強制送禮，但我還是會聊表心意。

生日派對那天，我穿上最喜歡的小禮服，拿起小提琴，躡手躡腳地往大廳前進，我四處張望，仔細思考後決定繼續走。進入房間，我再次掃瞄靠著牆壁站的衛兵們，幸好沒看見艾斯本。看見那麼多穿著制服的男人，我忍不住咯咯發笑。難道他們以為稍晚會有暴動嗎？

大廳布置得美輪美奐。牆上掛著特別的花器，裡頭裝著黃白花朵相間的大花束，房間四周也有類似的花束。窗戶、大牆和所有固定不動的物體大抵都以花環裝飾。幾張小桌子拉出來，上頭鋪著明亮的亞麻布料，一點點閃閃發亮的五彩碎紙撒落在桌上。椅背上打了蝴蝶結。

一座與室內色彩相襯的大蛋糕，安置在房間的一角，等待分食。旁邊的小桌則放著送給壽星女孩的禮物。

弦樂四重奏樂團靠在牆角，讓我的禮物顯得多餘。一名攝影師在房間內到處走動，捕捉讓觀眾欣賞的那一瞬間。

整個房間的氣氛歡欣愉悅。目前爲止，一直只和瑪琳熟稔的蒂妮，也開始和艾美加及珍娜說話，這是我看過她最有活力的樣子。瑪琳則是在窗邊徘徊，就像站在牆邊的衛兵們，她輕鬆與每個經過的人聊天。一群第三階級女孩：凱蕾、伊莉莎白，以及艾蜜莉，轉過來對我揮手微笑，我以相同的舉動回應她們，今天每個人看起來都好友善、好快樂。

除了賽勒絲和貝瑞兒。通常誰也沒辦法將這兩個人分開，但今天，她們各踞房間一端，貝瑞兒和莎曼珊聊天，賽勒絲則獨自一人坐在桌前，拿著一只裝著深紅色液體的水晶玻璃杯。顯然，昨天晚上到今天下午的這段時間，我肯定錯過什麼了。

我再度拿起我的小提琴箱，往房間的後面走去，然後看見瑪琳。

「嗨，瑪琳。這還眞是盛大，妳說是嗎？」我把小提琴放下來問道。

「確實是啊。」她給我一個擁抱。「我聽說晚一點麥克森會過來，親自祝福克莉絲生日快樂。是不是很貼心？我猜他一定也有準備禮物。」

瑪琳用她一貫熱情的口吻說道。我還是很好奇她的秘密究竟是什麼，但是我相信，如果她眞的想講，她會主動提起的。我們聊了些不著邊際的話，過了幾分鐘，我們聽見最前方傳來一陣喧囂吵鬧的聲音。

瑪琳和我同時轉過去。瑪琳的態度鎭定，我則像顆洩氣的皮球。

克莉絲所選的服裝可說是別出心裁。大家都穿著小禮服，她卻穿著長及地板的禮服，長度還不算什麼，更重要的是她的禮服是接近純白的奶油白色，頭髮戴上一排黃色珠寶，像極了一頂后冠的樣子。她看起來就像是皇室的新娘子。

雖然我還不完全了解自己的心意爲何，但我感覺到嫉妒的痛苦。我們之中沒有任何人可以享受類似的時刻。無論還有多少派對和晚宴，試圖模仿克莉絲的打扮只會讓自己顯得可悲。我看見賽勒絲的手緊握成拳頭。

「她看起來眞的好美。」瑪琳憂愁地說著。

「不只是美。」我回答她。

派對持續進行，瑪琳和我大部分只是在觀察人群。令人驚訝的是，賽勒絲竟然緊緊跟著克莉絲，和她聊天聊個沒完，還陪她繞過整個房間，感謝每個出席參加派對的人，還眞是起人疑竇。

最後，她走到後面角落，也就是瑪琳和我站在一起的地方，我們正沐浴在窗戶灑落的溫暖陽光之中。瑪琳如她一貫的作風，伸手環抱克莉絲。

「生日快樂！」她熱情地祝賀。

「謝謝妳！」克莉絲回應瑪琳。

「所以妳今天就滿十九歲了？」瑪琳問道。

「是啊。我想不到還有什麼更好的慶祝方式。我好高興他們來拍照。我媽媽會愛死這一切！雖然我們自己辦的也不錯，但是我們沒錢買像這樣的東西。眞是太美了！」她滔滔不絕說個不停。

克莉絲是第三階級，相較於我，她想做什麼其實沒有什麼限制，但我想今天這種規模的派對對她而言肯定也不容易。

「眞的很厲害。」賽勒絲評論道。「像去年我生日的時候，我們辦了個黑白主題派對，只要身上出現任何一點點色彩，一律被擋在門外呢。」

「哇。」瑪琳低聲說，簡短的一個字流露出一絲嫉妒。

「那場派對眞的很棒。美味的料理、戲劇性的燈光，還有音樂也無懈可擊！嗯，我們那天請泰莎．譚堡特地飛來一趟，妳們聽過她嗎？」

怎麼可能沒聽過泰莎．譚堡。她有十幾首熱門流行歌曲。有時候我們會在電視上看見她的音樂錄影帶，不過她總是令我媽皺眉，我媽認爲我們絕對比泰莎這種貨色要有才華，令媽媽痛苦至極的是，泰莎享有名氣和財富，我們卻沒有，根本沒辦法像她一樣。

「她是我最崇拜的人！」克莉絲大聲說。

「嗯，泰莎跟我們家交情很好，所以她過來，在我的派對上辦了場演唱會，畢竟我們總不能請一群討人厭的第五階級在那邊聲嘶力竭地唱歌。」

瑪琳迅速往旁邊瞄我一眼。我看得出來，她爲我感到困窘。

「啊。」賽勒絲看著我說，「我忘記了，絕無冒犯之意。」

她假惺惺的聲音，更加令人惱怒。又一次，我眞的好想打她……最好別再說下去。

「別在意。」我盡力表現冷靜的樣子。「那麼，賽勒絲，身爲第二階級，妳究竟是做什麼的？像我就沒在廣播上聽過妳的音樂。」

「我是模特兒。」她的口氣聽起來好像我很落伍。「妳沒看過我的廣告嗎？」

「沒這印象。」

「喔，也是，妳是第五階級，大概買不起雜誌。」

很傷人，因爲這是實話。玫兒好喜歡翻翻那些雜誌，所以我們總是想辦法逛逛商店，卻無法買下任何一本。

克莉絲重拾她第一女主角的身分，轉移我們的話題。

「亞美利加，妳知道嗎？我一直都很想問妳，身爲第五階級，妳主要是做什麼工作的呢？」

「音樂。」

「妳應該常演奏給我們聽的！」

我嘆了口氣。「有啊，我今天帶了小提琴來，想爲妳演奏，我想這會是個很好的禮物，但是妳顯然已經有了四重奏樂團，所以我想——」

「喔，爲我們演奏嘛！」瑪琳央求著說。

「拜託，亞美利加，這是我的生日耶！」克莉絲附和著說。

「但是他們已經爲妳準備——」不管我怎麼抗議，克莉絲和瑪琳已經要四重奏樂團先安靜下來，然後要每個人到房間的後面。有些女孩們坐在地板上，讓裙襬攤在地上，其他女孩們拉了幾張椅子朝角落走過來，克莉絲站在人群中間，興奮地抓緊手，賽勒絲站在一旁，手裡拿著水晶玻璃杯，裡面的飲料一口都沒喝。

女孩們一邊調整自己的坐位，我一邊準備小提琴。剛才在演奏的四重奏樂團中的年輕男子走過來幫忙我，幾位侍者在房間內走動，要求大家安靜。

我深吸一口氣，小提琴帶到下巴的下方。「獻給妳。」我看著克莉絲說。

我讓琴弓停在弦上好一會兒，閉上雙眼，然後讓音樂從我手上的提琴傾瀉而出。

在這個時刻裡，我的世界沒有邪惡的賽勒絲，沒有埋伏在皇宮裡的艾斯本，也沒有試圖入侵的反叛軍。我的世界裡只有一個接一個的完美音符，它們串連著彼此，彷彿害怕會迷失在時間裡，失去彼此，但是它們緊緊相依，在空中流動著。這份本來要給克莉絲的禮物，好像成了給我的禮物。

我或許是來自第五階級，但並非無用之人。

我演奏著這首樂曲，它帶來一股熟悉感，如同爸爸的聲音，或是我房間的氣味，眞是段短暫而美麗的時光，卻總有曲終的一刻。我最後一次將琴弓劃過琴弦，琴弓高舉在空中。

我轉過去看著克莉絲，希望她很享受這個禮物，但我連她的臉都沒看見。在那群女孩後面，麥克森走進來，他穿著一身灰色西裝，手臂下抱著一個送給克莉絲的盒子。女孩們友善地鼓掌喝采，但我聽不見那些聲音。我只看見麥克森臉上露出帥氣又驚訝的表情，接著慢慢漾起一抹微笑，不爲別人只爲我的微笑。

「王子殿下。」我行個禮說。

其他女孩們也站起身向麥克森問好。就在這時，我聽見一聲慘叫。「喔，不！克莉絲，我很抱歉。」

幾個女孩朝著同個方向，倒抽一口氣，當克莉絲轉過來面對我時，我知道爲什麼了。她的裙子正面被弄髒了，因爲賽勒絲猛烈推擠她，克莉絲那樣子看起來彷彿被人刺傷而流了血。

「對不起，我轉身轉太快，我不是故意的，克莉絲，讓我幫妳。」對一般人而言，賽勒絲的語氣可能聽起來很眞誠，但我早就看穿她。

克莉絲搗著嘴，開始哭泣，然後跑出房間，派對也就這麼結束了。依麥克森的個性，他一定會追過去安慰，不過我眞的希望他能留在這裡。

賽勒絲辯解著剛才發生的事，說那眞的完全是個意外。菀絲黛點點頭，說她看見整件事的經過，但大部分的人受不了她說不完的謊言，所以她再怎麼努力尋找支持者也沒有意義。我悄悄收起小提琴，準備離開。

瑪琳抓著我的手臂。「應該要有人給她點教訓了。」

如果賽勒絲能讓安娜這麼可愛的女生訴諸暴力，或是認爲強行脫掉我的禮服也沒關係，或是讓瑪琳這麼友善的女孩接近暴怒，那麼也許她對整個王妃競選而言就太沉重了。

我得把這個女孩趕出皇宮。

22

「麥克森，這不是個意外。」我們又在花園裡打發時間，等待《報導》開始。我花了一整天才找到一個跟他說話的機會。

「但是她看起來滿臉歉意。」他反駁說。「爲何不是一場意外？」

我嘆了一聲。「我每天看見賽勒絲，那就是她鬼鬼祟祟的小伎倆，她想毀了克莉絲在鎂光燈下的重要時刻。她就是這麼用盡心機。」

「嗯，如果她想把我的注意力從克莉絲身上移開，那麼她失敗了，我花了將近一個小時陪那女孩。我自己也度過很愉快的時光。」

我並不想聽這些。我知道我們之間有點平淡無力，但我現在並不想做出任何會改變現況的事。至少在我知道自己的心意前，我不會那麼做。

「那安娜怎麼辦？」我問。

「誰？」

「安娜．法默啊？她打了賽勒絲，然後你把她從候選名單中除名，記得嗎？我知道是有人挑釁安娜。」

「你有聽見賽勒絲說什麼嗎？」他的語氣充滿疑惑。

「嗯……沒有。但我知道安娜是什麼樣的人，我也知道賽勒絲是什麼樣的人。安娜不是會直接訴諸暴力的人，賽勒絲一定對她說了什麼冷血無情的話，她才會這樣。」

「亞美利加，我知道妳與那些女孩子們相處的時間比較長，但是妳又有多了解她們？妳總是躲在圖書館或是妳的房間裡，我敢說比起王妃候選者們，妳更了解妳侍女們的個性。」

或許他說得沒錯，但我不會放棄。「這不公平，我對瑪琳就很了解，不是嗎？你不覺得她人很好嗎？」

他做了個表情。「是啊……我想她人很好吧。」

「那為什麼這次你不相信我？賽勒絲根本就是故意的！」

「亞美利加，我不是不願意相信妳。我相信妳有妳的看法，但是我知道賽勒絲也很抱歉，而且她對我很親切，不像妳說的那樣。」

「我想也是。」我壓低聲音喃喃自語。

「夠了，」麥克森嘆口氣說，「我現在不想談其他人。」

「麥克森，她還試圖扯掉我的禮服耶。」我抱怨說。

「我說，我不想討論她。」他嚴肅地說。

所以是我自作自受囉。我氣得舉起手臂，然後又讓手臂垂下，重重地打在我的雙腿上。我眞的要被打敗了，我好想大叫。

「如果妳繼續這樣下去，我會去找其他眞正希望我陪伴的人。」他說完便離開。

「嘿！」我叫道。

「別說了！」他轉過來看著我，用我未曾聽過的嚴肅語氣說：「亞美利加小姐，妳忘記妳的身分了。妳最好記得我才是伊利亞王國的王儲。無論妳的意圖與目的爲何，我將是這個國家的最高統治者。如果妳認爲妳能在我自己的家中，這樣對我，那就是藐視我的身分。妳不必同意我的任何決定，但是妳必須遵從這一切。」

他轉身離去，可能沒看見，也可能根本就不在乎我的眼眶裡有淚水。

晚餐的時候，我沒有看他，但是在《報導》上就很難忽略他。我發現他看了我兩次，兩次他都拉了耳朵，我沒有回應他，我現在不想和他說話，反正我也只會被罵得更慘，我不需要自取其辱。

麥克森太令我難過了，結束後我便直接上樓回房。我的思緒很混亂。爲什麼他不相信我？他認爲我是個騙子嗎？還是他認爲就算賽勒絲說謊也沒關係？

說穿了，麥克森也只不過是個男人，賽勒絲這樣的美女，就會是最後的勝利者。說什麼心靈伴侶，根本只想找個床伴吧。

但如果他是這種人，我何必庸人自擾。笨蛋、笨蛋、笨蛋！我還親了他！我還告訴他我會有耐心！到底是爲了什麼？我只是——

我轉個彎到了我的房間，艾斯本站在那裡，在我的房門外等候。一切的憤怒化爲不確定。根據規定，衛兵必須雙眼直視前方，維持注意力。但是他正看著我，臉上的表情高深莫測。

「亞美利加小姐。」他低聲說。

「萊傑軍官。」

雖然這並非他的工作，但他還是傾身向前爲我開門。我慢慢走過去，幾乎不敢轉過去，很怕他不是眞的。我一向很努力不讓他出現在我的腦中和心中，但我只希望這一刻他能在我身邊。經過的時候，我聽見他在我的頭髮邊吸著氣，我的身體感覺一陣寒冷。

他定睛看我一眼，令我整個人動彈不得，然後便緩緩爲我關上門。

無法入眠。麥克森離我好遠，而艾斯本就在門外。這些問題在我腦中交戰，令人輾轉難眠。我束手無策，思緒逐漸消磨殆盡。我反覆思考這些問題，一直到凌晨兩點左右。

我發出一聲嘆息。侍女們明天得用盡心思，才能把我弄得好看點。

突然間，我看見走廊上的燈光流洩進來，安靜得彷彿像在夢中，艾斯本打開門，走進來，然後把門關上。

「艾斯本，你在做什麼？」他走過房間時我低聲說。「如果被抓到在這裡，你就完蛋了！」

他靜默不語，繼續往前走。

「艾斯本？」

他在我的床前停下來，悄悄把他手中的長棍放在地上。「妳愛他嗎？」

我望著艾斯本深邃的雙眼，黑暗中幾乎看不見。有那麼一秒鐘，我不知道該如何回答。

「不。」

他把我的毯子瞬間一拉，動作優雅又精準。我應該要大聲呼救，但我沒有，他的手放在我的後腦，把我的臉推向他。他熱情吻我，世界上一切的美好，都停駐在此刻。他身上不再散發著家裡自製香皀的氣味，他比以前更強壯，但是每個動作、每次觸摸都是熟悉的。

「要是被他們發現你做的事，你會被殺的。」我暫停下來，呼吸著，他的嘴唇往我的頸部移動。

「如果不這麼做，我也會死的。」

我努力拾起自己的意志力，要求他停止，但我知道再怎麼努力，也只是無心的抵抗。這一刻眞的是錯得離譜──我們打破了這麼多規定，而且就我所知艾斯本還有另一個女朋友，而麥克森和我對彼此也有特殊的感覺──但是我不在乎，我好氣麥克森，而艾斯本讓我如此熟悉，我讓他的手在我的雙腿之間游移著。

這一次的相聚令人醉心，我們從未擁有過這麼大的空間。

即使有人讓我分心，我還是感覺得到每一件事都擠在我的腦中。我氣麥克森，也氣賽勒絲，甚至也氣艾斯本。整個伊利亞王國都令我憤怒。我們不停地親吻，親著親著，我就開始哭泣。

艾斯本繼續親吻著我，過不久，他的淚水也混在一起了。

「我恨你，你知道嗎？」我說。

「我知道，亞美，我知道。」

亞美。當他那樣撫摸我，叫我的名字，我感覺自己像在世界之外的地方，就算我如此難過，艾斯本仍然令人感覺像家一樣溫暖。

我們如此持續了十五分鐘，然後艾斯本想起自己的職責。

「我得回去了，輪班的衛兵會來等我。」

「什麼？」

「這裡有衛兵會隨機來輪班，我可能有二十分鐘，也可能有一個小時，如果是個短輪班，那我只剩下不到五分鐘。」

「那快點！」我催促他，和他一起跳起來，幫他把頭髮整理好。

他抓了他的長棍，我們一起跑出去，在他打開門之前，他把我拉進懷裡，再度親吻我。那個吻彷彿一道純粹的陽光，在我的血管裡流動著。

「我不敢相信你在這裡。」我說。「你怎麼會擔任皇宮衛兵？」

他聳聳肩。「結果證明我天生就是這塊料。他們用飛機將大家載到一個叫作懷特斯的地方受訓。亞美利加，那個地方到處都是白雪覆蓋！不像我們家鄉那樣吵吵鬧鬧的。所有新衛兵都得補充營養、接受訓練、通過測試。他們還替我們打針注射，但不知道是什麼東西，總之我很快成爲一個強壯的士兵，而且我很聰明，我的測驗成績是班上最高分。」

我露出驕傲的微笑。「完全不意外。」我再次親吻他，艾斯本總是那麼優秀，過第六階級的生活，實在太可惜。

他打開門，檢查走廊上的狀況，看起來是空無一人。

「我有好多話想跟你說，我們得談談。」我低聲說。

「會的。會花點時間，我會回來的，但不是今晚，我不知道會是什麼時候，很快就是了。」

他再次親吻我，好用力，我都覺得痛了。

「我很想妳。」他對著我的嘴唇低語，然後回到站崗的位置上。

我昏昏沉沉地走回床上。我無法相信自己剛剛做了什麼事。有部分的我——非常憤怒的那個部分——感覺對麥克森做了小小的報復。如果他想縱容賽勒絲、羞辱我，我待在王妃競選的時間也不會太久了。如果她能如此逃避規範，那我也不會再客氣什麼了。

我被這些情緒累壞了，於是沉沉入睡。

23

隔天早上，我醒來之後有一點罪惡感，甚至是有點害怕。即使麥克森對我拉耳朵，我沒回應，他也可以隨時造訪我的房間，我們很容易就會被抓到。如果任何人知道我做了什麼事情……

這是叛國罪，而皇宮處置叛國罪的方法只有一種。

但是有部分的我並不在乎。在我醒來，那模模糊糊的時刻，艾斯本的每個眼神、每次觸摸、每個親吻，都讓我重新活過來似的，我好想念那一切。

我希望我們有多點時間交談，我眞想知道艾斯本在想什麼，雖然昨天晚上我已經有些線索了。但還是令人難以置信，在這麼努力地忘掉他之後，他還想要我。

今天是星期六，我應該去仕女房，但我受不了那裡。我必須思考，我知道在樓下只會有沒完沒了的聊天聲，絕對沒辦法思考。侍女們來找我時，我跟她們說我頭痛，今天想待在床上。貼心的她們端食物來給我，打掃房間時也盡量安靜，欺騙她們令我良心不安。但我必須這麼做，我的心幾乎被艾斯本占據了，我無法面對王后、其他女孩，還有麥克森。

我閉上雙眼，但並沒有入睡，我試著釐清自己的感覺，但是還沒思考多久，便傳來一陣敲門的聲音。我翻過身，看見安的臉，她小聲問是否該去應門。我很快坐起來，順順頭髮，並對她點頭示意。

我祈禱不是麥克森。我很怕他從我的表情看出端倪，發現我的錯。但我也還沒料到會是艾斯本。我發現自己驚訝地坐直身子，希望侍女們沒注意。

「不好意見，小姐。」他對安說。「我是萊傑軍官，我來找亞美利加小姐通知安全措施內容。」

「請進。」她說，她的微笑比平時還明亮，然後示意艾斯本進來。我看見角落邊瑪莉正推著露西，露西則小聲地咯咯笑著。

艾斯本聽見聲音後，轉過去對著她們，脫下帽子向她們打招呼。

露西低下頭，瑪莉的臉比我的頭髮還紅，但是她們都沒答話，雖然安看起來也是爲艾斯本英俊的外表著迷，但她夠理智，最後還是開口說話。

我考慮了一會兒。我不想看起來太明顯，但我們這時需要一些私人空間。

「只要一下子就好了。我確定萊傑軍官不會占用太久時間。」我決定就這麼辦，然後她們迅速出了房間。等她們一離開，艾斯本便開口說話。「妳錯了，恐怕我會需要妳非常久的時間。」他對我眨眨眼。

他不浪費分秒，趕緊把帽子脫下來，坐在我的床鋪邊，手放下來，我們的手指幾乎碰在一起。「我從來沒想過徵召令會爲我帶來好運，但如果它給我機會，讓我向妳道歉，我會永遠感謝這一切。」

我啞口無言。

艾斯本望進我的雙眼裡。「請原諒我，亞美。我眞的好笨，而且我從爬下樓梯、離開樹屋的那一刻起就後悔了。我很頑固，不知道該說什麼，而且妳的名字又被抽到……我不知該如何是好。」他停頓一下，眼睛裡似乎有著淚水。難道艾斯本也像我為他哭泣似地為我哭泣？「我還是好愛妳。」

我咬著嘴唇，強忍淚水。我必須先確認一件事，才能思考他說的話。

「那布蕾娜怎麼辦？」

他的臉色一沉。「什麼？」

我的呼吸不太平穩，然後說：「我離開的時候，看見你們倆一起出現在廣場上。你們結束了嗎？」

艾斯本斜著眼，臉上露出專注的表情，接著笑出聲來。他的手摀著嘴，整個人先是往後倒在床上，接著又跳起來。他認眞問我：「所以妳在想的是這個嗎？哦，亞美，她跌倒了，那時候她被東西絆倒，我接住她。」

「絆倒？」

「是啊，廣場上人潮擁擠，她一個閃神掉進我懷裡，還開玩笑說自己笨手笨腳。妳也知道布蕾娜，她就算運氣好一點的時候，也會跌倒。」我突然想起，她眞的會無緣無故就從人行道上跌落，爲什麼我沒想過這點呢？「等到我可以抽身，我馬上衝到舞台前。」

我記得那時候，艾斯本努力想靠近我，他完全沒騙我，我微笑著。「那你到了舞台前想做什麼？」

他聳聳肩。「我並沒有想那麼遠。我想過要求妳留下來，如果那樣能讓妳不要上車，我準備當個傻瓜。但那時候妳看起來好生氣……我現在知道爲什麼了。」他發出一聲嘆息。「我辦不到。而且也許妳在這裡會很快樂。」他環顧整個房間，看著一切美麗的物品，這一切暫時都屬於我。我看得出來他是怎麼想的。

「然後，」他繼續說，「我想等妳回來，再把妳的心贏回來。」他的聲音瞬間染上一絲憂愁。「我以爲妳想出來，盡可能早點回家。但是……妳沒有。」

他看了看我，幸好沒問起我和麥克森的關係，他可能早就看出一些端倪，但他不知道我們接吻，也不知道我們有信號，而我並不想解釋這些。

「接著我就收到徵召令，然後我發現即使我想寫信給妳，也不恰當，我可能會戰死。我並不想讓妳再愛上我，然後……」

「再愛上你？」我不可置信地問。「艾斯本，我從未停止愛你。」

艾斯本以一個迅速而溫柔的動作傾身向前，然後吻我。他的手放在我的雙頰上，抱著我，靠近他的身體，過去兩年的每一分鐘淹沒我的身體，我好高興一切並沒有消失。

「對不起。」吻我的時候，他喃喃地說著。「對不起，亞美。」

他把我拉開並看著我，淺淺的微笑漾在他完美的臉上，他的雙眼露出疑問，和我想著一模一樣的事：我們該怎麼辦？

就在這時候，門打開了，我整個人驚慌失措，因爲侍女們看見艾斯本與我的距離這麼近。

「謝天謝地，妳們回來了！」他對她們說，他的手用力貼緊我的臉頰，然後移到額頭上。

「小姐，我想妳們應該沒有溫度計吧。」

「怎麼了？」安問道，一臉憂心忡忡，趕緊跑到我床邊。

艾斯本站起來。「她說她的頭感覺有一點怪怪的。」

「小姐，妳的頭痛更嚴重了嗎？」瑪莉問。「妳看起來好蒼白！」

我想大概是吧。毫無疑問，被她們看見我們在一起的那一刻，我臉上的血液便迅速逃離。幸好艾斯本急中生智，下一秒就把問題解決。

「我去拿藥。」露西插話說，然後匆匆忙忙跑進浴室。

「請見諒，小姐。」侍女們去工作的時候，艾斯本這麼說。「那我就不再打擾妳了。等妳感覺好一點我再來。」

從他的眼神，我找回了那張在樹屋親吻過千百次的臉。對我們而言，周圍是全新的世界，但我們之間的連結卻一如以往。

「謝謝你，軍官。」我虛弱地說。

他離開前，對我微彎著腰行禮。

很快地，侍女們圍繞著我，努力治癒我那根本不存在的不適。

我的頭不痛，但是我的心痛。我渴望艾斯本的臂彎，那感覺如此熟悉，彷彿從未消失過。

夜裡，安用力將我搖醒。

「怎麼——？」

「小姐，請您快點起來！」她的聲音好慌亂，帶著恐懼。

「怎麼了？妳受傷了嗎？」

「我們被攻擊了。我們得帶妳去地下室。」

我覺得好無力，我不確定自己有沒有聽錯，但我注意到她身後的露西已經開始哭泣。

「他們在裡面？」我問，不敢相信這是眞的。

露西害怕得號啕大哭，光是這點就足以讓我確認一切。

「我們該怎麼辦？」我問。這瞬間，一陣腎上腺素把我刺醒，我從床上跳起來。我一站起來，瑪莉就把我的腳推進鞋裡，安爲我套上一件長袍。我心裡想到的只有：北方叛軍或是南方叛軍？

「轉角這邊有個通道，直接通往地下室的安全空間，衛兵已經在那裡等候，皇室和大部分的女孩應該都在那裡了，小姐，您要快點。」安把我拉到走廊上，手往某塊牆壁推著，接著牆壁翻轉過去，就像一些小說裡的秘密通道。想當然爾，牆壁後面等著我的是一個樓梯井。我站在那裡時，蒂妮從她房裡衝出，快速走下通道。

「好，我們走吧。」我說。安和瑪莉目瞪口呆看著我，露西整個人不停顫抖，幾乎無法站立。「我們走吧。」我重複道。

「不，小姐。我們要去別的地方。妳得快點離開，趁他們還沒來之前，求求您！」

如果她們被發現，好一點的話可能被傷害，差一點的話可能會死。我無法忍受她們被傷害。也許是我太有自信，但是從麥克森目前爲止的所作所爲看來，如果她們對我很重要，他也會覺得這很重要。雖然我們吵架了，也許就是因爲我太指望他的寬容大方，但我不會把她們留在這裡。恐懼感讓我加速動作，我抓著安的手臂，把她推進去，她踉踉蹌蹌前進，無法阻止我，然後我又抓了瑪莉和露西。

「快走！」我對她們說。

她們開始往前走，但是安一路上都在抗議。「他們不會讓我們進去的，小姐！這個地方只有皇室能進來……他們會要我們離開！」但我不在乎她說什麼，不管她們躲在哪裡，都不會比皇室躲藏的地方安全。

在樓梯井間，每隔幾公尺就有照明，即使如此，我在急忙移動的時候，也差點跌倒好幾次。我無法思考，憂心忡忡。目前爲止反叛軍滲透了多少地方？他們知道這些通往安全密室的通道嗎？露西整個人呈現半癱軟的狀態，我拉著她往下走，緊緊跟著我們。

不知道花了多久時間，我們才走到底部，窄小的通道總算變得開闊，接著是一處人造洞穴，我看見其他的樓梯和女孩子們，每個人都往那道六十公分厚的門後面跑，跑向我們的安全藏身處。

「謝謝妳們把這女孩帶來，妳們可以離開了。」一名衛兵對著我的侍女們說。

「不行！她們得跟著我。她們要留下來。」我用充滿威嚴的語氣說。

「小姐，她們有她們的地方可以去。」他反駁道。

「好吧。如果她們不進去，我也不進去。如果我缺席，麥克森王子肯定會知道這是您造成的。我們走吧，各位小姐。」我拉著瑪莉和露西的手，安嚇得無法動彈。

「等一下！等一下！好吧，進去。但如果有人對這件事有疑慮，這就是您的責任了。」

「沒問題。」我說。我推著女孩們轉過身，走進安全密室，頭抬得高高的。

裡面一陣騷動不安。有些女孩們抱在一起哭，其他人禱告著，我看見國王和王后單獨坐著，旁邊圍繞著更多的衛兵，麥克森在他們的旁邊，他正握著愛蕾娜的手，她看起來有點驚慌，但顯然有他在身邊，她變得比較平靜。我看著皇室成員的所在位置……離門口好近。我納悶著，他們是不是就像沉船時的船長，盡自己最大的努力讓安全空間高於海平面之上，但如果船最後沉淪了，他們將是最先溺斃的人。

我進入時，其他人注意到我身邊帶的人。他們臉上浮現困惑的表情，我對他們一致點頭示意，然後繼續抬高頭，往前走。我發現只要我表現得自信，就沒有人會質疑我。

但是我錯了。

我再往前走三步，詩薇亞便走上前來，她看起來異常冷靜，顯然這對她而言已經不是新聞。

「很好。我們有幫手了。女孩們，妳們快去後面的儲水室，爲皇室成員和其他小姐們準備茶水點心。現在就去。」她下達指令。

「不行。」我轉向安，並對她下令，這是我第一次眞正對她下命令。「安，請妳準備茶水點心給國王、王后和王子，結束後就過來我這裡。」然後我面對詩薇亞，「其他人可以自行照顧自己。她們選擇丟下她們的侍女，她們可以自己去拿該死的茶水。我的侍女跟我坐在一起。小姐們，過來這裡。」

我知道我們離皇室成員很近，他們可能會聽見我說話。剛才那一番要求某種程度權利的話可能太大聲了。但我不在乎他們是否覺得我很無禮。露西比這個房間裡大部分的人都害怕，從頭到腳都在顫抖，我沒辦法讓她去服侍那些狀況比她好很多的人。

也許是因爲我多年來都是姊姊，我就是想保護這些女孩的安全。

我們在房間後面找到一個小空間。無論設置這個地方的人是誰，他肯定沒有爲湧入的王妃候選者做準備，因爲這個地方連椅子都不夠。但我看見這裡儲藏的食物和水，就算躲藏的需求增加，應該也夠我們在底下度過數月。

聚集在這裡的人可眞有趣，顯然有好幾位官員徹夜工作，所以還穿著西裝，麥克森也還穿著白天的衣服。但幾乎所有女孩都穿著在暖被窩裡穿的睡衣，不是所有人都能在倉皇逃離時套上一件外袍，就算我披著外袍，也還是覺得很冷。

許多女孩們往前門邊聚集。很顯然，如果有人破門而入，她們會是最先犧牲的。但如果沒有人破門而入，她們就能與麥克森共度時光！少數女孩待在靠近我們的地方，她們大多數人和露西差不多——顫抖、淚流滿面、擔心得說不出話來。

我把露西拉進身旁，讓瑪莉窩在她旁邊。當下的狀況讓安慰的言語也派不上用場，我們保持安靜，聆聽著房間裡的吵鬧聲。這些刺耳的聲音令我想起來到皇宮的第一天，我閉上雙眼，想像著那天的動作和聲音，努力讓自己盡可能表現出鎭定的樣子。

「妳還好嗎？」

我抬起頭，看見艾斯本，穿著制服的他耀眼奪目。他的語氣相當正式，面對當前的情況，他似乎完全沒被嚇到。我鬆了一口氣。

「沒事，謝謝你。」

我們沉默半晌，看著房間裡的人各自安頓好。瑪莉顯然累壞了。她已經睡著，並重重地倒在露西旁邊。整體而言，露西還算平靜，她已經停止哭泣，只是坐著，以呆滯的眼神看著艾斯本。

「妳眞好，還帶著侍女。不是每個人都如此善良，會想到在他們階級之下的人。」他說。

「階級對我來說從來都不重要。」我輕輕地說。他給我一個小小的微笑。

露西吸了一口氣，彷彿想問艾斯本一個問題。這時，密室裡突然有人大聲斥喝，一名衛兵在房間遠遠的另一端對我們大聲下令，要我們安靜。

艾斯本離開了，這樣比較好。我擔心有人會看出什麼事。

「那是稍早的那名衛兵，對吧？」

「是的，沒錯。」

「最近，我看他都替妳守門，他眞的好親切。」她評論道。

我確信艾斯本在我的侍女們經過時，一定會盡量友善與她們交談，畢竟他們都是第六階級。

「他相貌堂堂呢。」她附帶說道。

我微笑著，還想說些什麼，但是同一名衛兵又來要我們安靜。幾次談話遭到警告而結束之後，詭譎的沉默降臨整個房間。

安靜無聲比其他的嘈雜更討人厭。沒有任何一種感官知覺引導我的時候，想像力便會占據一切，在我腦中形成可怖的畫面：房間被破壞殆盡、屍體排成一列、冷血無情的軍隊距離門口只有幾十公分。我發現自己把這些女孩抓得更近，彷彿這樣就能彼此保護，對抗即將到來的事，無論是什麼事。

室內唯一的聲音是麥克森四處走動的聲音，他一一確認每個女孩子都沒事。當他走到我們的角落，只有露西和我是醒著的，我們不時交談，用氣音說話，讀著彼此的唇語。麥克森靠近我，微笑看著這一堆靠在我身上的人。在那一刻，我知道我們的爭吵和憤怒已經消失無蹤，雖然我眞的想解決那件事，但我也只是看著他的笑容，他很高興知道我沒事。一股罪惡感油然而生……我究竟讓自己陷入什麼困境了？

「妳還好嗎？」他問。

我點點頭。他看著露西，靠過去和她說話，我深吸一口氣，麥克森聞起來並不像任何瓶裝產品能散發的氣味，不像肉桂，亦不像香草，也不是兩者的混合，我很快地想起來，就像自製香皀的氣味，他也有他自己的味道，混合的化學物質在他體內燃燒所散發的味道。

「妳呢？」他問露西。

她也點點頭。

「妳很驚訝自己會到下面嗎？」他對著露西微笑，以輕鬆的口吻說明這個無法想像的狀況。

「不會，王子殿下。如果跟著她就不驚訝了。」露西朝著我的方向點點頭。

麥克森轉過來看著我，他的臉靠得好近，我感覺不大自在，太多人看著我們，其中還包括艾斯本，但這一刻很快就過去了，他轉回去看著露西。

「我知道妳的意思。」麥克森再度露出微笑。他看起來還有更多話想說，但是他改變心意，站起來。

我迅速抓住他的手臂，低聲問：「是北方叛軍或是南方叛軍？」

「妳還記得拍照那天的事嗎？」他用氣音問我。

我訝異地點點頭。這些反叛軍往西北方前進，沿途火燒農作物、殺害人民。把他們攔下來，當時他這麼說。這些叛軍，這些殺人兇手，這段時間都一直朝著我們的方向前進，我們無法阻止他們。他們是殺手，是南方叛軍。

「別告訴任何人。」他離開，繼續走到費歐娜身邊，她強忍情緒，只是靜靜哭泣。

我練習放慢呼吸速度，試想著如果他們找到這裡，我們有什麼方法可以逃，但這只是在欺騙自己，如果反叛軍都那麼努力攻到這兒，一切就玩完了，我們什麼也沒辦法做，只能等待。

接著又過了幾個小時，我不知道現在是什麼時間，但是大家醒了又睡，睡了又醒，之前還有體力的人，現在也都漸漸憔悴。

然後門終於打開，因為一些衛兵離開去外面察看。又過了更久，皇宮依舊被叛軍狂掃，最後衛兵們終於回來。

「各位先生女士們，」其中一名衛兵說，「叛軍已經投降。請大家從後面的樓梯回自己的房間。外面現在一片混亂，而且有數十名受傷的衛兵，請各位等到外面清空之後，再經過各主要房間和廳堂。如果您是王妃候選者，請直接回房，留在房間裡，等候進一步通知。我已經通知廚師，食物在幾個小時之內就會為您準備好。請所有醫護人員前往醫療中心向我回報。」

聽完之後，大家紛紛起身，若無其事地往外移動，有些人甚至露出無聊的模樣。除了像露西那麼驚慌的人以外，大家似乎不在意攻擊事件，彷彿一切都在預料之中。

我的房間經過一陣洗劫，床墊掉落在地板上，禮服被拉出衣櫥，家人的照片被撕裂丟在地板上，我四處尋找我的罐子，它還藏在床底下，裡頭的一分錢幣也還在，完好無缺。我告訴自己不能哭，但淚水就是不停湧出，並不全然是因爲害怕（雖然我也眞的害怕），只是我眞的不喜歡敵人的手碰過我的東西，玷汙了一切的感覺。

儘管都累壞了，我們還是努力恢復原狀。安甚至找了些膠帶，讓我把照片黏回去，我拿到膠帶之後就讓侍女們回去休息。對此，安表達抗議，但我不管她，現在我已經會使用命令，不再害怕下令了。

等到我獨自一人時，我讓自己盡情哭泣。雖然事件已經平息，恐懼還是緊緊抓著我不放。

我穿上麥克森給我的牛仔褲，以及一件從家裡帶來的襯衫，這樣感覺好多了。我的頭髮因爲早上和晚上的事件而凌亂不堪，所以隨意綁了個包頭，幾綹髮絲自然落下，繞著臉龐。

我將被撕碎的照片放在床上，試著想出哪幾塊是拼在一起的。感覺就像盒子裡面有四幅拼圖。我只拼了一幅，便傳來敲門的聲音。

麥克森，我心想。*希望是麥克森*。我帶著期望把門打開。

「哈囉，親愛的。」是詩薇亞。她的臉色有些不悅，我想她應該是來安慰人的吧。她趕緊跑過我面前，進到我的房間裡，然後她轉過來，看見我這一身穿著打扮。

「哦，別告訴我妳也要離開。」她哀求地說。「說眞的，這也沒什麼嘛。」她揮揮手，好像這樣就能趕走這個事件。

我才不會說這沒什麼。難道她看不出來我哭過嗎？

「我不會離開。」我說，並把一綹頭髮塞到耳後，「有其他人要回家嗎？」

她嘆了一口氣。「是的，目前爲止有三個人，我親愛的男孩麥克森告訴我，既然有人想回家，就讓她們離開吧。我們會一邊談話一邊安排這些事，眞的很奇妙，說得好像他早就知道有些女孩子會離開。如果我是妳，我會愼重考慮是不是該爲這種無聊的事情離開。」

詩薇亞開始環繞我的房間，看著裡頭的裝潢擺設。這種無聊的事情？這個女人腦袋有洞嗎？

「他們有拿走什麼嗎？」她隨意地問。

「沒有。他們把這裡弄得一團亂，但目前看來是沒少東西。」

「非常好。」她朝著我走過來，並給我一支小型的攜帶式電話。「這是皇宮最安全的線路。妳得打電話回家，告訴他們妳很好。現在就打吧，別講太久，我還要去見其他的女孩。」

我驚奇地看著這小玩意。我從來沒拿過攜帶式電話。我以前看過第二階級和第三階級的人拿，但我從沒想過自己也能用到，我的手興奮地顫抖著，等等就能聽見他們的聲音了！

我急切地撥下電話號碼。發生了這麼多的事，能打電話讓我的臉上露出微笑。鈴響兩聲之後，媽媽接起電話。

「哈囉？」

「媽？」

「亞美利加！是妳嗎？妳還好嗎？有個衛兵打電話來通知我們，說大概有幾天不會聽到妳的消息，我們知道那些該死的反叛軍闖進去了。我們好擔心。」她說著說著就開始哭泣。

「哦，別哭，媽媽，我很安全。」我看著詩薇亞，她一副很無聊的樣子。

「等一下。」還有一些時間。

「亞美利加？」因爲眼淚，玫兒的聲音變得厚重。她今天一定很焦慮。

「玫兒！哦，玫兒，我好想妳！」我感覺淚水又要湧出來。

「亞美利加，我以爲妳死了！我愛妳。答應我妳不會死。」她大哭著說。

「我答應妳。」我笑著立下這個誓言。

「妳會回家嗎？妳不能回家嗎？我不要妳待在那裡了。」玫兒認眞懇求我。

「回家？」我問。

好多感覺湧上心頭。我想念我的家人，也厭倦了因爲反叛軍而躲躲藏藏，而且對艾斯本或是麥克森的感覺令我越來越困惑，我不知道該如何處理這些情緒。離開或許是最簡單的方法，但我還是想留下。

「不，玫兒，我不能回家，我必須待在這裡。」

「爲什麼？」

「因爲……」我說。

「因爲什麼？」

「就是……因爲。」

玫兒安靜一陣子，思忖著。「妳愛上麥克森了嗎？」那一分鐘，我聽見過去我習慣的玫兒、像小男孩一樣瘋癲的玫兒，她沒事了。

「嗯，我不知道，但是——」

「亞美利加！妳愛上麥克森了！哦！我的天哪！」我聽見後面傳來爸爸大喊「什麼？」的聲音，然後媽媽說：「沒錯！沒錯！就是這樣！」

「玫兒，我從來沒說過——」

「我就知道！」玫兒不停地笑了又笑。就這樣，她深怕失去我的恐懼感瞬間消失無蹤。

「玫兒，我得掛電話了，其他人還需要電話。我只想讓你們知道我很好，我很快就會寫信回家，我保證。」

「好啊，好啊，告訴我關於麥克森的事喔！還有多寄些點心回來！我愛妳！」她大叫著說。

「我也愛妳，拜拜。」

趁她還沒多問其他事情時，我趕緊掛斷電話。但是她聲音消失的那一刻起，我又比以前更想念她。

詩薇亞動作很快地將電話從我手上拿走，幾秒鐘後便走到門口。

「眞是個好女孩。」她說完便離開房間，到走廊上去了。

我的狀況當然還是不好。而我知道，只要我能好好處理與艾斯本與麥克森的事情，我就會好過一點。

24

愛咪、費歐娜和塔汝拉在幾個小時之內就離開了。我不確定這麼快的速度是因爲詩薇亞的效率，還是因爲那些女孩憂心至極。我們的人數降到十九人，突然間一切彷彿快速前進，然而，我還是無法預測這一切還會變得多快。

攻擊過後的星期一，我們的生活回到日常規律。早餐一如往常地美味，我納悶自己有天是否會對這美味的食物感到索然無味。

「克莉絲，是不是很美味？」我咬了一口星形的水果，一邊問道。進宮之前，我從未見過這種餐點，克莉絲嘴裡都是食物，同意地點點頭。今天早上我感覺到的是姊妹間的溫暖情誼，我們一起平安度過反叛軍的攻擊行動，這些瑣碎的細節彷彿連結成無法被破壞的情感。坐在克莉絲身邊的艾蜜莉把蜂蜜遞給我。坐在我身邊的蒂妮，則用一種喜愛的眼神看著我的鳴鳥項鍊，問我這是哪來的。現在的氣氛，就像幾年前我家晚餐時的氛圍，那時柯塔還沒變成混蛋，肯娜也還沒嫁出去，那時候的氣氛滿足愉快，充滿聊天聲。

突然間我明白了，就如同麥克森以他母親爲例告訴我的事，我想在往後的人生裡，我還是會與這些女孩們保持連絡，我會想知道她們後來嫁給了誰，寄聖誕卡給她們，等到過了二十幾年，如果麥克森有兒子，我會打電話關心新一屆的王妃競選裡，他們最喜歡哪位女孩。我們會記得一起走過的事，笑著聊起這一切，彷彿這是場冒險，不是場競爭。

最奇怪的是，這個房間裡唯一憂傷的人莫過於麥克森了，他沒有碰早餐，視線來來回回打量著女孩們，臉上的表情非常專注。他常常思考到一半，停下來，似乎因爲某個問題在內心交戰，然後再繼續思考。

走到我這一排時，他看見我在看他，便給我一個擠出來的微笑。除了昨天晚上短暫的小插曲，我們在吵架過後幾乎沒說過話，但有些事情眞的得談，這一次，我想當主動的人。我看著他，臉上露出請求的表情，然後拉拉耳朵。他臉上的表情依舊緊繃，但是他也跟著拉拉耳朵。

我嘆了一口氣，視線正朝著大房間的門口看過去。一如預料，一雙眼睛正朝著我看過來。一進來時，我便注意到艾斯本，但我試著不和他打照面。要忽略一個你如此深愛的人眞的很難。

麥克森瞬間起身，突如其來的動作，讓他的椅子發出嘎嘎聲響，吸引全部人的目光。我們所有人轉向他，他一臉還沒準備好、想再坐回位置的模樣，但既然成爲眾人目光的焦點，只好開口說話。

「小姐們。」他微微低頭示意，看起來眞的很痛苦。「經過昨天的攻擊事件，恐怕我必須重新謹愼思考王妃競選的運作方式。如妳們所知，昨天有三位小姐要求離開，我答應她們的請求，因爲我並不想強迫任何人的意願。此外，如果明知道與妳們不會有未來，還把妳們留在宮中，讓妳們不時面對危險威脅，同樣會令我良心不安。」

這時候，房間裡的疑問豁然開朗，但大家顯然並不是很開心。

「他該不會……」蒂妮小聲說。

「沒錯，就是那樣。」我回答。

「很難過必須做這個決定，但我已經和家人及顧問大臣們討論過，決定減少王妃候選者的人數，直接進入菁英候選者的階段。不過入選名單不會是十人，我決定只留六位，讓其他的小姐們回家。」麥克森以公事化的語氣說。

「六位？」克莉絲倒抽一口氣。

「這不公平。」蒂妮用氣音說，看她已經要哭了。

我環顧房間四周，抱怨的咕噥聲四起，然後又停止。賽勒絲做好準備，好像她可以爭得一席，貝瑞兒閉上眼睛，雙手交疊合十，或許希望這個形象可以博取一些同情。而並不在意麥克森的瑪琳看起來格外緊張，爲什麼她這麼想留下來？

「我不想在不必要的情況下公布名單，所以只有以下我唸到的小姐們會留下來。瑪琳小姐和克莉絲小姐。」

瑪琳嘆出一口放鬆的氣息，一隻手放在她的胸上。克莉絲在她的椅子上顫動，開心地手舞足蹈，並看著周圍其他的女孩，希望我們也能開開心心。這時我才知道六個名額已經有兩個不見了。我和麥克森之間發生的不愉快，會不會讓他送我回家？難道他沒看見與我沒有任何未來嗎？我也想要他嗎？如果我必須走，那我又該如何是好？

這一次，面對我可能會離開的狀況，我的手充滿力量，突然意識到留下來對我有多麼重要。

「娜塔莉小姐和賽勒絲小姐。」他繼續說，並依序看著她們，我聽見賽勒絲的名字畏縮了一下，他不會只留她不留我吧？我眞不敢相信他竟然留下她，難道這是我要離開的徵兆嗎？只要她在這裡，我們就會吵架。

「愛禮絲小姐。」他說，這時整個房間的人倒抽口氣，等待最後一個名字。我發現蒂妮和我緊緊握著彼此的手。

「以及亞美利加小姐。」麥克森看著我，我感覺到身體每一吋肌肉都放鬆下來。蒂妮當下放聲痛哭，但不只有她哭。麥克森發出一聲長嘆。

「對於其他人，我感到非常抱歉，但希望妳們相信我，我會說這對妳們而言是件好事，我不想無緣無故給妳們希望，讓妳們冒生命危險。離開的人之中，想與我談話的人，我會在大廳的藏書室，等妳們吃完飯就可以過來找我。」

麥克森快步走出餐廳，我看著他，直到他經過艾斯本面前，然後我的注意力就轉移了，艾斯本的臉上露出困惑的表情，我知道為什麼。我告訴他我不愛麥克森，所以他大概會覺得我對麥克森而言也不算什麼，那為什麼我會如此在意去或留？為什麼麥克森會把我留下來？

一秒鐘過後，艾美加和菟絲黛追在麥克森後面，毫無疑問是想問個原因。幾個女孩淚眼婆娑，顯然傷透了心，所以安慰她們的工作就落到我們這些留下來的人身上了。

這眞的很尷尬。蒂妮拍掉我的手，跑出房間，我希望她不要討厭我。

幾分鐘之內大家都離開了，沒人吃得下。連我也無法久留，我的情緒就要滿溢出來。我經過艾斯本的時候，他低聲說：「今晚。」我輕輕點頭，然後就離開了。

接下來的早晨很奇怪，因為我從來不知道惦念朋友的感覺。二樓每個有住人的房間，都開著門，女孩們迅速進進出出，傳遞紙條，互換地址。我們一起哭著，然後又一起笑，到了下午，整個皇宮已經不似我們剛進來的樣子，現在的氣氛嚴肅多了。

我侍的這條走廊上已經沒有其他人，所以也沒有侍女忙進忙出，或是門關上的聲音，我坐在桌前閱讀著，侍女則在一旁清理。我不禁納悶，平時的皇宮總是令人感覺如此孤單嗎？這樣的空蕩令我想念我的家人。

突然傳來一陣敲門聲，安跑過去開門，然後又看著我，確認我可以見訪客，我對她輕輕點頭。

麥克森進房間時，我立刻跳起來。

「小姐們，」他看著我的侍女說，「我們又見面了。」

她們行個禮並微笑著，他向她們打招呼後，轉過來看著我，我現在才知道自己有多麼想見他，我站在桌子前面，暈頭轉向的。

「不好意思，但我必須和亞美利加小姐說話，可以給我們兩人一些時間嗎？」

她們行了個禮，準備離去。安以一種幾乎是崇拜的語氣問，需不需要拿什麼東西，麥克森說不用，於是她們便離開。他把手插進口袋裡，我們沉默片刻。

「我以為你不會留我下來。」最後我坦誠地說。

「為什麼？」他問，聽起來很困惑。

「因為我們吵架了。因為我們之間的一切好奇怪。因為……」因為雖然你同時和其他五個女孩約會，但我還是覺得自己欺騙了你，我心想。

麥克森慢慢拉近我們的距離，他走過來時，我一邊想著該說什麼。等到他終於來到我面前，便拿起我的手，放在他的手裡，說明一切。

「首先，請讓我說聲抱歉，我不應該對妳大吼。」他的聲音流露出全然的眞誠。「只是，某些委員和我父親已經在對我施壓，我眞的很希望能夠爲自己做決定，又碰到一個自己意見不受到尊重的時刻，眞是令人挫折。」

「又一個不受尊重的時刻？」我問。

「嗯，基本上妳也看到我的選擇了，瑪琳是人民最喜愛的王妃候選者，這是不能輕忽的。賽勒絲是非常有影響力的年輕女性，她來自一個非常優秀的家庭，自然可以與我匹配。娜塔莉和克莉絲兩位也都很迷人，我家人們都同意，也很喜歡她們。愛禮絲正好和新亞細亞有關係，由於我們很想快點結束這該死的戰爭，所以這點確實必須納入考量。我掙扎很久，從很多面向考慮，才做這個決定。」

其實他不需要對我解釋，我也無權要求他。我知道我們只是朋友，而且我毫無利用價値。但我必須聽到他親口告訴我理由，才能做出決定。我無法直視他的雙眼。

「那爲什麼我還在這裡？」我小心翼翼地問著。我知道自己還在這裡，是因爲他不肯違背他對我的承諾。

「亞美利加，我以爲我表現得很清楚了。」麥克森平靜地說。他輕嘆一聲，用手托著我的下巴，讓我看著他的雙眼。

然後他對我傾訴一切。

「如果事情可以簡單一點，我早就把其他人都刪光光了。我很清楚自己對妳的感覺，也許我很衝動，但我知道，如果能和妳在一起，我會快樂。」

我臉色漲紅，眼淚就要湧現，我迅速將眼淚眨掉，因爲他看著我的表情充滿愛慕之意，我一點也不想錯過。

「有時候我覺得自己很喜歡妳，也有自信突破所有難關。有時候，我卻也感覺妳只是爲了家人才留下來。然而，如果我知道自己是讓妳留下來的唯一原因……」

他突然不語，只是搖搖頭，彷彿這句話的結尾，是他不能隨心說出口的話。

「妳對我的感覺依舊不確定，這樣說有錯嗎？」

我還是不想傷害他，但是我必須誠實。「沒有。」

「那我就必須兩面下注。妳可以決定離開，如果妳這麼決定，我會讓妳走。同時，我也得找到一位妻子。我試著在外界爲我設下的規則內，做出最好的決定。但是請不要有任何懷疑，我眞的很在乎妳，非常在乎。」

我再也忍不住自己的眼淚。我想起艾斯本和我做的事情，我覺得好羞愧。

「麥克森？」我擤著鼻子說。「你會……你會原諒我——？」我沒辦法對他說出眞話。他更加靠近我，用手指爲我拭去臉上的淚水。

「原諒什麼？我們那次愚蠢的小吵架嗎？我早就忘記了。妳的反應比我慢嗎？我已經準備好等妳了。」他聳聳肩說。「我不覺得妳有什麼事情是我無法原諒的。還記得膝蓋攻擊事件嗎？」

我忍不住笑出來，麥克森也開心地笑著，但氣氛又瞬間變得嚴肅。

「怎麼了？」我問。

他搖搖頭。「他們這次進攻得好快。」他的聲音流露出對反叛軍的無助，我忽然好想知道，自己試圖救侍女的行爲，會否導致另一場災難。

「我越來越擔心了，亞美利加。無論是北方或是南方叛軍，他們的決心都越來越堅定。看起來，他們不達成目的是不會善罷甘休的。而我們根本沒什麼線索，我們不清楚他們的來意。」麥克森看起來既困惑又悲傷。「我擔心他們遲早有一天會傷害到對我很重要的人。」

他看著我的雙眼。

「妳知道，在這方面妳還是可以選擇的，如果妳害怕留下來，妳可以告訴我。」他暫停一會兒，想了一下。「或者，妳覺得妳完全不可能愛上我，現在讓我知道會是個貼心的做法，我會尊重妳的選擇，我們分開時還會是朋友。」

我緊緊抱著他，把我的頭靠在他的胸膛上，我的舉動似乎令麥克森感到欣慰又驚喜，下一秒，他也將我緊緊環抱。

「麥克森，我還不完全確定，我們究竟會如何，但我們眞的不只是朋友。」

他嘆著氣。我的頭枕在他的胸膛上，隔著厚重的西裝外套，只能聽見他心跳的聲音。他的心跳似乎相當急促。他的手一如以往常地溫柔，捧著我的兩頰，我看著他的雙眼，一股無法言喻的感覺在我們之間滋長、蔓延。

他用眼神試探我，這是我們的默契，但我很高興他再也不想等待了，我對他輕輕點頭示意，他拉近我們的距離，輕輕地吻著我，那是我無法想像的溫柔。

在他的嘴唇之下，我感覺到一抹微笑，持續好長好長一段時間。

25

我感覺有人搖著我的手臂。天色很黑，不是很晚就是很早。有那麼一秒我以為又發生攻擊。然後我知道我錯了，那兩個字讓我醒了過來。

「亞美？」

我背對著艾斯本，花了些時間讓自己清醒鎮靜後，才轉而面對他。我知道我們有些事情得說清楚，希望我的心會允許我說出這些話。

我轉過身去，看見艾斯本明亮的綠色雙眼，我知道這一切將不容易。然後我發現他根本沒有關上我房間的門。

「艾斯本，你瘋了嗎？」我低聲說。「快把門關起來。」

「不，我想過這件事了，把門打開，任何人如果經過，我只要說我聽見有吵鬧的聲音，所以進來看妳好不好，這是我的職責，沒有人會起任何疑心的。」

這個方法既簡單又聰明。「好。」

我打開桌子旁邊的小燈，如果有人路過，就會很清楚我們並沒有躲躲藏藏。時鐘顯示現在是凌晨三點。

艾斯本顯然覺得很高興。那個微笑依舊是他在樹屋與我打招呼的微笑，一個大大的微笑。

「妳還留著。」他說。

「嗯?」

艾斯本指著我身旁桌子的下面，那個放著一枚錢幣的罐子。

「是啊。」我說。「我就是無法一鼓作氣地丟掉那東西。」

他臉上的表情展露希望，他轉過去看門邊，確認外面沒人後，彎身親吻我。

「不。」我輕聲說，並把他推開。「你不能這麼做。」

迷惑與悲傷在他的眼神中交戰，我感覺接下來要說的話只會讓一切更糟糕。

「我做錯了什麼事嗎?」

「沒有。」我堅定地說。「你一直都很好，我好高興看到你，並且知道你依然愛我，這確實改變了一切。」

他微笑著。「很好。因爲我眞的愛妳，而且我不會讓妳對這件事情產生疑問。」

我局促不安地扭動著。「艾斯本，無論我們以前或現在是怎麼相處的，我們在這裡都不能那麼做了。」

「妳的意思是?」他問，並移動身體。

「我現在是王妃競選的角逐者。我在這裡是爲了麥克森，只要王妃競選仍在進行，就不能和你約會，也不能像這樣。」我拉著蓋被的一小角，有點坐立不安。

他思考一會兒。「所以妳是騙我的嗎?當妳說妳從沒停止愛我。」

「不。」我向他保證。「你一直都在我心裡，也是因爲你，我和他的進展才會如此緩慢。麥克森喜歡我，但是因爲你，我沒辦法讓自己全心全意在乎他。」

「嗯，很好。」他語帶諷刺地說。「很高興知道如果沒有我，妳會很開心和他在一起。」

憤怒的情緒之下，我看見一顆受傷的心，但這也不是我所樂見的。

「艾斯本？」我輕聲問，並讓他看著我。「你在樹屋離開我的那天，我崩潰了。」

「亞美，我說我——」

「讓我說完。」他有點惱怒，但安靜下來。「你奪走了我的夢想，我在這裡唯一的理由是因爲你堅持要我參加。」

他搖搖頭，對事實感到憤怒。

「我努力讓自己過正常的生活，麥克森眞的很在乎我。你知道你對我而言有多麼重要，但我現在已經是選妃的一分子，如果我不試試看接下來會發生什麼事，那就太愚蠢了。」

「所以妳會選他，不會選我？」他哀傷地問。

「不，我不是在選他或是選你，我選擇了我自己。」

這是每一件事情眞正的核心。我還不知道自己要什麼，我不能因爲某條路看起來比較簡單，或是某條路看起來比較正確，就影響自己的決定，我必須給自己時間決定什麼對我才是最好的。

艾斯本思考我的話好一會兒，還是不大滿意。最後他露出微笑。

「妳知道我不會放棄吧？」他的語氣裡充滿挑戰意味，我忍不住露出笑容，是眞的，艾斯本不會輕易承認失敗。

「若你想在這裡贏得我的心，那眞不是個好選擇，你的決心在這裡是危險。」

「我不擔心指控。」他嘲弄地說。

我翻了個白眼，很高興能說明自己現在所處的立場。過去，我一直很擔心有人會搶走艾斯本。看著他如此擔心誰會把我搶走，我竟然感覺精神一振，對此我覺得有點罪惡。

「好。妳說妳不愛他……但妳一定有點喜歡他，才願意留下來吧？」

我低下頭。「是的。」我輕輕點頭。「他比我想像的好太多了。」

他想了好一會兒，明白了我的意思。

「我想這表示我得比原本預期的更努力了。」他邊說邊往走廊前進，然後轉過來對我眨眨眼。「晚安，亞美利加小姐。」

「晚安，萊傑軍官。」

房門喀啦一聲關起，平靜的感覺襲捲而來。王妃競選的一開始，我憂慮著這一切會毀了我的生活。然而此時此刻，正是我人生中感覺最正確的時候。

不久後，我的侍女們又開始裡裡外外忙碌著。安拉開簾幕，陽光灑落我身上，感覺好像第一天進到皇宮。

王妃競選已經不只是發生在我身上的事，而是我參與其中的事。此刻，我是菁英候選者。我拉開被單，躍身迎接這個早晨。

國家圖書館出版品預行編目資料

決戰王妃／綺拉・凱斯（Kiera Cass）著；賴婷婷 譯.
-- 初版. -- 臺北市：圓神, 2013.10
288面；14.8×20.8公分. --（當代文學；115）

ISBN 978-986-133-471-4（平裝）

874.59　　102017162

The Eurasian Publishing Group
圓神出版事業機構
用心與你對話・視野無限寬廣
圓神出版社
Eurasian Press

http://www.booklife.com.tw　　reader@mail.eurasian.com.tw

當代文學 115

決戰王妃

作　　者／綺拉・凱斯
譯　　者／賴婷婷
發 行 人／簡志忠
出 版 者／圓神出版社有限公司
地　　址／台北市南京東路四段50號6樓之1
電　　話／（02）2579-6600・2579-8800・2570-3939
傳　　真／（02）2579-0338・2577-3220・2570-3636
郵撥帳號／18598712　圓神出版社有限公司
總 編 輯／陳秋月
主　　編／林慈敏
責任編輯／莊淑涵
美術編輯／金益健
行銷企畫／吳幸芳・凃姿宇
印務統籌／林永潔
監　　印／高榮祥
校　　對／李宛蓁・莊淑涵
排　　版／杜易蓉
經 銷 商／叩應股份有限公司
法律顧問／圓神出版事業機構法律顧問　蕭雄淋律師
印　　刷／祥峰印刷廠
2013年10月　初版
2021年12月　32刷

定價 300元　　ISBN 978-986-133-471-4　　